翠鳥山莊神祕事件

牧童 著

【推薦序】心甘情願跟你走，蛋汁組合再進擊！
——牧童《翠鳥山莊神祕事件》

文／戲雪

一、歡喜逗趣的冤家領航員

以「主角接受委託調查事件」類型的犯罪解謎作品而言，主角若是律師，查明真相之後還要上法庭攻防，牧童〈文石律師與助理鈴芝探案系列〉的長篇作品，如《珊瑚女王》、《天秤下的羔羊》、《午夜前的南瓜馬車》便屬於此，精彩的唇槍舌戰是這系列的特色之一，另一個特色就是讓人過目難忘的文石與鈴芝這對偵探助手組合。

在犯罪解謎類型的故事裡，書寫重點通常落在案件（事），除非偵探本身就是當事人，否則偵探仍然只是旁觀者，即便以人為核心的社會派亦然。在故事結束、讀者闔上書頁後，要讓偵探能夠深植人心、像關鍵情節或閱讀感受那般留在讀者心中，通常得基於大量的案件（系列作）一點一滴形塑出來：前提是讀者們對這位偵探的人設有興趣，會主動記得或願意回頭翻閱關於這位偵探的細節，不然就要由作者不斷反覆在每一本提起；或由案件成為偵探的標籤：他就是破解××案的那位○○○！當讀者能隨口說出偵探的名字和特色時，這系列作品就算是成功了——所以記得要取好聽易記的名字像文旦靈芝之類的（無誤）。

在台灣推理作品中，牧童是相當注意、著重在偵探（組合）塑造的作家，從第一部付梓的《珊瑚女王》開始，風格便非常明確，偵探與助手不但各自性格鮮明，加在一起互動的場景也十分逗趣有火花，讓人印象深刻，能達到這樣的效果，首先要歸功於人物原本的設定，其次是視角的選擇：在這些案件裡面，偵探文石雖然身為受託人，第一人稱敘事者（我）卻是由助理鈴芝來擔任；相較兩腳書櫥卻社會化不足的怪人文石，感性熱情的美女鈴芝確實更討喜、讓讀者更有代入感，從她的「平凡視角」不但能側寫見證文石的神通廣大，她的「雞婆性格」更是推動故事進展的一大功臣，這些回過頭來，又是成功的角色塑造。

二、樂於為讀者服務的系列作

如此搶戲的偵探組合，理所當然會直接左右讀者的閱讀意願：喜歡的讀者必然樂於追讀關於他們的故事，可是推理解謎類型的讀者，向來是以冷靜理性的態度在閱讀，他們是否買單，或者根本討厭涉入太深、覺得這對組合「太吵」呢？二〇二一年出版的第三部長篇《午夜前的南瓜馬車》裡，作者牧童便嘗試減少石芝（音：蛋汁）組合的比重，並相對增加法庭及法律專業的部分，讓沒接觸過活潑逗趣風格的推理讀者能試水溫。

那喜歡這對組合的書粉怎麼辦？別擔心，重視讀者閱讀感受的牧童，當然不會辜負老讀者的期盼，在系列正作之外，還著有中短篇的系列前傳與外傳，如二〇一九年出版的《山怪魔鴞》，便把故事線拉回過去，〈可愛的畢馬龍〉、〈山怪魔鴞〉都是由昔日同窗回憶述說學生時期文旦破解謎團的經過，順序在兩者之間的〈海豚的守護〉，則以兒童監護權為題材，案件雖然發生在「現在」，卻涉及文石的身世，和文石鈴芝兩人的過往，是非常關鍵的一篇，讓他們有更多的表現機會，也為未來埋下更多伏筆。

本書《翠鳥山莊神祕事件》，承接《山怪魔鴞》，第一篇〈狐靈〉由曾經在〈可愛的畢馬龍〉中出場的黎晏昕為主述者，回憶大學時文石為了幫他追求女友而被狐靈「附身」的經過，眼見不可能的預言一一實現，以及文石超乎常人的各式能力，難道碟仙和狐靈都是真的？第二篇〈翠鳥山莊神祕事件〉接續前篇，時間線則回到當下，黎晏昕想拜託文石幫他找回失蹤的女友，同時主視點也跟著回到鈴芝身上；在本篇中，正義感強烈的鈴芝為了救人以身犯險、繼而因重情義誤入騙局、迷失自我，讓人為她捏把冷汗，此時又殺出個高富帥的程咬金向她告白，這該叫苦心孤詣營救她的文石和等著吃喜糖的蛋汁飯（文旦鈴芝粉絲）們如何是好？

三、雙重路線、多種享受

除了補充兩人過往、滿足書粉的八卦慾，《山怪魔鴞》和《翠鳥山莊神祕事件》裡的中短篇（五篇當中有四篇）在方向上也跟正作走不同路線：正作以社會議題為基底，法庭攻防有理有據，如陽光普照；外傳以私人恩怨為核心，邪魔歪道靈異驚悚，如陰風吹拂。兩種幾近相反的類型，在咱們文石鈴芝身上，竟然可以說是毫無違合？正大光明的正作系列不說，畢竟鈴芝雖然容易感情用事，遇到危險的反應激烈，活脫是恐怖片的女主角，卻還是有著使命必達的嚴謹自制力，與能判斷邏輯、理性分析的頭腦；那裝神弄鬼的前外傳系列呢？文石雖然是法律專業，以正規手段擊敗敵人無數，但他本來就是個博學多聞又不按牌理出牌的怪人，面對專走旁門左道的對手根本游刃有餘，對方可能還得叫他一聲老祖宗。

於是我們可以看到，無論是〈可愛的畢馬龍〉校園撞鬼、〈山怪魔鴞〉原住民傳說、〈狐靈〉碟仙怪談，或〈翠鳥山莊神祕事件〉邪教神蹟，這些神祕不可思議的事件，都一一被文石輕鬆破解；我們只要準備好零食爆米花，坐看文石如何大展神威、反將對方一軍，還把對方嚇得落花流水就好，就能一掃現實中的陰霾，痛快地大呼過癮！

我們還可以發現，在亦莊亦諧、情理兼具的牧童作品裡充斥大量的臺灣文化，例如上述事件，都是台灣人所耳熟能詳或曾親身體驗的，正作引用的法條更不用說，都是台灣適用，連角色間的對話或內心戲，有些接地氣到可能要臺灣人才看得懂，故事發生的舞台也是，大家可以推估文石就讀的大學是哪一間，而非校園的篇章，地景則從先前的桃園復興、高雄旗山、新北三峽等等，到本書〈翠鳥山莊神祕事件〉的宜蘭羅東、三星、大同，熟悉的地名讓人倍感親切。

最後一定要提的是，不管長篇或短篇，都有作者留給讀者的隱藏版挑戰書：

——文石這次的化身為何？

已經讀遍他出版作品的筆者，本次還是抱憾未能猜中，直至謎底揭曉才恍然大悟、拍案叫絕，這樣的樂趣，必然要推薦給勇於挑戰未知事物、喜歡有點「鏘」的你。

準備好讓牧童帶你飛了嗎？

一起成為蛋汁飯，放心地跟著文旦鈴芝去冒險吧！

作者簡介／戲雪

類型小說評論者、台灣推理推廣部副版主、中華科幻學會會員、把盞話古龍社團管理員。

評論文章散見於各平台，並定期舉辦讀樂萌實體讀書會推廣閱讀。

目次

翠鳥山莊神祕事件

狐靈

開卷話

「所以妳自始就知道是誰在裝神弄鬼？」

絕不是男生故意尖著嗓子能裝出來的，真的是另一個女生天然的嗓子經由喉部聲帶、口齒唇舌發出來的……聲線清脆嬌甜、語調促狹捉弄……

我們不約而同想到了什麼，又不約而同望向唯一還坐在椅子上的……文石。

他低著頭垂著肩，彷彿捷運上打盹的乘客般。

振宇與學長也疑惑地尋不著說話來源，直到與妙霏及我的目光對上，空氣中瞬間凝結詭異的冷霜，陷入恐怖的沉默之中。

女聲從文石的頭頂傳出來。

「妳、妳、妳是誰，為什麼……為什麼……」

文石連人帶椅飄向桌邊，緩緩抬起頭：「……我說對了嗎？」

睜開眼，他的雙瞳是令人背脊狂冷的血紅色。

現場眾人爆出驚呼聲。我的雙腿開始狂抖不止。

一個女的聲音從文石的口中冒出，這情景有夠詭異恐怖。

「一定是誰無意中知道了，在文石四處打聽我的事時說給他聽了。」

「說了什麼呢？」狐靈又用促狹的語氣問道。

「你、你這個狐……怎、怎麼什麼都知、知道……」

狐靈沒有回答，只露出一抹冷笑。

一股奇異的白霧從他身上竄升，兩顆紅色的眼珠飄浮其上……就與手機裡拍到的情狀一模一樣！

雖然曾在手機照片裡看過，但親眼目睹，還是頭皮炸麻背脊惡寒。

一拳揍在文石臉上，文石一個踉蹌，差點從椅子上摔出去。

女生們尖叫，不知是被此突發狀況嚇到、還是驚懼於狐靈發怒。

但事後回想，覺得她們的尖叫過早了。因為下一秒的情景，才更值得尖叫。

文石連同椅子從快摔出去的姿勢硬是彈回來桌邊，還坐直了！

興許剛剛幻化出竅的靈體又附回他的體內，而且這回怒火是真的大了。

桌上的燭火開始猛烈晃顫，整個室內猶如鬼影幢幢、瞈矇陰慘；感覺上桌子發出科科科的怪聲，接著地板似乎都震動起來。

除了我被嚇得驚叫，女生們也都放聲尖叫。

淒厲的尖叫。

晦暗幽冥中，只剩那兩顆血紅的眼瞳，讓人毛骨悚然！

喉嚨一陣燥厤，呼吸變得困難，甚至開始暈眩，我雖心知不妙，但恐慌使全身僵硬不知所措，直到聽見學長大喊：「快逃啊！」才從驚駭中醒過來，奪門往外衝。

所有的人都惶恐驚叫奪門推擠而逃。

有隻鞋子都掉在社辦門邊來不及撿回穿上，可見逃竄時之倉皇驚懼。

逃回寢室才發現自己的左腳底綻冷。

因為那隻鞋子是我的。

好幾個在冷汗中驚醒的深夜裡，都是因為那雙詭異的血色凝視，甚至直接對著我的眼睛綻射紅光，讓人寒到骨髓深處。

虛脫地從牀上爬起來，披上外套，我總會搜索網路上關於神仙鬼怪的文章。

也曾多次在圖書館裡溼氣最重的角落，爬上矮梯尋覓各類狐異妖物的典籍。

關於狐靈、文石和我的這個事件，原來早在中國古籍《搜神記》裡就曾有類似記載。說是西晉時期，在燕昭王墓地住著一隻狐狸，有著千年修煉，可以隨意變身。某天，這狐狸幻化為一個書生，打算去拜訪司空張華前，先問燕昭王墓前的華表木柱說：「以我的才能相貌，能去會見張司空嗎？」木柱回答：「你敏捷善辯，沒什麼做不到的，但張華的智商氣度難受控，你去必定會遭受侮辱，也可能回不來，會喪失千年修煉，還會連累我。」但狐狸不聽勸告，還是拿著名帖拜訪張華去了。

張華見來訪的少年書生英俊瀟灑，膚色潔白如玉，神態大方，舉止優雅，對他非常看重，和他一起探討文章，辯析有關名與實的爭論。張華以前從未聽到過書生這樣的精闢見解。隨後，書生品評前朝歷史，談論諸子百家，分析老莊學說，精通天文地理，針砭各種禮儀。張華竟無詞應對，只能嘆氣說：「世上不可能有這樣的少年，若非鬼怪就是狐狸。」

張華打掃臥榻請少年書生留宿，但派人嚴加看管。少年書生對張華說：「您應當尊重人才，廣納賢士，提攜優秀，扶持弱者。怎麼忌恨有學問的人呢？墨子所說的兼愛難道是這樣的嗎？」便向張華告辭。但門口有人把守，不讓書生離開。於是，他又對張華說：「您讓士兵在門口攔阻，一定是懷疑我。我擔心天下的人從此將閉口不言，智謀之士都不敢走進你的大門。我為你感到惋惜。」但張華不為所動，反而叫人更加嚴密看管。

這時豐城縣令雷煥來訪，張華跟他講了少年書生的事。雷煥說：「若對他有所懷疑，為何不用獵犬來測試？」張華派人牽獵犬測試，書生毫無懼色說：「我的聰明才智是天生的，你卻懷疑我是妖怪，用獵犬來試我，哪怕測試千遍萬遍，難道就能傷害我嗎？」聽書生這樣說，張華更加憤怒：「狗只能識別成精幾百年的怪物，而對那些成精上千年的怪物，千年以上的枯木燃火照它，它就會原形畢露。」雷煥問：「在哪有千年神木呢？」張華說：「世上流傳燕昭王墓前的華表木，就是千年神木。」於是派士兵前去砍伐華表木。

士兵即將達到墓地時，忽然出現一個青衣小孩，問士兵：「你來做什麼？」士兵說：「張司空那裡來了一個多才善辯的少年，懷疑他是妖怪，就派我取華表木去照他。」青衣小孩說：「這個狐狸太不明智了，不聽我勸，災禍現已殃及到我，哪能逃掉呢。」說完，青衣小孩放聲大哭，一下子就消失不見。士兵砍伐時，華表木竟流出血來。華表木取來後，張華點燃去照書生，書生立即現出狐狸原形。張華說：「這兩個東西若非遇上我，千年之內都不可能被抓。」便把狐狸烹殺了。

我強烈懷疑，文石就是晉朝末年那隻鬼魅轉世投胎的狐妖少年。

當將這種想法說給一個姣美機靈的女孩聽時，她卻噗哧咯咯笑彎了腰，說我誤會了這篇故事背後的意義。

她說我確實很像這故事中的張華，文石也很像狐少年；但我不解的是，她說若可以選，她寧願是狐少年，因為文石才是那個青衣小兒。

第一話

步出台北車站，迎面就是寒風襲來，穿透皮膚滲進骨子再竄出冷顫。舉頭望向天空，烏雲晦昧細雨冷飄。這景況又讓我想起那天的陰霾。加快腳步前行，我刻意轉移注意力，希望甩掉那段令人心悸的記憶。拉緊衣領穿過馬路來到館前路上的騎樓，身後立即響起汽車喇叭聲。

「晏昕！黎晏昕！」

循聲在車陣中張望，瞥見白琳從路邊紅色轎車車窗探出頭向我招手。

「台北的冬天還是這麼冷啊。」上車後拉上安全帶，忍不住抱怨道。

「你多久沒來台北了？畢業之後就不見人影了吧？」踩下油門同時轉動方向盤，她笑盈盈地問。

「台北不是每個人都能待得下去的啊。」我向掌心哈了口氣用力搓著。

「電話裡你說除了工作外，還搞了個奇怪的社團？」

等待紅燈的空檔，白琳轉頭望向我。以前在大學時就覺得她是個美女，現在垂肩直髮、淡雅臉粧配上俐落套裝，完全不負幹練美女律師的形象。

「神祕事件研究社。」眺向車窗外叢林般高樓大廈，我拉拉嘴角。「其實我大學就參加學校的同名社團，只是畢業後同好四散各地，覺得不能再在一起研究有趣的奇怪事件太可惜，為了維繫社員，所以我將這個社團登記為社團法人。」

「對於喜歡研究一些奇奇怪怪的事，這點你和文石倒是有共同點。咦，記得他大三那年也曾加入你辦的這個社團啊。」

「文石？那傢伙啊……」我聳聳肩：「本身不就是個值得研究的怪物嗎。」

白琳噗哧笑出聲：「他現在是我同事，你知道吧？」

「很難想像他當律師的樣子，不知出庭時會不會說出讓法官快昏倒的話。」

「你這個損友，嘴還是這麼損。」她抿嘴一笑：「事實上，他常常這樣。」

「果然不出所料。」

「我知道班上同學中你算比較了解他的。上次邀你來，是因為我們事務所有個可愛的助理想知道文石的過往，結果你太忙沒來，我只好找柏雲軒來給她講故事。這次你答應來台北，我們助理知道了可樂得跳起來哪。」

「叫文石給她講不就得了？」

「你又不是不知道他那個人，從來不愛講自己的事啊。」

就以文石為話題，隨著車外街景流動，我們愉快地聊了許多在校的當年往事。

白琳不知道的是，若非那件事，我是根本不會為了個不認識的小助理，專程來台北講什麼故事的。為此，我還繞了個彎問：「他為什麼會放任助理打探自己的過去？不生氣嗎？」

「他不會生氣的啦。」語氣貌似很瞭解般，真讓人懷疑她與文石是否已屬男女朋友的關係，不過我忍住沒問。

「所以說他的壞話也沒關係囉？他會不會當場跟我翻臉呀。」

「他一聽我說你要來，就說那一定要跟你好好敘舊，可見他也很開心啊。」

確認今天的小聚會他也會出現，不自覺鬆了口氣。

在一棟大樓地下停車場停妥車子後，我們搭電梯回一樓，從側門來到一條小巷。一路上我們聊著畢業後迄今的生活。她提到一些有趣的案件，甚至還告訴我幾件關於文石辦的奇案，看來很樂在法律事務工作。我的工作則乏善可陳，業餘時間都投入神祕事件研究社，反而得以接觸許多怪奇事務。沒說出口的是，這次就是那件奇怪的事，困擾許久；日前接到她邀約的電話，讓我想起或許可以請文石幫忙，才下定決心來台北一趟。

畢竟，大學時我確實曾多次見識過文石的博學奇思與驚人能力。

只可惜他後來以要參加國考為由，退出神祕事件研究社。

白琳領著我進到一家名為紫羅蘭的咖啡餐廳，選了個靠窗座位入座。她瞄了腕上的錶，說下班時間快到了，示意我稍等片刻，並叫服務生送來菜單。

「妳說的那個法務助理，為什麼對文石的從前那麼感興趣？」

「喔，她把文石的事寫成書出版。所以她同時是個小作家唷。」

作家？腦海裡浮現一個穿著大T恤遮掩身材、戴著深度近視眼鏡、頭髮被鯊魚夾咬得紛雜亂翹、臉上還有幾顆痘子快爆漿的小腐女，心中低喟了聲。

反正此行真正目的是文石，至於講故事就隨便敷衍一下好了。打定這個主意，就覺得自己可以稍安無躁。

我們繼續剛才的話題。其間白琳突然問我半年前的同學會為何沒來，我隨口說工作忙剛好沒空。她聽了挑挑眉笑著說：「是女友不准吧。」

我怔了兩秒，聳聳肩：「那時候已經分手了。」

其實當時我和妙霏陷入嚴重冷戰形同分手，為了怕人問起丟臉，才放棄同學會的赴約。現在想來覺得自己幼稚，有點後悔。

白琳收起笑容：「對不起，害你想起不愉快的事。」

「沒事，都過去了。」

這時門上的風鈴聲響起。白琳對著進來店裡的一個女孩招手：「這邊！」

踩著輕盈快步走來，與女孩的視線對上，我整個人瞬間怔住。

烏瀑雲鬢紮成柔順馬尾，柳眉下是眇眇水靈大眼，唇型弧度像顆可口的初熟水果，合身白領襯衫與窄裙完全裹不住誘人的曲線……

「她就是我們的助理，沈鈴芝。」白琳居中介紹道：「阿芝，他是我同學黎晏昕。為了妳的期待，特別北上來的唷。」

「晏昕哥您好。」她欠欠身，微偏著頭嬌笑道：「請原諒我任性的要求。」

清新可人的笑靨彷彿初夏微風，鋼鐵磐石都能被融化啊……

想當初在學校時，文石根本就是個頑強孤冷的石頭，個性毫不討喜，哪能吸引什麼女生。可如今有這麼個正妹當助理，未免太幸福了吧！這傢伙前世燒了什麼好香啊？

老天真是不公平呀……

「晏昕，你怎麼了？」

「蛤？喔，原、原諒、原諒──呃，不，沒有原諒，就講故事而已，就是、就……」

她們怔望著我。

察覺自己結巴失態，我尷尬地拿起杯子，猛嚥了一大口開水。結果嗆到快往生：「咳、咳咳、咳咳……」

「晏昕哥，你慢慢說。」她迅速遞來紙巾，並起身拿起桌上的水瓶，往我杯裡再倒了些水。「我會仔細聽的。」

喔～不行，她說晏昕哥的聲音太銷魂了，非得拿出壓箱寶的經歷不可。

反正只是出賣文石而已。

第二話

雖然大學同班，但大一都快過完了，在我印象中完全沒有文石這號人物存在。

那天為了辦活動的事，與社長及學長吵了一架。許久沒發脾氣的我心情惡劣，衝出社辦漫無目的在校園裡瞎逛，不知如何排解心頭怒意。

校園裡有條走道，在這個時節兩旁的樹上開滿了白色喇叭花，比掌心還大的葉子邊呈鋸齒狀，彷彿發出喧鬧煩耳的喇叭聲，嘲諷著我和他們吵架時的銳利固執，見了更讓我心煩意亂。

「喂，請別擋在那裡好嗎？」

信步踱到校園的一角，遠眺台北盆地的遠景時，突然有個聲音從身後傳來。返身，沒見到什麼人在對我說話，懷疑自己是否氣到發生幻覺。

我搔搔頭，當做沒啥事發生。不料身後又傳來：「那位叫黎晏昕的同學，你已成為生態浩劫，趕快離開！」

循聲往下看去，腳旁的草地上居然長出一雙眼睛！

「哇——」我嚇得連忙往旁邊跳開。

「啊呀呀呀呀呀呀呀——啊呀！」不料地上傳來更悽慘的叫聲，一個全身披著假青草、頭戴迷彩帽、臉塗成青翠色的男生從我踩著的草地旁縱身跳起衝過來：「你這個可惡的兇手！居然毀了一場大戰啊！」

「什、什麼啊？」

「你殺死牠了啦！」手中的相機摔在地上，他把我的右腿抬起。

鞋底全是綠色的漿汁一團模糊。我不解：「誰？」

「唉，機甲猛戰士與神鬼化學兵的大戰，就這樣被一個無知的人類毀了。」他拾起相機感嘆道。

機甲猛戰士？神鬼化學兵？我仔細觀察半天，才知道自己鞋底的屍體是一隻螳螂；而他說的神鬼化學兵，則是正與螳螂對峙的一隻氣步甲蟲。

「喂，別這麼生氣嘛，不過是蟲而已。」我在草地上抹掉屍體，大聲喚道。他止住腳步，異常嚴肅地糾正我：「不准小看蟲類！單單是螳螂，在地球上就有一億三千五百萬年的歷史，比你任何一代祖宗的受精卵都還要早來到這個世上！只有自大的人類，才敢小看蟲類。」

望著他萬般沮喪的背影，覺得居然有人如此看輕自己的同類，還真是異類，當下覺得有趣：「喂，你怎麼知道我叫黎晏昕呀？」

「你的無知超乎我的想像。」他沒有停下腳步：「我們不是同班嗎？」

我傻在當下……腦中開始搜尋他到底是班上哪位啊？

回寢室後翻出學系通訊錄，仔細檢閱班上同學的名字，扣掉熟絡的、點頭之交的、僅有印象的，只剩兩個人想不起來是誰。其中一個是女的，聽說在準備轉學考很少來上課；另一個是男的，名叫文石。

文石？哪位呀……我猛力抓搔後腦，怎麼也想不起班上有這麼一位祕密客。

身為班代的我，居然對班上同學如此無感，真是可恥。所以立刻聯絡了副班代和學藝，討論結果：文石沉默寡言沒有存在感，屬於空氣人那種類型，彷彿只是對法律感興趣來旁聽的別系學生般，完全被遺忘。

班上出現這種人，對於喜歡觀察團體中的每個人、主動與人交談廣結善緣、從小人緣就好的我而言，真是不可思議的存在。

想不到的是，當天在學校餐廳吃午飯時，又發現他坐在靠窗位子，正用望遠鏡在眺望窗外。

「你叫文石對吧？」將端著的自助餐盤放在桌上，在對面位子入座，我故作熟絡問道：「在看什麼？難道是在偷窺女生宿舍？」

放下望遠鏡，他冷冷地望我一眼：「你腦袋裡都裝些什麼？」

我不理他，拿起望眼鏡朝他剛才的方向瞄去：「一〇一？有什麼好看的？」

「大樓塔尖上有一隻玄燕鷗。」他低頭挾自己餐盤上已冷掉的菜吃。

透過望眼鏡仔細瞧，發現真的有一隻鳥停在一〇一大樓的塔尖上。

「這有什麼奇怪的，鳥飛累了，找個地方歇一下不是天天都有的事嗎。」

他用覺得奇怪的眼神瞪我一眼說：「玄燕鷗會在台灣停留的唯一地方，就是澎湖最西邊的貓嶼。現在出現在台北市，你居然不覺得奇怪！」

咦……原來如此。心中不禁開始在為文石重新塑形。

「那，牠是迷路還是怎麼了，為什麼會飛來台北呢？」

「你如果有牠的電話號碼，我願意幫你打電話問牠。」

「喂，不要把我看成一個無知的人嘛，我只是一時沒想起你是誰。」

「那我問你，北韓和芬蘭中間隔著哪個國家？」

「北韓？芬蘭？」雖然不知道為何突然這樣問，我仍然歪著頭認真思索：「中國嗎？好像不是……烏克蘭嗎？咦……」

見我表情苦惱，他彷彿很開心笑著說：「是俄羅斯。」

「哦……」

「再問你，世上有哪種動物可以用屁股呼吸？」

「蛤？怎麼可能有這種動物！」

「澳洲的費茲洛河龜。再問你，天上的星座到底是誰先發現的？」

「星座？呃……中國人？羅馬人？」

「不是。是距今約五千年前，美索不達米亞高原上的牧羊人首先運用想像力，將天空中的星群聯成星座，後來由希臘人發揚光大結合神話故事，才流傳至今。」

語畢，他用「看吧，還說你不無知」的眼神瞥一眼，就低著頭不再搭理我。

我哪甘心被這種怪胎瞧不起，心想這傢伙不過多讀了些閒書而已，有什麼能耐啊……但轉念，何不為難他一下，也好扳些面子回來：「哼哼，說得好像無所不知一樣，未免太臭屁了吧。那你知道我現在最苦惱的事是什麼？」

他連頭都沒抬：「該怎麼跟社團的學長言和吧。」

拿筷子的手抖了一下，我撐著驚訝不露：「我幹嘛要跟學長言和？」

「你不是因為那個碟仙的事，跟社團的學長大吵一架嗎？」

「你、你是神祕事件研究社的社員嗎？你當時又不在場……」

「我不是，也不需要在場。」他口中的甘藍菜嚼得格格作響：「我趴在草地上，聽到社團辦公室裡傳來兩個人的吵架聲，其中一個聲音與後來踩死機甲猛戰士的你聲音一樣。」

「原來你偷聽到我們吵架——」

「人類在憤怒時會失去理智，血壓上升，爭吵時音量提高到自己都難以想像的程度，為了吵贏對方，語言功能會跟不上腦袋運作，所以旁人只會聽到激昂吼叫聲，難以完全聽懂憤怒的人在鬼叫什麼。更何況，你們社辦距離我所在的草地，好像還有段距離齁。」

「那、那你是怎麼知道我們是為了那個事件在吵？」

「吵架聲剛剛停止，就看到你從社辦衝出來，在我四周亂轉，還不時踢草地發洩怒氣，口中喃喃自語，完全破壞了校園一隅的寧靜，所以我是被迫得知你為什麼發火的。」

「呃哼……那個，」原本想嘲諷一番的，怎麼變成有點自取其辱……我只好撐住：「那你對那個碟仙事件，有什麼看法？」

「無因沒有果，有果就有因。」

「說半天你也是不知道嘛，憑什麼說我無知。」

「好久沒有吃牛排了。」他停下筷子：「你與那個學長就是因為不知道原因，才爭吵的吧。」

「這、這跟牛排有什麼關係？」

「如果我能查出真相，你請我吃牛排。如果我查不出來，我請你吃牛肉乾。」

「有人這樣打賭的嗎？」

「你不想知道就算了。」他又繼續吃飯。「反正跟學長不和以後無法在社團立足的又不是我。」

「一言為定！就這麼賭。」

從神蹟靈體、鄉野妖怪、飛碟外星人，到穿越時空、平行世界、特異功能，凡是一切超自然的怪奇事件，都是神祕事件研究社的社課探討範圍。

當初選擇加入這個社團，除了剛擺脫入學考試的壓力想好好放鬆一下，也因自己對於神祕事件本來就有高度興趣，課餘時間我幾乎都是泡在社辦裡，研讀著各種光怪陸離事件的報導、紀錄或相關報告，或與有共同興趣的社員熱烈討論。

因為高度投入，所以下學期以大一生的身分，我居然就被大家推選為幹部。擔任幹部的我更積極，連續舉辦了鬼屋探真、預言占卜等活動，為社團吸引了許多新社員。令我意外的是，加入神研社的女生居然比男生還多。

「其實是為了李妙霏，才選擇加入神研社的吧。」

午餐後點了杯冰紅茶的文石聽我說到這裡，忽然打斷道。

「你……」我不僅不尷尬，反而驚訝：「對我這麼了解啊？該不會暗戀我吧？」

「我只是希望趕快聽到重點，不想聽自吹自擂的囉嗦。」

「雖說我是被李妙霏吸引才決定入社，但加入後非常投入社務也是事實。」

「那你追到她了沒有？」

「還在努力中。」

「嗯。那你講一下跟學長吵架的前因後果。」

要進入正題前居然緊張起來，我也拿起桌上的杯子啜了幾口紅茶。

「幾個月前，社團為了向學務處繳交成績，辦了一場名為玄祕之旅的研討會。其中有個活動是讓會員親身體驗民間傳說中的碟仙問卜，因為太成功，好多社團成員因而迷上了碟仙。尤其是那幾個女生社員，時不時就要求再辦。我拗不過，只好又辦了——」

「等、等一下。」文石的眼睛亮了起來：「太成功是什麼意思？」

我掩不住得意的語氣：「我們招靈成功了。」

「意思是，真的有靈體附在碟子上，和你們對話？」

「不止如此，還對提問的人預言了！」

「預言？」文石的視線望向遠方，歪著頭思索；「例如我明天會不會踩到狗屎，它說會；結果第二天在超注意的情形下，我還是真的踩到了這樣嗎？」

「只有你這種人才會想到這種比喻吧！」我揣度眼前這個眼瞳晶亮深邃、五官輪廓剛毅、講話神情認真的男生，人緣應該很爛。

「不然一般人都想預知些什麼？」

「有個女生叫關筱婷，她問碟仙是否知道她的心事。碟仙轉到『是』。她又問那她心中那件事是否能成，碟仙不是轉到『是』，而是逐字飛轉，告訴她『可成，但有波折』。幾天後她和兩個好友衝進社辦，又叫又跳激動地說碟仙太準了。我詳細問了，原來她的心事就是次日想跟某位學長告白，擔心不成，告白後才發現原來有另一位學妹已搶先一步告白，甚至早就視她為情敵中傷她，害她一顆心懸著；不過後來她接到學長傳簡訊說決定接受她的告白，讓她又驚又喜。」

「原來是這麼點事。不過，若說只是巧合，好像也不無可能。」

「我就知道你會這樣說。」我睨他一眼，抬起下巴繼續說：「另一個叫劉姍姍的女生，問碟仙她遺失的手機在哪裡。碟仙告訴她出了社辦後，往西走六十六步。她照辦，結果就找到了。」

「在哪裡找到的？」

「校園裡百花池邊的長椅子下。」

「也許有人聽到她這麼問，搶先一步將撿到或偷取的手機放在那裡。」
「誰？為什麼要這麼無聊？」
「原本想據為己有、後來內疚又不敢主動還她的人。」
「問完碟仙後她立刻就去找手機了，在場的人都沒離開呀。」
「喔？」
「還有，你怎麼解釋碟仙知道她的手機掉在哪裡了？」
「可能是參與的人中、有人推碟子告訴她的。」
「你否認有靈體附碟這回事囉？」
「我只是說有這種可能。」
「其他還有好幾個當天參與問碟的人都回報，碟仙的預言及指引非常準，每個人都說得興奮異常、信誓旦旦。反正我們社團因此聲名大噪。」
「應該有人質疑這些說碟仙準的人，目的是幫神研社宣傳、以便招攬更多社員吧？」
「參與的人並非全是社員，許多說準的都不是社員！甚至有人是抱著踢館拆招牌的心態來社辦參加的呀。結果事後都一反初心，大呼不可思議！」我有點忍不住：「喂，你老是質疑別人的動機，人緣應該很差齁？」
「先假設有靈體降碟應卜這回事好了。那，剛才你說拗不過又是什麼意思？」
「對於到底有無碟仙存在，社裡不是每個人都持肯定意見的。像學長樊霽坤就跟你剛才說的一樣，認為碟仙不過是參與者之中有人故意推碟子的結果，根本嗤之以鼻。另外神研社成立的宗旨，是探討許多光怪陸離事件的真相，現在搞到每天都在忙著登記和消化大量排隊預約的人，違背了創社目的，引起其他對碟仙不感興趣的成員反彈，像學姊趙嘉熙就拍桌子說再不停止碟仙活動，她就要退社了。」

「終於有女生反對了？依你剛才的描述，我還以為相信碟仙的都是女生咧。咦，那你相信有碟仙存在嗎？」

「我就是主辦人，當然相信啦。喂，信鬼神還分男女的嗎？」

「說的也是，至今我也沒把握說世上究竟有無鬼神。」他再啜了口紅茶。「那你就停辦，讓想玩的人自己去寢室或別的地方玩，社辦就能回復正常吧。」

「奇怪的是，很多人到別的地方玩過後，紛紛回來要求在社辦請碟仙。大家都說別的地方要不是碟仙不準，就是根本請不到碟仙。甚至有人說社辦一定是風水寶地、陰陽交界，才能招請諸般仙靈。所以幹部們才會為這事吵起來。」

「有人說要續辦、有人說該停辦，表決不就好了嗎？」

「表決啦。表決結果是主張停辦的人比較多。」

他攤開雙手，聳聳肩：「那還吵個啥？」

我乾咳了兩聲，有點尷尬地說：「可是我堅持續辦。」

「那你要不要自己出去另立門戶，專門搞個碟仙社，自己當社長。」

「學校認為這是怪力亂神，不會准的！」

「那你在堅持什麼？」

「因為……因為……」我狠狠吸了口紅茶，思索著如何解釋。

「啊！」他露出一抹微笑，喝乾了杯中的茶。「因為李妙霏希望續辦對吧？」

「不是，神研社原本小貓兩三隻的，每次辦活動報名的人也稀稀落落，好不容易因為碟仙吸引了好幾倍的新社員，就算攜伴帶友的來蹭也能製造高人氣，別的社團都羨慕到流口水了！說不辦就不辦，那之前的努力不都白費了。」

「還有，就是李妙霏反對停辦吧？」

「說要探討世上究竟有無碟仙存在，大家都還沒研究出什麼成果就要停辦，做事不能這樣半途而廢吧，以後誰還要相信創社宗旨啊，就不要說對不起辛苦投入的人了。」

「還有，就是停辦了怕李妙霏不理你了？」

「啊啊啊啊啊啊啊啊啊啊啊啊啊啊啊啊啊！」我狂抓頭髮，痛恨他猜中事實。「那不是主要原因，只是很小一部分的原因啦！」

「唯恐因此少了跟她相處的機會，才是絕大部分的原因吧？」

「你！」我癱在椅背上，虛弱地盯著他：「你真的很煩！難怪你沒有朋友。」

「與其花時間交朋友，我寧願研究為何某人會為一個女生得罪許多朋友。」

這是什麼神人？這是什麼怪胎？

「那後來碟仙預言活動，是停辦還是續辦？」

「續辦。」

「學長姊一干反對人等，都被你說服了？」

「是的。」

「厲害。那正合你意，今天早上還吵什麼呢？」

「續辦了幾天，我就後悔了，要求停辦。」

「要、要求停辦？」他前傾身子睜大眼睛：「是你說錯了還是我聽錯了？」

「都沒錯。我擔心一件事，所以強烈要求停辦。」

他立刻起身，抓起空紙杯掉頭就走。

我嚇了一跳，起聲大喊：「我還沒說完吶。」

「你這個人反反覆覆言而無信，像個政客。」他居然頭也不回就走出餐廳。

「明天一起去看電影好嗎？」

「明天？不適合去看電影。」

「蛤？明天天氣應該不錯，有什麼不適當的？」

「我明天出門可能會遇到不好的事，所以不想出門。」

「誰跟妳說的？」

「碟仙。」

「……」

「咦，下週的考試我會不會被當掉……我待會兒去社辦問一下碟仙好了。」

「可、可是我待會兒有事不能去耶。」其實我根本閒得發慌。

「沒關係，我找室友一去起。」

就像這樣，李妙霏愈來愈沉迷於碟仙，大小事都要問，一切都以碟仙說了算，原本好奇的遊戲變成決定人生的唯一導師，就只差沒照三餐伏在地上高喊感恩師父讚嘆師父了。

我很怕哪天跟她告白，她說要問碟仙的意見，而碟仙卻……

為此我三番四次提醒她不要太入迷，碟仙的意見僅供參考，不能奉為聖旨。但她總是當做耳邊風，還陰惻惻地回我：「不要亂說話，祂會不高興的。」

一方面為顧及她的心情，一方面我是這項活動的始作俑者，類似碟仙不過是孤魂野鬼不可盡信、敬鬼神而遠之的話，實在說不出口。

某天我正為製作活動計畫書忙得焦頭爛額之際，她帶著關筱婷、劉姍姍衝進社辦，說有重要的事需要馬上問碟仙，要求我跟她們一起請靈。

「什麼事這麼緊急？」

「有個哲學系的學長跟我告白，我想問碟仙的意見。」

我終於忍不住了：「妳喜歡就接受、不喜歡就拒絕，為什麼要由一個不知名的鬼靈幫妳決定人生？」

原本溫柔可人的她忽變臉，惡聲惡氣嗆道：「你對祂不敬，小心報應！」

我被嚇到，但也被激怒：「是仙是鬼都不知道，難道叫妳去殺人妳也去！」

「有何不可。」

說這話時，甜美的臉龐幻化成青面獠牙的厲魔，一陣惡寒從我背脊竄上後腦。

李妙霏所以吸引我，不是她有天仙般的美貌，而是她的個性溫柔、待人體貼，同學們莫不對她討喜的單純印象深刻。

可是剛才那四個字說的時候雖然只有兩秒、說完就立即轉身拉著關筱婷、劉姍姍一起進到社辦後方隔出的小房間裡；語氣之兇狠、用詞之堅絕、腔調之詭異，絕對不是原本的李妙霏會說的話，簡直就是、就是……另一個人。

我驚詫地望著小房間的門、聽著她們在裡頭齊聲低喚：

「碟仙碟仙在不在，有事相求請出來……碟仙碟仙在不在，有事相求請出來……」

不自覺從座位上起身，我悄悄走近小房間，輕輕推開房門。

「碟仙碟仙在不在，有事相求請出來……碟仙碟仙在不在，有事相求請出來……」

在燭影搖曳中，空氣中摻著期待與貪婪的混濁。三個女生各伸出一指按住、並神情專注地盯著那隻白色小碟子，長髮披垂旁的眼瞳裡映著燭火的紅光，身後各自拉出幽闇的影子，這三個影子彷彿……彷彿……

不是燭光映照身體的陰影，而是三隻惡靈在玩弄傀儡般，站在她們身後！

雞皮疙瘩霎時爆滿雙臂和臉頰，我打了個冷顫，大聲叫道：「不要再玩了！」

她們三個同時抬起頭轉向我，對我甩來惡狠狠的眼刀。

非將你撕開咬碎不可的那種眼刀！

我嚇得倒退出房間，口腔牙齒嚴重發痠。

她們視線又轉回到桌上：「碟仙碟仙在不在，有事相求請出來……」

白色小碟開始緩緩轉動。

第三話

一個不留神，前方的身影忽然不見了。我加快腳步，四處張望。

「你這幾天老是鬼鬼祟祟跟蹤窺伺我，到底為什麼？」

聲音倏忽出現在身後，我因此嚇了一跳。

跟蹤觀察好幾天，原先的孤僻印象完全改觀：我認為他是個世外高人。所有的思考模式、甚至有些言行舉止，都跟世上的正常人不太一樣。一些平常人不會注意的事、一個大學生不會關心的問題，他怎麼會這麼關注並費心研究，讓我覺得非常有趣。所以就算知道他可能已經注意到我，我還是死皮賴臉，跟前跟後觀察他一整天，然後，整個心情都變好了。

這洗衣精裡的橘子香味、跟這罐飲料裡的橘子香味，是同一成分嗎？

聽到文石突然這麼問，店員一臉意外地將他放在結帳檯上的洗衣精和汽水瓶拿起來端詳了半天，毫無把握地說：應該不一樣吧。文石聽了皺眉說聞起來都是橘子味，哪裡不一樣？店員想了幾秒，改口說那應該一樣。文石卻問既然一樣，成分表裡一個是寫香精、一個是寫香料，為什麼？店員僵著臉再說喔，那應該不一樣。可是文石竟然又問香料與香精有什麼不一樣？

在後頭聽了瞬間笑抽的我，心想：店員不過是個鐘點打工仔，饒了人家吧。

我偷偷用食指對著自己的太陽穴轉圈圈，店員的視線越過文石肩頭瞄見了，才鬆了口氣並小心翼翼說我也不清楚耶。

然後文石就跑去圖書館查資料，蒐集了所有香精與香料的化工書籍資料；等抬起頭露出滿意表情，早已錯過晚餐時間。抱著觀察奇珍異獸心情的我，也因此餓到頭昏。

為什麼這個炒青菜吃了不會感到膩、但這紅燒五花肉吃完會覺得喉嚨卡痰？

自助餐檯後的老闆聽了，以為他在影射什麼，大聲說店裡用的都是合格廠牌，絕無黑心油！文石完全不會察顏觀色，還換了各種問題追問個不停。眼見老闆都捲起袖子準備打人了，瞄見我笑彎了腰，在後方用食指對著太陽穴轉圈圈，眼神立即變異，壓下音量對文石說這我沒研究耶，文石才放過老闆。

但他沒放過自己。又奔去圖書館，查閱了所有關於植物油與動物油的研究文獻，非搞懂兩者的差異絕不吃飯。幸好這回我自帶了麵包，沒被他餓著。

在校園裡無意中撞見一個女生在哭泣、兩個男生在旁邊吵架。文石毫無顧忌當個吃瓜群眾，聽了半天雙方的爭執，忽然插嘴問那女生這兩個男的都這麼爛，要是我早就甩掉了，妳有什麼好哭的。兩個情敵聽了馬上轉向，質問他憑什麼在這兒說三道四？文石居然還爭辯說你們兩個都說自己最愛她，卻只顧自己面子沒一個顧慮她的感受，說爛只是一時找不到其他形容詞。

結果那兩個男生為表達內心的憤怒，用對他圍毆的方式來形容。

若非我衝過去強拉他逃離，他臉上就不會只有腫成豬頭四個字可形容。為了搞懂自己為何被打，他一頭泡進愛情心理學、暴力心理學、群眾心理學、人際心理學等各種類的心理學，整整三天三夜才滿嘴鬍碴步出圖書館大門。

這回我學乖了，正常作息上下課，只是早晚經過圖書館時確認一下他還沒從書堆中抽離而已。若非在學校餐廳曾跟他有過對話，真的懷疑他有自閉症。

他的獨特非常自然，因為完全活在自己的世界裡，根本不在乎別人眼光，只為了達到想要的目的：知道原理和真相。

這正是我現在期待的貴人所需要具備的能力。

「因為你還欠我一包牛肉乾。」

「真相就是，因為你的反覆無常，所以才會讓碟仙活動變成同好翻臉。」他從背包裡掏出一包牛肉乾：「我認輸。」

我一掌拍開它：「你又還沒聽完我的問題，就妄下定論是怎樣！」

「我對你的人緣問題已經不感興趣了。我認輸。」語畢他轉身就要走。

情急之下我衝上去跳到他背上，無恥地叫道：「小石你別走！你別拋下我！」

「你你你你、你幹嘛啦！」他嚇到猛力左搖右晃，企圖把我甩下來。

但我更加死命勒著他的脖子：「你不幫我解決我就不下來！」

「下來啦！你幹嘛呀！滾開！」

「小石我愛你！」

周遭立即投來眾多校園裡路過旁人的異色眼刀、指指點點與議論紛紛。

「你這個妖孽！」他無奈地說：「好啦好啦，你下來。」

「你答應我了，再反悔那裡就爛掉！」

「快滾開啦！到底要我解決什麼啦？」

我趕緊跳下，告訴他不惜毀掉自己的信用與人緣也要趕快停辦碟仙活動，是不想讓更多人像李妙霏一樣沉迷，並把她走火入魔的情形詳細描述了一遍。

他邊啃牛肉乾邊聽，最後面無表情問：「她沉迷成這樣，那個以辦碟仙活動為榮的傢伙不該拖出去杖責嗎？」

面對揶揄，我厚顏無恥道：「就因為是我的責任，才要想辦法拯救她。」

「可是你想不到辦法，就找我？我何德何能啊。」

「你不要妄自菲薄，你才德兼備，是解決這件事的最佳人選！」

他投來嫌惡的眼神，貌似聽到有人高喊吾皇聖明、吾皇萬歲般荒謬。

「碟仙究竟是神、是鬼還是人？難道你不想知道它的真實身分嗎？」

學期接近尾聲，各社團拼了命在趕活動報告。

社長鳳振宇昨晚狂叩我手機，說課外活動組已催三次，放話說神研社的活動記錄再不繳齊，就砍下學期的社務補助費，要求身兼活動長與文書長的我務必在二十四小時內趕出來。

我開始覺得擔任社團幹部並沒有原先想像中那麼風光。

低頭趕著報告，在鍵盤上的指掌間已被汗水濡溼。餘光瞥見窩在角落時而瀏覽過去活動紀錄、時而翻閱八卦雜誌、時而打盹的傢伙，疑惑於他為何可以活得如此自由自在，心理就有些不平衡。

直到李妙霏探身進來，才確認自己會覺得擔任幹部是苦差事的源頭，其實是來自於對她的暗戀。

「小房間有沒有人在用？」她的眼神裡只有小房間只有碟仙，沒有我。

我開始痛恨碟仙。不管碟仙是神、是鬼還是人，都恨。

「妳們要來請碟仙嗎？」我起身，瞥見她帶著關筱婷、劉姍姍：「他也想加入，但我忙著趕記錄沒時間；既然妳們來了就大家一起請吧，力量也大些。」

她們目光齊投睡歪了的文石身上。

我使力讓臀下的辦公椅滑近、並伸長了腳輕踹他小腿：「喂，人家來了。」

文石驚醒，一臉剛剛才從平行時空回來的懵樣，惹得三個女生發噱。

「他叫文石，我班上同學，說是有什麼人生難題要問碟仙。」

他抓抓睡亂的頭髮，傻笑：「是啊是啊，聽晏昕說這裡的碟仙特別靈，想來請求開示一下。」

請求開示？三個女生互睇一眼，又被他的蠢樣與用語搞得笑出聲。不過既為碟仙的「信徒」，她們也以同我族類的心情分別對文石自我介紹。

音樂系的劉姍姍雖然長相普普，也許是受音樂的薰陶，言談舉止看來都頗有氣質。原本與高中時期認識的男友交往穩定，可惜她對碟仙深信不疑，竟然和原先交好的男友分手。

她問碟仙能否跟男友攜手一生，碟仙卻回答她「不能」。為此傷心了好幾天，最後她居然以與其如此不如早點各尋幸福為由，斷然提出分手。

男友得知原因，氣得衝進來要打人，還向學校檢舉說神研社的活動都在蠱惑人心，與邪惡的宗教組織無異。害我和鳳振宇被叫到學務處課外活動組說明，還被無神論的師長訓斥警告，回到社裡又被學長樊霽坤、學姊趙嘉熙恥笑一頓。

物理系的關筱婷上次問過碟仙後，起初與男友交往順利。但從她後來幾次問的問題聽來，好像常跟學長發生爭吵。在我看來，都是些可以退讓的小事，不想退讓的話溝通一下坦誠說出心裡想法就解決了，而且唸理工的人不是都比較理性嗎？哪需要連「明天穿什麼顏色的衣服男友才會低頭認錯」這種蠢問題也要問碟仙？

偏偏碟仙有問必答，讓我開始懷疑碟仙到底是何方神聖，怎能這麼閒？她倆沉迷也就算了，偏偏中文系的李妙霏也沉迷，甚至已達迷信的程度。這就讓我開始對碟仙反感，畢竟李妙霏是我喜歡的女孩……

當我提出中止續辦碟仙活動時，身為肩負社務興衰社長的鳳振宇立即反對，原本不同意續辦後來被我說服的學長樊霽坤覺得被耍也翻臉，始終反對的學姊趙嘉熙則冷嘲熱諷，故意站在他們那邊為反對而反對，因而引爆我們的爭執，聲音大到讓在外邊草地上看蟲的文石都能聽到。

文石與她們三個閒聊一陣，感覺上較為熟絡了，大家就一起進到小房間。

小房間正中央擺著一張圓桌，關筱婷熟門熟路地從旁邊鐵櫃抽屜裡取出白色小碟和上面佈滿文字的回應紙，並點燃放在燭台上的三支紅蠟燭。

然後她們三個圍坐桌旁，開始閒聊起來，還問了文石許多日常，像是法律系很難唸吧、平常都看些什麼書、哪間宮廟的神明最靈驗等等。

文石起初維持禮貌回應著，後來有些不耐，終於忍不住問：「為什麼妳們還不開始請碟仙啊？」

她們互覷一眼，同聲笑出。李妙霏用欣賞小寵物的表情笑著說：「請碟仙要在午夜子時，你連這個都不知道嗎？」

文石恍悟，傻笑：「呵，我是第一次來問仙。請多包涵。」

我別過臉，這點事先忘了告訴他。瞄一眼手錶，凌晨零點還沒到。

關筱婷抿嘴取笑：「請多包涵？這是明朝還是清朝的用語啊？」

劉姍姍接力揶揄：「我們文石同學的靈魂，何其老啊。」

然後她們三個一起笑得花枝亂顫。

文石對於女生們的嘲諷不知如何回應，只是撓著後腦傻懵地陪著笑。

那呆蠢模樣，讓我開始懷疑自己識人不清，錯信他的能力。

也許他其實就只是個略自閉的傻宅男而已……唉。

「啊，妳們覺得碟仙是什麼，怎麼好像什麼都知道啊？」興許是想轉移尷尬，文石忽然問。

劉姍姍立即搶著回應：「一定是神仙吧。法力高強的那種。」

關筱婷思索後笑著說：「可是我聽說祂是遊走人間的鬼魂，生前應該是有天眼通、能預見未來的人。」

李妙霏噘嘴認真回道：「如果真是鬼魂，那生前應該也是個善良的帥哥吧。」

「妳們是怎麼回事？」我實在聽不下去，忍不住插嘴：「我們有請民俗老師來上社課，老師說碟仙就是個被召喚來的鬼魂而已，什麼超能力、什麼大帥哥，需要這麼夢幻嗎。」

她們三個瞬間變臉，原本歡快的聊天氣氛霎時變冷。

李妙霏瞪我一眼：「你剛才不是說要趕記錄沒時間，現在還在這裡幹嘛？」

完了，被喜歡的女生討厭了……我企圖挽回：「其實每次被我們召喚來的碟仙都未必是同一個，當然有可能遇到具備超能力的帥哥，但也可能是冤死的女厲鬼所以……」講到後來聲音愈來愈小，因為感受到三雙眼睛發射而來的眼刀愈來愈鋒利。

為何在李妙霏面前，我長袖善舞的公關對話能力會如此一蹶不振啊……

文石也許是為了打圓場，也發表自己的看法：「既然大家都沒把握碟仙是什麼，那我們就以比較中性的『靈體』來稱呼好了。」

「靈體的來源是神明？是修練而成的仙人？或是投胎未成的靈魂？還是有差別的吧。」李妙霏的語氣裡還是有對我的不滿。

「據我所知，有人說碟仙源自於西方的通靈板，是一種占卜方式，其實碟子只是工具而已，如果我們透過銅錢召喚來靈體就會被叫做錢仙、透過筆召喚來的靈體就被稱為筆仙。另外一種說法則是源於稻荷神社傳說，因為在日本家喻戶曉的稻荷神社，供奉主司守護稻穗職責的稻荷神，祂的使者就是我們所說的狐仙或狐靈，而透過碟子所召請來的正是狐仙。在日本的一些家庭中，也有供奉狐仙的習俗，通常是以上好的梧桐木，搭建一間玩具似的小屋子，每日奉獻一些清茶、鮮花來祭拜供養。另外在日本有一種糯米製的麻糬，也稱為稻荷，據說是狐仙最喜歡吃的。而有些家庭每日清晨在清掃稻荷神社這些狐仙居住的小屋子時，竟然也會發現一些白色狐狸毛，所以許多日本人對於狐狸修練成仙的靈體是深信不移的。」

「狐靈？」

「在日本，狐狸的數量比山貓還多，而家貓並沒有守護稻田的習性，所以田裡的老鼠最害怕的反而是狐狸。狐狸是不吃米也不會踐踏良田的雜食性動物，而且還是天生抓老鼠高手。自古以來，人們相信稻荷神主司守護稻穗的職責，而狐狸就是稻荷神的使者。擔任食物之神稻荷神祇的使者，狐狸非常敏捷有活力，人們很難抓到牠們，更何況狐狸智慧高，所以被視為與靈界溝通的橋樑。」

「所以才召喚祂來詢問一些玄異的事。唔，這個我能接受。」李妙霏頷首道。

「至少比什麼女厲鬼的，可信多了。」劉姍姍附和道。

「啊，我也喜歡可愛的小狐靈！」關筱婷舉雙手高喊。

忽然覺得在這個世上唯一被排擠的人，就是可憐的我。

壁上老舊掛鐘傳出整點的聲音。

原本的輕鬆頓時陷入肅寂凝結，彷彿剛才談笑的人全部都被黑洞吸走，消失在異度時空裡，擠在眼前這小房間裡的五個人根本就是被平行時空的破口裡拋進來的，每個人臉上寫著嚴肅與心事。

這情景顯然讓文石表情錯愕，不過視線迅速掃過每個人，也緘口保持沉默。

李妙霏把小白碟翻覆放在滿佈文字的黃色回應紙正中央。關筱婷點燃三炷香，朝四方空中頂禮祭拜，再插在香灰已快滿溢的小香爐裡。

最靠近開關的我，起身按滅了電燈。

香煙裊裊與燭影搖曳中，房內驀然陷入詭異陰森的氛圍。

我們一起將手指按向小白碟的背面，齊聲同喚：
「碟仙碟仙在不在，有事相求請出來……」
「碟仙碟仙在不在，有事相求請出來……」
「碟仙碟仙在不在，有事相求請出來……」
每個人都死盯著小白碟上用紅漆畫的紅箭頭，在燭火映照下，顯得面目有點猙獰可怖……

第四話

召喚約五分鐘後，碟子開始緩緩移動。
每次參與召請碟仙，只要碟子開始動，頸背就會發冷。
雖然興奮於能與超自然界接觸，但就如我與文石討論的，畢竟是怎樣的靈體，尤其是對於召喚的人是敵是友，均未可知。
「碟仙、碟仙，祢在嗎？」劉姍姍首先發問
碟子緩緩帶著我們的手指在回應紙上移動，直到紅色箭頭指著紙上的「是」。
劉姍姍眼神溢著期待：「請問碟仙，我認識的那個男生，他會喜歡我嗎？」
咦，遇到心儀的男生了嗎……指尖下感受到一股無形力量，碟子緩緩移到回應紙的一個角落，紅箭頭指著「會」。

劉姍姍眉梢微挑，滿臉通紅再追問：「我跟他最後會……在一起嗎？」

碟子離開原來位置，拉著我們的手指往另一邊跑，我心想難道是要停在「否」字嗎。不料碟子離開後轉了兩圈竟然又跑回原來位置：「會」！

「那再請問碟仙，我跟他在一起後，會幸福嗎？」

感覺手指下有股力量在晃動，但碟子微微離開一下又快速移回原位，還是「會」字的前方。

這下子她嘴角拉彎了，貌似已被那個心儀男生求婚了，看得出來非常開心。

如果妙霏問這些問題，而說的那個男生就是我的話，我早就雀躍到立刻從椅子上跳起來狂吼狂跳了吧，哪還像她現在這樣，強忍心中喜悅只是微微一笑呀。

換關筱婷。她問：「碟仙碟仙請問您，我能挽回他的心嗎？」

挽回他的心？上次不是……難道……

我還來不及反應，手指就因碟移而走。這回碟仙好像怪怪的，一下往東、一下向西在回應紙上來回游移，弄得我很緊張，必須使力按著手指才不致脫離。

召喚碟仙的規矩之一，就是手指絕不可離開碟子，必須全程都按在碟背上，直到請碟仙離去，否則會讓碟仙以為有人想要自己留下來；倘若碟仙真的是孤魂野鬼，那可不得了。

據說就曾有個白目的大學生，鐵齒不信邪，打著破除迷信的旗幟加入召喚，一副正義魔人嘴臉，結果中途故意將手指收回，碟子就停了。其他成員雖然不滿，但決定不予理會繼續請碟仙預言，請了好一會兒碟子重新移動，但已不聽成員的問題，問東答西，大家開始害怕，請祂回去請了好久好久，碟子才肯歸停原位；那位鐵齒哥還大聲嘲諷大家裝神弄鬼。

不料次日早上起床，鐵齒哥覺得自己背後好像有人在跟著，不停回頭或返身察看，說不出是怎麼回事，搞得家人朋友異常緊張，帶他去看醫師。吃了安定神經的藥物後不但未見改善，還開始聲稱覺得有人在跟蹤、有人要害他、有人躲在他房間監視，原本開朗豁達的個性在幾個星期內就變得異常陰鬱，不時自言自語。家人帶他遍尋名醫無果，去宮廟收驚後照舊，找師父作法也無效，最後被送進精神病院直到暴斃。

說碟仙是孤魂野鬼的人，繪聲繪影說這就是得罪碟仙被抓交替的結果。

除此之外，我事先也告訴文石過程中絕不可問碟仙的姓名、是怎麼死的之類大忌問題，以免惹禍上身。

文石聽了點點頭，表情嚴肅地說他想了解碟仙是怎麼回事、幫我想辦法勸導李妙霏，也會遵守規矩，所以我決定讓他加入召喚。

現在碟子卻來回游移不定是怎回事？碟仙也有猶豫的時候？我真大開眼界。

最後紅箭頭停駐在「能」字，我才吁了口氣，抬眼望見大家額頭上都冒汗。

闞筱婷看來也鬆了口氣，咬了咬下唇：「那他何時會回頭？」

碟子未動，不知是沒聽懂還是在思索，抑或正用超能力的天眼通眺望未來的時空。闞筱婷忍不住再問：「碟仙碟仙，我是請問，我的努力何時能讓他回心轉意？」

碟子馬上動了。先在「不」字前停頓、又停在「定」字。

不定？啥意思……我們面面相覷。

闞筱婷不死心又問：「請問碟仙，為何不定？」

碟子轉動，直奔三字個字前：「有」。「衝」。「突」。

不確定那男的何時會回心轉意，因為會有衝突嗎？什麼衝突？跟誰？

我們不約而同望向關筱婷。

她僵著臉，似乎揣度著碟仙的答覆，怔愣片刻後給李妙霏一個眼神：換妳問。

反正是她個人的私事，也許已經得到想要的答案了。我將注意力轉回桌上。

「碟仙您好。請問碟仙，」李妙霏滿臉虔誠卻小心翼翼地問：「我心目中的王子，人在哪裡？」

就在妳身邊呀，看過來就是了呀，還問啥……我不自覺深吸口氣，心臟開始跳得大力，暗忖如果碟仙能撮合我跟她，結束後就立馬請文石吃最頂級的牛排、永不再質疑碟仙是魂是鬼這種蠢問題。

碟子開始移動。

小腿一陣痛楚，我才從迷惘中醒過來，發現大家都用擔心的眼神望著我。

「黎晏昕你幹嘛？你沒有問題要問嗎？」踢我的關筱婷語帶不滿地問。

「蛤？我、我……」我用力眨了眨眼，掩不住內心激動。

因為剛才碟仙回答妙霏的五個字，居然就是「就在妳身邊」。

碟仙停下後，她怔在當下，不知如何反應。而我整個人傻住。

這碟仙預言不僅準，而且準得太善體人意了！

在狂喜中恍神，我竟不假思索脫口而出：「碟仙碟仙，您說的是真的嗎？」

才問完，就感到頭皮一陣發麻，全身僵硬。

面對桌邊四雙眼睛直射過來的驚訝、不解、責怪、疑惑，驚覺自己問了犯忌的問題！

請示碟仙四大禁忌，第一就是務必尊敬，不可有質疑、輕蔑或嘲諷的問題。

第二是不可問關於偏財的問題。例如預測彩券開獎號碼、哪一號馬匹賽馬時會跑第一。

規則三，不可向碟仙索討任何東西。不論是有形的財物或無形的利益。

最大忌諱是，絕對不可問關於碟仙自身的事情。

據說違反者，下場都非常悽慘，所以學長姊及來為我們上社課的民俗學老師莫不再三告誡提醒，寧可信其有，以保平安。但現在我卻……

我急著想對祂道歉，但指尖下的碟子卻先移動了……

停在「你」字前時嚇到盆底肌發冷。移往「說」時，以為祂在責問「你說什麼」，我都快昏倒了。

直到在「呢」字前停住不動後，我才從窒息邊緣回過神。

你說呢？

這是幽默還是戲謔的反問？但若是以生氣語氣的話……

李妙霏神色緊張。劉姍姍怒瞪我。關筱婷猛使眼色要我快道歉。只有文石彷彿吃瓜路人靜觀我會如何。我趕緊說：「碟仙碟仙，抱歉抱歉，我的意思是，您剛才說妙霏的王子，意思是日常生活中常出現在她身邊、還是現在就在現場？」

「你幹嘛啊！」李妙霏怒目相向。

「問你自己的問題就好，幹嘛亂問她的啊！」關筱婷也罵道。

可當下唯一迫切想知道的就是這個問題啊。我漲紅了臉，無視於她們的抗議。

碟子又轉動起來：「她自己知道」。

李妙霏鬆了口氣，用嚴厲的眼神警告若再問關於她的問題就給我好看。我像洩了氣的皮球，低著頭不再作聲，唯恐賠光了自己全部的人緣。

大家把目光轉向文石，意思是換你問了。

文石點頭，用不帶任何感情的語調問：「請問碟仙，您是神？是仙？還是鬼？」

啊？

啊啊啊啊啊啊啊啊啊啊啊啊啊啊啊啊！

居然問了……包括我在內，所有人像被雷打到般震驚。

這個死文石，不是告訴過你不可問關於碟仙自身的問題嗎！

我正要開罵，手指感覺到碟子又開始移動了。

「你」、「想」、「看」、「我」「嗎」

李妙霏的臉上浮起雞皮疙瘩。關筱婷的眼皮不停抽搐，劉姍姍怕得快哭出來。我自己上齒顫打下齒咬著牙根說：「可、可以……先、先不要嗎……」

但文石接下來說的，害我嚇到差點昏厥過去：「碟仙，您不是說您就在她身邊嗎，我希望您現身就可以了。」

愣了三秒，李妙霏和關筱婷同時放聲尖叫跳了開來。不知是撞到鐵櫃還是吹來陰風讓燭火瞬間全滅，房間內立刻陷入一片黑暗。劉姍姍則嚇到一直大哭。

「他幹嘛這樣亂問啊！嗚嗚嗚嗚……」
「快開燈啦！」
「還沒請碟仙走能開燈嗎？」
「那快點蠟燭啊！你們的手放開碟子了嗎？我放開了怎麼辦？」
「完蛋了，我也放開了啦！」
「都是文石幹的好事！混蛋！」
「死傢伙！害死人！」
黑暗中七嘴八舌一陣慌亂。我憑記憶在牆上摸索到開關，燈啪的一聲亮了。
李妙霏和關筱婷瑟縮地抱在一起。劉姍姍蹲在房間角落哭泣。
只有文石在座位上像被抽離了靈魂，呆若木雞。

大家七手八腳將桌椅復位、重新點燃蠟燭關上電燈，同時文石被三個女生斥責到不留情面。我打圓場說他第一次參加太緊張，也被她們遷怒說我是不是反對請碟仙才叫他來鬧場。

我急於辯白說來參加召喚的人都是對碟仙感到好奇，一下子忘了禁忌也是有的，但女生的怒氣合起來猶如濤濤江水，罵起人來氣勢驚人。為自證清白，我只好發誓一定誠心誠意將這場召喚儀式做完收尾，才稍稍止歇她們的不滿。

將碟子放回最初的壇位，憋屈地瞄一眼文石；他面無表情，貌似剛才發生的一切與其無關。我應該後悔找他來嗎……

「碟仙碟仙，請問您還在嗎？」

這樣問了許久，就在大家快要失去耐心之餘，碟子忽然動了起來：「在」

「很抱歉問了您不該問的問題，請不要生氣。」我畢恭畢敬地道歉。

這次碟子倒是很快移動：「我願意回答」

我們面面相覷，不知如何回應。文石又要開口，被我們用最嚴厲眼神警告。

既然答應了大家要好好收尾，我只好繼續：「沒關係，今天我們請益到此，您可以回去了，謝謝您。」

碟子不甩我，繼續移動：「我不是神仙也不是鬼」、「是靈」。

靈？跟神仙有什麼不同？跟鬼魂又有什麼不同？

這以後可以去查資料，也可以請教社課老師，眼下當務之急是趕緊把祂送走。

「碟仙碟仙謝謝你，碟仙碟仙請回去。」我先喊出。

「碟仙碟仙謝謝你，碟仙碟仙請回去。」他們四個跟著我喊。

碟子在紙上緩緩移動，卻不是歸停在紙中心的壇位，而是陸續停在「有」、「求」「必」、「應」四個字前面。

這下子大家原先的不安表情都有了變化。

一陣安靜之後，關筱婷忍不住問：「求、求什麼都答應嗎？」

指尖下的碟子很快滑到「是」字。

沉默片刻後，她問：「這次期末考的光學暨量子物理學，能讓我考滿分嗎？」

碟子移往「可」字，並停駐在字前不動。

李妙霏還是有些不安，小聲問：「妳確定……這樣沒問題？」

關筱婷低聲回：「我覺得應該沒關係。」

大家互相交眼神，確認沒有其他問題，就連忙請碟仙歸位。

這次碟子順利回到壇位，我才鬆了一大口氣。

步出社團辦公室等鎖妥大門返身，發現他們四個都已下樓了。

我加快腳步追上去，她們三個熱烈地討論著剛才的過程，文石則跟在她們身後默不作聲。她們對於剛才被召而來的碟仙到底是什麼十分好奇：

「靈跟神仙有什麼不同？是鬼魂的一種嗎？」關筱婷邊滑手機邊問。

「我怎麼覺得這個靈好像很友善，本來很怕的。」劉姍姍只顧說自己的想法。

「對啊，文石亂搞了個犯忌的問題，還說什麼碟仙就在我身邊，把我嚇死了，不過後來好像還好。」李妙霏往後瞥了文石一眼。

「說什麼有求必應耶，不知道是真的假的。」

「考完不就知道了。」

「噢，」關筱婷盯著手機說：「孤狗大神說，鬼是人死後的遺留在世的幽魂，靈則是指一切生物死後幻化而成的魂體。」

「一切生物？包括動物、植物囉？」李妙霏像想到什麼似的問。

「嗯。」關筱婷沒多想地回應道。

「嗯？難道真的是……？」李妙霏提高調嗯的一聲，讓她們不約而同停下腳步，同時返頭望向文石。文石也因此停駐腳步。

「狐靈？」她們再次不約同聲叫出。

第五話

下課鐘聲響，又煩又累的期末考在老師將最後一個學科考卷收走後結束。

撫著拚命書寫答題留下痠疼的肩膀，才剛步出教室，手機就響起簡訊聲。

點開簡訊匣，發現是李妙霏寄發的：「能幫我約文石出來嗎？」

約文石？不是約我？

自從那次在社辦召喚碟仙後，她們好像對文石很感興趣，不論是碰面時聊天或手機群組裡都曾提及他。尤其是李妙霏，每每問東問西，有幾次也許是怕人誤會還故意將話題繞遠，我卻聽得出來她是在詢問關於他的事，這讓我心裡有些不是滋味，開始後悔找文石去參加碟仙召喚。

約莫是召喚前他說了什麼碟仙可能是狐靈的日本鄉野傳說，而那次召來的靈體恰巧是狐靈罷了，讓她覺得文石很博學多聞的緣故吧。當時我是這麼想，所以回覆時字句帶有酸味：「找他幹嘛？」

「想要問他一些關於狐靈的事。」

「想知道什麼，我可以告訴妳。」

「你知道狐靈到底是善還是凶？」

我靠在走廊的柱子邊，立即用孤狗搜尋，半晌後回覆：「是善良的。」並將找到的貼文網址轉貼分享給她。

但是她讀後顯然不滿意，又傳來：「你還是把文石的手機號碼給我吧。」

「他說的不也是從網路上看來的嗎？」

「不知道的事不要裝懂。」

問題是我根本聯絡不上他。上次要加群組好友時，他還蹙著眉說：「那種麻煩的東西，我不會用。」我半哄半搶地拿過手機硬將他加入自己的群組，之後發現發給他的訊息從不曾讀，才信了他確實是石器時代來的人。

不過，因為文石製造了許多話題，才讓自己有機會與李妙霏講這麼多話吧。前往男生宿舍途中，原本的不甘心轉念這麼想，反而釋懷許多。

他的室友嗑著便當，聽說我要找文石，本能反應說：「快午夜才會回來唷。」

我直接撥手機號碼，根本打不通。他室友見狀苦笑說：「他從來不開機的。」

「那，他買手機幹嘛？」

「我也問過。他說萬一不小心跌倒受傷，可以隨手拿起來叫救護車，很方便。」

「……」

可是我不想錯過和李妙霏相處的機會，決定先隱瞞找不到文石的事，直接藉機約她：「中午我帶他過去社辦，好嗎？」

望著回傳表示開心的貼圖，彷彿看到她本人的笑容，我竟也開心地笑了。

回到租屋處把書袋扔在桌上，我直奔校外小社區裡的餐飲店，買了她最喜歡吃的炸雞排和珍珠奶茶，再跑向社團辦公室。

學校在台北近郊的山腰上，校園裡不時山嵐瀰漫、霧靄沉沉的。

在路過校園內百花池時，霧氣中兩個身影併肩坐在長椅上，引起我的注意。

文石與關筱婷？什麼情形？

我放慢腳步，從他們後面悄悄接近。

「……我沒想到會這樣。」

「妳沒算準嗎？」

「這種事能算得準，我就是神仙了。」

「那妳打算怎麼辦？」

「我……我真的不想這樣的。」說著說著，她的聲音居然嗚咽了。

「不考慮就放棄嗎？畢竟從妳的人生裡拿掉它，會活得輕鬆些。」

「……我……捨不得。」

「這種事果然不是一個人說了算。」

「一定是兩個人都有意願，才能——」

「所以妳才會想問碟仙？」

「唉，不然我現在該怎麼辦……」說完，她居然嚶嚶啜泣起來。

無意中聽到這麼一個大祕密，我真是太震驚了，嚇得連忙掉頭就走。

她邊滑手機邊啃著炸雞排。我怔怔地望著，終於下定決心。

「妙霏，妳到底為了什麼事找文石？」

她抬眼，望了壁上的掛鐘：「他怎麼還沒來？」

「我到男生宿舍，沒找到他。」

「蛤？」視線終於轉向我，她不滿道：「幹嘛騙我？」

「我來的時候在百花池遇到他，本來要約他一起過來的，」一見她變臉，我就急於解釋：「可是，我發現他跟關筱婷在一起，所以就——」

「在一起？」

「呃，是看到他們在百花池那裡聊天，可能是在聊一些比較隱私的事，我覺得會打攪他們，所以就先過來了。」

「聊隱私的事……你偷聽？」

「不、不是故意偷聽，是不小心聽到一些些。」

「黎晏昕，那你若沒遇到他，還跟我說什麼會帶他來！」

「我……我想請妳吃雞排和珍奶嘛。」

她瞅了桌上食物一眼，語氣變得和緩：「我找文石真的有事。」

「狐靈到底是善還是凶，這種事為什麼非得問他不可啊。」

「唉，你不知道啦。」她吸了口奶茶，說了件我果然不知道的事。

上次召喚後，她們三個離開社辦在途中還一直討論碟仙的事。特別是這次召來的居然是狐靈，還答應了有求必應，到底會不會成真，讓她們異常期待。

第二天下課後，李妙霏去學生餐廳吃午飯，與劉姍姍不期而遇。同桌進食時，發覺劉姍姍心情不好，追問之下，劉姍姍說了早上她跟男友吵架的事。

因為她將召喚的事跟男友講，男友罵她傻，說世上可能有碟仙，但日本的狐靈遠渡重洋被召喚來這裡？怎麼想都不能輕信。這樣一說，李妙霏也覺得有異，但又覺得人家耶穌、釋迦牟尼不也是外國的神，還不是飄洋過海來神愛世人普渡眾生？

「可是，碟仙不一定是神仙對吧。」劉姍姍停下筷子，嚴肅地說。

「意思是，也可能只是鬼魂？」

「而且是不好的鬼，例如厲鬼或惡靈之類的。」

「不會吧……上次在召喚時，原來很擔心那個文石犯忌亂問惹怒了祂，結果祂不但沒生氣，好像還答應有求必應，沒有恐怖的感覺呀。」

「我男友說，依聖經記載，魔鬼是會偽裝的。」

「你男友是基督徒嗎？好像對這位狐靈特別反感啊。」

「不是，但他對宗教哲學方面的東西很有興趣。還有，妳不覺得忽然答應我們有求必應，這事很詭異嗎？」

「怎麼詭異？」

「哪位神明會這樣主動跟信徒說的？召喚禁忌不是有一條說不能跟碟仙求東西嗎？」

「經妳這樣一說，我也有點擔心耶。」

討論半天也沒結果，又擔心關筱婷，所以她才決定再找文石出來問個清楚。

在我聽來，她們都太沉迷於碟仙。

之前討論這個問題時，她不喜歡我的存疑，還反目相向，所以我小心翼翼地問：「妙霏，妳真的相信世上有碟仙存在嗎？」

「那你怎麼解釋碟子自己會動的情形？」

「也許參與的人之中，有人暗中推著碟子走。」

「第一，請問那個人為什麼要這麼做？第二，如果參與者之中有人這麼做，其他的人為何要跟著一起推向同一方向？大家有事先約定嗎？沒有吧。像那天我們召喚前，你知道我要問什麼問題嗎？你知道婷婷和姍姍她們要問什麼嗎？」也許是雞排和珍珠奶茶的作用，這次她沒有情緒反應，反而非常理性分析：「還有，你自己之前不是也問過碟仙，祂告訴你的答案正確嗎？」

第一次問碟仙時，心裡其實是不信的。但我的問題，碟仙居然答對了。

那時我的寵物柴犬卡娃剛病逝，但我故意問「我家的卡娃會回來嗎」來試探碟仙的真實性，若碟子居然移到「會」，就打算立刻大聲嘲笑倡議碟仙活動的鳳振宇，並要求他停止搞些怪力亂神的事毀了神研社的招牌。

但當碟子移到「不會」時，我的內心動搖了。

我不死心，再問為什麼不會，因為牠迷路了，還是被人撿走收養了？

豈料碟子居然快速移到「牠」、「死」、「了」！害我如同被電擊到般震驚。

除了家人，我不曾告訴任何人，事先沒人知道卡娃死了的事啊……

所以心底其實是相信碟仙的存在，但理智告訴自己，對這種奇怪的靈動應該抱持懷疑。尤其在妙霏沉迷後，更覺得應該敬鬼神而遠之。

但對於妙霏現在的問題，我一個也回答不出來。

「你不想相信也罷。」妙霏見我無言以對，放下手中的奶茶：「我相信，因為我眼見為憑。」

說到眼見為憑，我倒是相信文石與關筱婷真的有些不為人知的事。

因為送妙霏回宿舍後，又跑了趟男生宿舍還是沒找著文石，等了半個小時仍不見人影。在返回租屋途中經過理學院時，兩個身影突入眼底。

我喚了兩聲。興許是距離太遠，他倆沒聽見，兀自專心地盯著前方的什麼。

順著目光看去，察覺他們是在跟蹤一個人。

那人個子高大，連走路樣子都很有自信，只看背影就知道是社長鳳振宇。

從理學院往校外走，他倆保持一定距離跟著。

我也保持距離跟著，想知道到底他倆在幹嘛。

校外社區的街道上略顯擁擠，有人是下午期末考剛結束、有人拖著行李準備返家過暑假。鳳振宇穿過熙來攘往的商店街，來到鄰接凱旋路巷子裡的一棟名為「神仙居」的出租公寓，在大門前站定，從褲子口袋裡掏出了一小串鑰匙，輕易地開了門就消失在門後。

大門被他順手關上，文石和關筱婷上前推門時，只能被阻絕於外。

關筱婷這時對文石說了什麼，兩人返身往回走，然後關筱婷就哭了出來。

文石對於這突發狀況顯有點手足無措，趕忙安慰。但她似乎愈哭愈厲害，最後居然就……靠在他身上哭到不能自抑。

我隱身在斜對街超商的騎樓陰影下，目睹得愣怔，腦海裡上演著各種可能的小劇場。綜合上次召喚碟仙時的經過、先前在百花池目睹的情狀及眼前發生的一切，最可能的是：文石與關筱婷已經打得火熱到難以預料的局面了！

什麼時候的事啊……

這傢伙，原來這麼悶騷……難以想像的是，關筱婷看上他哪一點啊？

他護送她回女生宿舍後，我現身衝上去揪他衣領：「說！你把她怎麼了？」

「什、什麼怎麼了？」他像撞見鬼一般嚇一大跳，用力甩開我的糾纏。

「你帶她跟著社長是想幹嘛？」

「你以為我想幹嘛？」

「據我合理推論，你想跟社長爭奪關筱婷？」

「哪裡合理了！喂，她前男友是你們社長的事，你居然沒跟我說。」

「那怎樣，你就能橫刀奪愛嗎？」

「你哪隻眼睛看到我橫刀奪愛？」

「好啦，不鬧你了。我知道你想幹嘛，其實我蠻佩服你的。讚！敢做敢當。」

「欸？」他打量我的表情，臭著臉：「你腦袋裡是不是想著什麼邪惡的事？」

「我們都是男生嘛。呵呵。」

「看你笑嘻嘻的樣子，是跟李妙霏在一起了齁？那不需要我再找什麼沉迷碟仙的理由了吧。」

「還沒、還沒。」我馬上收起笑容，正經道：「需要、需要。」

「那你要跟我講關筱婷和鳳振宇是怎麼回事嗎？」

那時幾個夥伴分工合作在製作活動海報，有人電腦繪圖、有人輸出列印、有人剪貼色紙，邊做邊瞎牙閒聊。不知怎麼話題扯到社長，記得好像是學長樊霽坤提到他覺得鳳振宇對不起關筱婷，大家才驚覺原來社長跟她在交往。在大家起鬨之下，樊霽坤才說出某個假日想躲在社辦K書，卻在本以為沒人的小房間裡撞見鳳、關兩人擁吻的場面。

眾人聽八卦聽得興奮鬼叫妄論紛紛，被學姊趙嘉熙斥責，罵說評論別人隱私超不道德，並警告誰敢在關筱婷面前提及此事就讓誰下地獄去割舌頭。

殊不知沒多久就有人在傳鳳關二人已經分手。據說是因為關筱婷被加油加醋傳成放蕩的女生，而鳳振宇卻沒有挺身相護，反而有意無意跟她劃清界線，也有人說是女生根本否認有這段戀情不想被緋聞纏身，找男生大吵了一架。其實真正原因只有當事人自己知道，畢竟我也是聽不同人提及，誰知道轉述者又添了多少臆測之詞。

「不過，關筱婷跟我說，鳳振宇真的是她男友，只是分手了。」

「她跟你說這種事？」

「是我主動問她的。上次她問碟仙什麼問題你都忘了嗎？」

「她問說……能不能挽回誰的心……啊，原來她還想挽回的是鳳振宇？」

「是啊，她跟我說了有關鳳振宇的事。」

「她想腳踏兩條船啊？」我覺得迷惘：「她不是跟你在一起了嗎？」

「她什麼時候跟我在一起了？」

「她不是說因為安全期算不準已經懷了孩子，你還叫她去拿掉人生會活得輕鬆些？可她捨不得，但是你說這種事要兩個人決定……」瞥見他的眼神，乍然覺得再說下去會被一拳打飛，我趕緊改口：

「我錯了，我不該懷疑你。」

他深呼吸，努力平復快爆發的情緒：「你這麼愛八卦，要不要跟我一起去找鳳振宇？」

我們回頭往「神仙居」走。我上週還跑去跟鳳振宇拿活動道具，記得他的租屋處明明是在菁山路藝校外圍的出租公寓，不知何時搬到凱旋路這邊來，莫非是趁學期末先搶租距離學校比較近的地方。

文石聽到我自言自語，拉拉嘴角說他應該是來找人，不是住在這裡。

我沉默半晌，悟出應該是關筱婷剛才跟他說的，否則他連鳳振宇高矮胖瘦都不知道，居然知道他住哪也未免太神人。但鳳振宇跑來找誰，為什麼關筱婷會知道？這問題我沒說出口，併肩而行的文石只瞟我一眼就說：「上次李妙霏說有個哲學系的學長跟她告白，你不會想知道那個學長是誰嗎？」

「如果碟仙告訴她可以接受告白，那我當然會想知道那傢伙是誰，不過那次碟仙的回答是『不可』，所以我也沒追問。反正碟仙說不可，妙霏就一定不會接受。她就是如此相信碟仙。」

「那次召喚你有參與啊？」

「有啊。因為不知為什麼，那次她們三個召喚了半天，碟子都沒反應，可能是覺得念力不夠，所以要求我一起。我加入召喚後沒幾分鐘，碟子就動了。」

「哦？」食指與拇指間的虎口輕撫下巴，他思索著什麼，未再接話。

我也揣度這問題與我的疑問有什麼關係，總覺得他話中有話。須臾我靈光一閃：「你的意思，是關筱婷告訴你社長是來這裡找人的，而且，是因為她認為社長另結新歡了？」

因為喜歡一個人，就會在意他的一舉一動；就像我很在意妙霏的想法一樣。

「唷，你沒有我想像中那麼無知嘛。」

「什麼啊，我在你眼中就這麼蠢嗎？」

「也不是，只是被雄性荷爾蒙沖昏頭而已。」

「你最好以後都不會愛上誰！不過像你這麼孤僻，可能會孤寡一生。」

「在你眼中，我那麼孤僻嗎？」

心裡翻了個白眼。這傢伙以為自己多聰明，結果連自知之明都沒有？我不想在這種問題上糾結，直接問：「那社長是來這裡找誰？」說這話時我們已抵達神仙居。他呶呶嘴；我順著他目光往大門看……

劉姍姍？

她從外頭要往大門裡走。文石三步作兩步趕上：「同學，妳還記得我嗎？」

返身張望，她表情看來有些慌亂，不過與我對上視線時彷彿鬆了口氣般：「晏昕？是你們……」

「發生什麼事了？」

「振宇他……他昏倒了，」她的眼神混亂，有點結巴。「我要那個、那個……」

「昏倒？在哪裡？」

「社辦。」

那妳回來這裡做什麼？這個疑問只浮腦幾秒，就因她說「我們在召喚碟仙，他好像被煞到」先被我擱下。我和文石一起衝回學校，見到社辦所在大樓前停了輛救護車，車頂紅色警示燈還閃著，驚覺狀況恐怕比想像中嚴重。我們不約而同捨了電梯直奔樓梯間，奮力往上爬。

社辦門前擠滿了圍觀的人，許多人還發出害怕的驚叫。我們推開人群硬擠進去，在驚悸吶喊與慌亂推擠中，看到鳳振宇被三個身穿制服的大漢連拖帶拉從小房間架出來！

全身像剛剛被火燒過般通紅，雙目翻白，步態不穩，瘋狂地揮舞雙臂，唾沫掛著嘴角，忽而齜牙咬齒格格痴笑，忽而對空大吼「狐靈！狐靈！狐靈！」，猶如被惡靈附身的失控，狀極駭人。

架住他的大漢被拉扯得咬牙揮汗，大聲叫嚷要大家讓開。圍觀眾人連忙讓出一條通路，眼睜睜望著鳳振宇被拖進電梯，關上門後還傳出扭曲掙扎撞擊電梯內壁的聲響。

我跟著圍觀群眾衝下樓梯，眼睜睜看著他被拖上救護車，震耳警笛聲摻著他「狐靈」、「狐靈」、「狐靈」的吼叫聲逐漸遠去……

第六話

滿腦驚愕困惑，怔盯著絕塵而去的紅色閃燈。直到有人喚我才回過神來。轉頭在人群中發現是李妙霏。她和關筱婷抱在一起，倆人臉上都有淚痕。我問到底發生什麼事？她們只是哭得更厲害，不過看來應是知道些什麼。先安撫她們的情緒，再帶她們回社辦；這時我原先的駭怵已經逐漸平復。因為妙霏。她哭得梨花帶淚，激起我想保護她的欲望。

回去社辦途中，講了個自認好笑但其實聽來可笑的笑話，卻成功轉移了她害怕的情緒。事後揣想，應該是在這個當下，她印象中的我，從討厭開始轉變為好感。

上樓梯時，她們述說剛剛其實是在召喚碟仙，殊不料過程中鳳振宇突然開始胡言亂語、全身抽搐，從桌邊跳起來像中邪般手舞足蹈，還一度昏倒在地口吐白沫，嚇得她們放聲尖叫。隔壁登山社幾個同學聞聲過來，幫忙打電話叫救護車；有人問他的健保卡在哪，劉姍姍才回過神說她去幫他拿過來。

所以剛才在神仙居大門前遇到劉姍姍，她是要去幫鳳振宇取健保卡？

我問是誰住神仙居，妙霏說是劉姍姍。

意思是，鳳振宇的健保卡在劉姍姍租屋處。這代表了什麼，我無暇多想，因為驚動了學務長、課外活動組組長和兩位教官在社辦門口查問圍觀者。不過看來都問錯對象了，恐怕只能得到一些道聽塗說。

唯恐被責備，我比了個手勢要她們先離開，並說待會兒再約。她們會意點頭，就從走廊另一端溜了。

我躡手躡腳裝做沒事想進社辦，被站在較靠近門邊的教官叫住。我說只是要進去拿些私人物品，幸好旁邊登山社的人作證說剛才沒見到我在場，才被放行。

進到小房間，看到文石正用手機在拍照。

只有幾坪的房間原本是社團的置物間，角落堆了些辦活動所需道具；靠牆鐵架上是歷次活動紀錄及雜物，有的已經鋪了層灰塵。因為辦碟仙活動，才清出空間在正中央放了桌椅。

我敘述了剛剛所見和從妙霏她們口中得知的情形。他好像認真在聽又好像充耳未聞，完全沒有回應，只是抬頭看著冷氣通風口上輕飄的小紅紙帶，瞧瞧屋內桌上被推歪的碟仙回應紙，又用一支隨身攜帶的原子筆翻翻櫃子上的文件，還貌似搜救犬般抽著鼻翼嗅聞著什麼。最後他駐足在桌前，凝望著放在回應紙上的小碟子。

碟子上的紅箭頭在指「狐」這個字前。

「你在幹嘛？」我忍不住問。

「有紙嗎？四張。」

我到前面辦公桌抽屜取幾張影印紙遞給他。

他用隨身攜帶的原子筆蓋在三支裊著熄煙的紅燭上刮了些蠟淚，放在白紙上仔細包摺成手掌大小。再把尚飄著青煙的香抽了一支捻熄，連同挖起小香爐裡的一撮香灰，放在第四張白紙裡也摺裹起來，邊摺邊問：「你覺得發生了什麼事？」

「一定是問了禁忌的問題，惹得碟仙生氣，上了社長的身，作祟了。」講這話時，我牙齒還不禁打了個顫。

「鳳振宇跟你一樣是碟仙活動的承辦人，在你想停辦後仍然極力主張續辦，你是這樣跟我說的吧？」

「是啊。有什麼不對嗎？」

「他會不知道哪些問題是禁忌嗎？」

「這……也許以為問了之後不一定有事，反正也不是每個被召來的碟仙都會生氣、所以就冒險問了。你上次不也這樣？只是你比較幸運而已。」

被我這麼一說，他把還想講的話吞了回去。

「難道你不認為他是被附身嗎？」

「不知道。待會兒問李妙霏她們也許就知道了。」他聳聳肩，將注意力轉到桌上的四杯飲料。依擺放位置看來，顯然當時有四個人坐在桌邊。

他分別拿起來在鼻下嗅了嗅：「你能拿四個小瓶子給我嗎？要乾淨的。」

「小瓶子？」我愣了一下，到鐵架底下拉出一個瓦楞紙箱，翻取出幾個先前辦活動時用剩的透明小塑膠瓶。它們的蓋子還帶有噴嘴，原本是用來裝酒精噴手掌消毒用的。「這種的可以嗎？」

他接過打開，將四杯飲料分別倒了些在酒精瓶裡，再將瓶子塞入大衣口袋。

這時學務長剛好探身進來：「你們誰是社團幹部？」

我們被學務長帶出社辦；此時兩個身著深藍色背心的刑警錯身進入社辦。

我緊張地詢問，學務長嚴肅地說家屬非常氣憤，懷疑鳳振宇是被害，學校接獲通知就報警處理；當時在場的人都被叫去學務處問話了。

畢竟是神研社召喚碟仙活動引來這場騷動，除了昏迷中的鳳振宇外，縱然不在場，幹部全員仍然被課外活動組組長叫去訓斥。聽訓時對於可能被記過處分的提心吊膽，一點也不值得再去回想。

步出課外活動組，壓力讓人快透不過氣。文石不知哪去了。同為幹部的樊霽坤抱怨說這下子不知會有多少社員要求退社。趙嘉熙則遷怒我說早就說不要再搞碟仙了你們都不聽，這下子出事了吧。

想到妙霏還在被警方查問，就一點反嗆的心思都沒有，我連忙趕赴學務處。

還沒抵達學務處，在途中遇到才被查問結束的關筱婷。

「筱婷！」我叫住她。「妙霏出來了沒？」

她面無表情搖搖頭，看不出來是嚇壞了還是已經平復心情。

眼下就算去了學務處也見不著妙霏，索性先瞭解一下情況比較踏實。我拉她到公車站的長椅坐，問她：「為什麼社長在中邪後會大叫狐靈啊？」

「召喚前我講了狐靈的事，他卻不知為何非常反感，中邪時莫名大叫起來。」

「妳講了狐靈的事？」我想起妙霏與劉姍姍的顧慮；「那天召喚的到底是不是狐靈都不知道……」

「請不要懷疑碟仙說的。而且狐靈說祂有求必應。」

「不明靈體被召喚來，有可能善良無害，也可能是邪靈惡鬼呀。」

「至少祂答應我的，應驗成真了啊。」

「答應妳也是要付出代——蛤？應驗成真了？」

「光學暨量子物理學考完，我就知道自己考得非常好，回寢室找出課本和筆記核對，我有把握這科得滿分。」

「得滿分？」驚愕拉開了我的嘴：「先前妳說這科很難，教授很嚴，上課時一大票被當掉的學長姊回來重修？」

「是啊，這科一直是我們物理系的噩夢，我才會在狐靈表示有求必應時，不經思索立刻向祂祈求的呀。」

「可、可是，也可能是妳自己用功苦讀的結果吧？」

「這門科目必修，但教授所講的根本就是神人講天書啊。」

不知為何，我就是不甘心：「……但是，妳剛才說妳作了筆記對吧？如果聽不懂，怎麼製作筆記？至少妳看得懂自己寫的東西吧。」

她別過臉不語，片刻後深吸了口：「那筆記不是我的。是有人給我的。」

我望著她通紅的臉頰，不明就裡。她豁出去般說：「上次召喚後的第三天，我在系信箱裡收到一個大信封，裡面是一本筆記簿。這次期末考的範圍，許多艱澀難懂的專業名詞、原理和實例都用超級白話的方式記載得很清楚，還附上可能出的考題和正確解答。我讀過後就像開外掛、吃了大補丸、偷練了絕世神功，考卷發下來，一路不停在心裡撒花轉圈圈寫到最後一題啊。」

「那是……某位愛慕妳的學長的筆記加上考古題？」

「不可能，那筆記簿是全新的，連一本八十元的售價標籤都還沒撕。而且這門科目是發展中的科學，教授平日非常努力研究量子力學，從來不出考古題，只出最新研究的項目，學長姊去年考的東西在教授眼中已經是歷史了。」

「哇靠，這麼難……」

「最重要的是，我確定沒有人暗戀我。」

話雖如此，但據文石說，她其實想要挽回鳳振宇，會不會因此沒留意到身邊暗戀她的哪個同學或學長，就如同我暗戀妙霏般在沒告白之前，被暗戀的一方當然不知。「那妳以為這本筆記是怎麼來的，寄放的人搞錯對象了嗎。」

「什麼時候不搞錯，召喚後才搞錯？信封上收件人是我耶。」

「呃……妳意思是，這是狐靈寫的？」

她噗哧一笑，隨即正色道：「狐靈哪需要修光學量子力學呀。不管是誰寫的，如果不是狐靈施法，我也不可能收到這份祕笈筆記啊。」

「依我看，應該就是哪個心儀的人為妳準備的，未必是狐仙實現承諾的恩賜吧，只不過那人給妳筆記與我們召喚碟仙的時間接近而已。」忽然覺得自己的推理還行，就繼續說：「要不就是那天召喚的人知道了妳的願望，幫妳的。」

「請問，那天召喚的人，誰唸物理系的？誰認識我們物理系的光學教授？」

那天在場的五個人，除了她是物理系，其他人分別是中文系、音樂系、法律系……她說的也不無道理。而且光學暨量子力學？光聽這名稱就覺得屬於神界知識，太難；在三天內搞得懂還能做出祕笈等級的重點筆記？逆天。

「可是、可是，狐靈施法助妳實現心願，這種事……實在難以置信。」

「我信。因為我見到狐靈了啊。」

「蛤？見到？」

她從外套口袋裡取出手機，點開圖片庫，找出一張照片。

照片上四個人。李妙霏、劉姍姍和她，三個人勾肩搭背露出燦爛笑容。在最旁邊的是文石。他的雙手背在身後，像個士兵稍息般嚴肅地站著。

「咦，妳們什麼時候跟文石拍照啊？」

「就上次召喚結束後、我們各自回去之前嘛。你看這背景，不是在社辦的大樓門前嗎。」

原來還有這事。當時的我怎麼沒在場呢……啊，我留在社辦關燈鎖門，他們先下樓了。「那這跟妳看到狐靈有什麼關係？」

她兩指在手機畫面上伸張，將照片放大：「你看這個！」

啊？那是……一團彷彿棉花般的白色朦朧物在文石的肩頭上，若非有兩顆紅點在其上，還以為是攝影鏡頭有髒污所致。但，那是什麼？

見我一臉迷惘，關筱婷用教導弱智兒的口氣：「有看到白狐嗎？有沒有？」

白狐？喔哇！仔細看，真像是一隻白色的狐狸耶！還有紅色的雙眼，看起來真詭異邪氣……

「這，是誰拍的？」

「我們請路過的同學幫忙拍的啊。」

「哼哼，是用文石的手機拍的對不對？拍完後他加了效果再傳給妳——」

「是用我的手機。」

「妳修圖加效果？太粗糙了吧。」

她將手機遞給我，要我自己檢查。圖片庫及雲端照片顯示，拍攝及上傳確實是當天結束召喚後的時間。但，不排除是她直接加效果後再儲存……

「我幹嘛這麼做？」她對於我的質疑毫不以為意，再點開一個影音檔：「你看清楚了再決定是否要羞辱我的人格。」

那個影音只有幾秒，聲音是個女聲：「要拍囉，請笑一個。一、二、三！」

畫面跟剛才的照片一模一樣，只是影中四人會動會笑。

她說，這是那位路人同學誤將攝影模式當做拍照模式使用，不小心拍下的；後來發現了連忙說抱歉，按了拍照選鍵才重新拍了那張照片。

按了暫停鍵仔細觀察，影片中文石肩上確實有團白色物體，它還有雙紅眼！

因為太驚愕，我喉嚨發乾，說不出話來。

我明白關筱婷的意思：規定召請碟仙不可問關於碟仙自身的問題，犯禁忌就會招來不測下場，諸如靈體請不走、招來凶厄災禍或是被靈體附身……等等，偏偏你這個同學就是白目，硬要問人家是神是鬼，結果請來的靈體請不走、還被纏身了！

其實我也該負責任，畢竟是自己請文石幫忙搞清楚碟仙、解妙霏沉迷之危，只是不知他會如此單刀直入，更沒料到會害他卡到陰。我望著照片，深吸口氣企圖讓猛跳的心臟平復：「不知這狐靈是善是凶，會不會對文石怎麼樣啊……」

「不知道，至少祂對我是仁慈的，不然就不會施法術讓我拿到那本祕笈了。」

「聽妳的口氣，好像很開心嘛。喂，萬一祂要妳付出代價呢？」

「我又沒問什麼不該問的問題。」

嗬，真自私，好像文石活該一樣。因為這樣，她更相信自己的光學暨量子力學能考出好成績，是狐靈幫忙的結果。我有些不快，決定不客氣地問：「喂，妳是不是想挽回社長啊？如果是，那姍姍那邊怎麼辦？」

這麼隱私的問題，本以為她會很驚訝或很生氣，豈料她竟大方說：「這是文石跟你說的吧。什麼怎麼辦？」

「姍姍不是跟正在社長交往嗎。妳這樣好像不太道德。」

「碟仙不是說了嗎，我能挽回的，只不過有衝突，所以他回心轉意的時間還不確定。這衝突是什麼你現在也知道了。」她收回手機，毫不以為意地說：「如果命中註定是他回到我身邊，那麼誰才是第三者？」

看來她和劉姍姍的關係，不是表面上看來那麼好。想到她為前男友的移情別戀哭倒文石身邊的情景，不禁懷疑她現在的自信勇氣是誰給的，梁靜茹？抑或真是碟子裡的狐靈？

面對我的沉默可能覺得無趣，關筱婷起身說她累了想先回租屋休息。

和她道別後我又前往學務處，但辦公室裡只剩幾位行政人員，進行盤問的刑警及學生已不見人影。傳了短訊給妙霏問她在哪，她回訊說在大義籃球場。

抱著一定要表達關心的心情趕過去，腳步卻在抵達球場時變得蹣跚。

有人在籃下練鬥牛，水銀燈照著球場上亮如白晝。

她與文石併肩坐在球場觀眾階梯席上，有說有笑。

對，重點是有說有笑。

「什麼事情這麼好笑？」我努力控制，但語氣聽起來還是有點酸。

妙霏轉頭望見我：「沒什麼。我問文石狐靈的事。他說若我認為狐靈是善良的，祂就是善良的，若我認為是邪惡的祂就會邪惡。」

我不覺得這有什麼好笑，聽起來很像廢話。但妙霏神情看來已沒有原先的緊張害怕，還笑得很甜，我就釋懷了。文石也許是故意用什麼誇張口氣或表情，才把她逗笑的吧。

我凝視著文石，繞著他仔細端詳，沒發現什麼類似狐狸的影子。

「你在看什麼？」妙霏維持笑意好奇地問。文石倒是鎮定得很。

「你最近有沒有覺得肩膀很緊、脖子痠疼？」

文石臉色有了變化：「你怎麼知道？」

「上次召喚碟仙後，你就被狐靈跟了你知不知道！」

「說什麼啦？別胡說！」妙霏收起笑容，但眼神卻瞥向文石。

我把關筱婷的光學暨量子物理學可能果真考滿分、及她手機照片和錄影檔的事情說了一遍。本還想問他有無其他不適，殊不料文石尚未反應，妙霏卻倏忽從他身邊跳開，竄躲我身後還拉著我衣角，失聲大喊：「他、他真的被附身了啦！」

我被嚇到，看了看她，又望向文石。文石一臉無辜：「不可能吧。」

「你剛才說我認為狐靈怎樣祂就是怎樣的時候，是用很奇怪的聲音在講的啊……」

「怎麼奇怪？」他狀似也被嚇到，不解地問：「我有嗎？」

「你的聲音變成女的。」

「啊哈哈哈哈……想不到你還會學閹人的聲音！」我放聲大笑。

光想像就覺得有趣，難怪她剛才會被逗笑。

但是笑了幾秒，我就又僵又卡笑不下去了。

因為文石鐵著臉。妙霏更是一臉驚恐，語氣顫抖：「不是！就是女聲！是那種不看他的臉、不見他的人，只聽聲音一定會認為是有另外一個女生在講話的那種女聲，不是男生尖著嗓子裝出來的！」

她看來是真心感到恐怖，因為臉上佈滿了因恐懼而豎起的疙瘩！這下子換我傻眼：「真的假的……喂，你不要嚇妙霏啊，你只是跟我一樣是來問她被警方查問的過程吧，幹嘛裝神弄鬼……」

可我自己看過關筱婷的手機照片後，其實心底已經發毛，只是拒絕全然相信她的說詞，不斷說服自己箇中一定有問題，只是還沒看透而已。眼下妙霏的反應，完全沒有事先套招的可能，讓我最後一點理智即將崩潰……

文石沒有回應，默默低下了頭閉上眼睛：「不要太過分，把我說成什麼了。」

「你也承認最近肩膀很緊脖子痠疼，這不是跟關筱婷拍到的情形一樣嗎！」

「跟什麼東西一樣？」他沉著嗓音問，看來在壓抑即將爆發的怒氣。

一心只想要保護妙霏，就算他要撲過來打一架我也不怕：「跟那個紅眼的白狐靈一樣！」

下一秒的情景如火融煅打般烙刻在記憶裡，我永世也忘不了……

有個女聲幽幽傳來：「你說的是像這樣嗎？」

那聲音絕對不是男生故意尖著嗓子能裝出來的，真的是另一個女生天然的嗓子經由喉部聲帶、口齒唇舌發出來的……聲線清脆嬌甜、語調促狹捉弄……

妙霏怎麼會誤認是文石裝女聲逗人的啊！

最令人驚駭的是，當文石抬起頭緩緩睜眼時，兩眼眼瞳已成血紅、還迸出懾人的可怖紅光！

狐靈……

背脊一陣惡寒，頭皮發麻，齒根爆痠！我抓起妙霏的手拉著她掉頭就逃！

一路上都是妙霏驚恐的尖叫聲。

第七話

拉著妙霏逃離大義籃球場，六神無主。直到察覺她在發抖我才回過神來，趕緊將夾克脫下來讓她披著，並帶她到比較溫暖的室內。

唯恐被文石追到般地逃走，我們躲到中文系學會的辦公室。

嚴格說來，是因為剛才的無知嘲笑，唯恐被狐靈找上報復。

她按電熱水瓶的開關，並撕開鋁箔包即溶咖啡，顫抖的手卻將咖啡粉灑在小茶几上。我過去接手幫她，將熱水注入馬克杯中調攪，並問到底怎麼回事。

她說文石確實問了鳳振宇中邪的事。她也將跟刑警講的一五一十告知他。

期末考結束後，她回到寢室收拾書桌和衣物，心中謀畫著暑假行程。這時傳來劉姍姍的簡訊，問她是否方便來一趟神研社社辦。

到社辦時，發現關筱婷、趙嘉熙和樊霽坤也都在。而關筱婷與鳳振宇正在爭執。低聲問姍姍，原來是筱婷興奮地說狐靈真是神準預測，因為她的光學暨量子力學考得非常好，她甚至相信這不是預言，而是狐靈施法相助的結果。

因為說的活靈活現，學姊趙嘉熙在旁聽了不高興，斥責說太無知迷信。原本極力支持碟仙活動的鳳振宇不知為何也不認同，說了些澆冷水的話。

但筱婷彷彿被迷了心竅，舌戰兩人，吵得不可開交。眼見愈吵愈烈，學長樊霽坤在旁苦勸無效，姍姍希望幫忙才傳簡訊找她來。

她加入勸阻。但筱婷當時並未出示手機照片當證據，執意認為學姊和社長是嫉妒狐靈眷顧她，還反嗆說社長對外宣傳碟仙活動，卻根本不信碟仙存在，純粹爛男；身為社長的鳳振宇辯說他相信有碟仙，但懷疑碟仙就是狐靈也不信狐靈會獨厚筱婷；學姊唯恐天下不亂，說她不相信筱婷什麼有碟仙或狐靈存在的無腦說法，但認同振宇是爛男的觀點，畢竟他把社務都搞爛了。

妙霏這時用力擊掌，讓快失控的場面頓時安靜，並提議說：「意見這麼紛歧，乾脆來這學期最後一次的召喚，把問題直接問碟仙不就得了？學姊既然不認同，儘可在旁踢館找碴抓做假，如何？」

聽妙霏敘述至此，我不禁凝視她望向遠方回想的神情，由衷佩服她的智慧，更慶幸自己喜歡上這樣的女孩。

學姊說她才不屑玩這種腦殘遊戲，就悻悻然離開。學長本來也想加入，但剛坐下手機就響，接通後說女友找他就閃人了。

剩下四人在小房間，召喚開始沒多久，碟子就動了。

筱婷問碟仙是不是狐靈，碟子回答說不是。筱婷又問狐靈是否可以經由碟仙儀式被召喚而來，碟子直接回答可。

換振宇問狐靈是善是邪；碟子回答有善有邪。

振宇又問狐靈會獨厚某人有求必應嗎，碟子回答不。

請退碟仙後，筱婷不服氣，要求以同樣儀式直接召喚狐靈。

振宇惱火說為什麼妳總這樣輸不起；筱婷反唇譏問你是心虛還是不敢？

在姍姍和妙霏勸說下，振宇勉強同意進行第二輪召喚。開始後筱婷居然直接改喚：「狐靈狐靈在不在，有事相求請出來……」

碟子很快就移往「我在」。鳳振宇表情顯得很錯愕。

筱婷看來則非常開心：「請問是你幫我考光學暨量子力學的嗎？」

「是。」

「謝謝你。」她使眼色給鳳振宇，意思是換他問。

鳳振宇神情一陣青白，猶豫了一下問：「請你幫忙，需要付出什麼代價嗎？」

碟子靜止了幾秒才移動：「你懷疑我？」

下一秒，鳳振宇就突然站起身，開始胡言亂語，全身無法自制地扭動抽搐，恐怖情景就如我和文石撞見的。

聽完她的陳述，覺得好像哪裡怪怪的，但抓不到重點，思忖片刻後我問：「這樣說來，那個狐靈是邪惡的囉，不然社長怎麼會忽然被施法中邪。」

「也不能這樣說，問碟仙自身的事本來就是禁忌的，誰讓社長賭氣硬要問。」她啜了口我泡的即溶咖啡：「對筱婷而言，她就不認為狐靈是邪惡的吧。」

「啊，那個，」見她喝咖啡，我聯想到文石在小房間的舉動。「桌上那四杯手搖飲料你們有喝嗎？」

「飲料？有啊，大家都有喝。問這幹嘛？」

「那些飲料是誰買的？」

「學姊買的。一人一杯。」

「會不會是飲料裡被放了什麼，才讓社長變成這樣？」

她偏著頭思考了幾秒：「學姊放了什麼讓人發瘋的東西來害我們？為什麼？」

「她不是始終不滿我們一直召喚碟仙嗎。」

「那也不至於下毒吧。而且，我們三個喝了也沒怎樣。」

「會不會只下在社長那杯啊？」

「這可以肯定沒有。是我幫社長將吸管插在杯子裡的，插入前我還用紙巾擦過，杯上封膜完好無損，連個針孔都沒有，不然裡頭的桔茶早噴出來了。」

「這樣啊……」

「文石問我時我也說過了。想不到你們居然會問同樣的問題。」

翌日天亮後，暑假開始。我拖著行李搭乘下山的公車，前往台北車站。

昨晚躲在系學會到半夜，因此有機會跟妙霏聊到很晚。這是認識以來跟她獨處時間最長的一次，想不到因為文石的事，竟能得到意外的幸福。

眼前是車窗外往後飛去的街景，腦中思忖著文石往後會怎樣的不幸。怎麼想都覺得如果不是自己死皮賴臉纏著，現在的他應該還是那個趴在草地上觀察蟲子的文石，而不是被不明靈體纏住生死未卜的文石。然而，一見他發作的自己，竟懦弱地拔腿逃跑，傳出去恐怕會被恥笑一生一世。

「你還好吧？你知道自己被狐靈纏上了嗎？」

「我知道有個師父很厲害，把地址發給你。」

傳了這樣的簡訊給他，希望師父能幫他驅趕化解。無奈直到返回南部家中一個星期後，他對簡訊依然未讀未回。

妙霏也很擔心，多次來電討論如何幫忙解決。

我們的聯絡因而增加，除了轉貼關於惡靈附身、收驚、驅魔等各類文章網址給文石外，其餘時間我趁機關心她生活心情，並聊了許多自己的事。

隨著聊天時間增長，感覺她對我的好感益增。

後來我開始約她出來，她也沒拒絕。這是整個暑假讓我最雀躍的。

等到暑假過了一半，雖然沒有正式告白，我確信她已是自己的戀人；而她似乎也是以相同心情赴會出遊。

墜入戀情的人眼中只有彼此，這是真的。因為與妙霏交往後，碟仙的事幾乎被我們遺忘了。

「鳳振宇的情形如何？」

這天我跟妙霏正在逛夜市，手機突然響起，接起來聽到文石劈頭就問的聲音。

「蛤？那個……」完全沒料到他會突然來電，我怔了幾秒：「不知道啊。」

「他不是你們神研社的社長嗎？」

「是、是也沒錯，但是——」

「但是你只顧著談戀愛，完全沒想到他？」聲音大到身旁的妙霏也能聽到。我倆同時紅了臉。

「你帶我去找他吧。」

「找他？」我的思緒跟不上，妙霏比了個手勢我才趕緊問：「你的情形怎樣？有看到我發給你的簡訊嗎？」

「我的情形？能吃能睡，能怎樣？喂，不要轉移話題，你不想去的話把鳳振宇的聯絡方式傳來，我自己去。」

「哪有轉移——」手機那端沒給我反駁機會，講完要講的就結束通話了。

因為愧疚，我與妙霏都無心再逛街，在超商騎樓下找了個座位就立即聯絡鳳振宇，但是撥過去他的手機卻沒人接聽。

又找了幾個社員，有人說樊霽坤學長是前任社長，也許他知道。我立即滑選手機通訊錄，聽到霽坤學長的聲音高興極了。簡單寒暄後詢問關於鳳振宇的聯絡方法，那端靜默了好幾秒：「你要不要去問趙嘉熙？」

「呃，學長，我這樣問是不是給你添麻煩了？」

「不是……」他的語調聽來欲言又止，似有什麼難言之隱。「……之前因為碟仙活動的理念衝突，我和他吵了一架，結果他封鎖我，我也把他的號碼刪了。」

「這樣喔。」

「不好意思幫不上忙。你有她的號碼吧，還是要我傳給你？」

「我有、我有。」

謝過學長後，我改找趙嘉熙學姊，並告知去電目的。

「鳳振宇？」接通後，手機彼端一貫高冷語氣：「都放暑假了還找他幹嘛？」

「放假前他那個……就被送醫，不知是否康復了，我們想去探望他。」

「放心吧，那個爛人，死不了的啦。沒聽過好人不長命、禍害遺千年嗎。」

「呵呵，學姊真是愛說笑。」我只能乾笑，畢竟自己也是力推舉辦召喚碟仙活動者之一。「只是想表達一下關心而已。」

「有什麼好關心的，一切不是自找的嗎。」

「聽說學姊當時先離開了，應該沒看到社長中邪的情形吧，很嚴重的，還撞傷了臉。」

「哼哼，活該。」

聽來學姊對於我們辦碟仙活動的積怨比想像中還深，就在我尷尬到不知如何回應時，她嘆了口氣：「算了，我找一下他家的電話和地址發過去給你。」

「啊，謝謝學姊，就知道學姊妳人最好了。」

「記得帶束白菊花去，順便幫我慰問遺族。」

接著手機就傳來對方掛電話聲，我抬眼迎上妙霏一樣錯愕的眼神問：「妳確定學姊沒有在社長的飲料裡下毒？」

她噗哧一笑：「飲料我們四個人都有喝，沒理由只有社長有事吧。」

幸好學姊的毒舌應該只是不爽我們搞碟仙活動，不久她就依約傳來電話與地址。

在台中火車站大廳見到文石，我立刻趨前，小心翼翼端詳他：「你真的沒事？」

頭戴小軍帽、臉上小墨鏡、一身白色長袖襯衫的他，寒著一張臉：「你才有事！你全家都有事！」

「不然你墨鏡拿下來我先看一下。」不等同意，我以迅雷之手摘下他墨鏡，惹得他蹙眉發嘖。不過他的眼睛正常，至少怒瞪我時有蠻有氣勢。

接著我從背袋裡取出艾草往他肩頭猛拍：「退散！退散！快退散！」

不待他發作，妙霏也將從宮廟求來的平安符套在他頸上：「掛好！」

「你、你們幹嘛呀？」

「你不知道沒關係，就像酒醉的人總說自己沒醉一樣。」我解釋道。可能礙於大廳裡人來人往不便發脾氣，他只能臭著臉任我們擺佈：「就說我自己去就好，你們硬要跟來。喂，待會兒見到鳳振宇可別再搞這些！」

「退散！」拍了半天沒見有什麼白色異物出現，我終於歇手：「待會兒你要是有什麼不舒服要趕快講，例如想嘔吐、發冷之類的。我這裡還有雄黃酒和十字架。」

他翻了個白眼，轉身快步往外：「快走吧。」

招了輛計程車，跟司機報了學姊發過來的地址。

一路上我跟他講了打聽鳳振宇住址的經過。

文石聽著不語，害我不時要注意他的眼睛是否突然翻紅。

過了二十分鐘，車子在逢甲商圈附近一棟西式洋房前停下。

來開門的是社長的姊姊。她一聽說是神研社的社員來探望，表情就滿是忿怒，若非文石從背包裡取出包裝精美的禮物遞上，並表明自己並非神研社成員，估計我們三個都會被轟到大街上去。

我隨身背袋裡除了雄黃酒和十字架，只有鍾馗圖像和一串大蒜，哪敢拿出來。

在書房見到鳳振宇，著實把我嚇了一大跳：原本高大健壯的他，爆瘦一大圈。

簡單的問候後，我盯著他英俊卻變得削陷的臉頰，切入主題問他上次被送醫後的情形，忽然覺得自己表達關心的方式有點矯情。

顯然那件事對他的衝擊至今仍有陰影，他調整了一下呼吸。

「我先是被當成中毒推去洗胃灌腸，又經歷各種檢查，都查不出確切病因，最後警方來醫院作筆錄，告訴醫院和我家人說事情是發生在我們玩碟仙時，結果我又被推去精神科和神經科檢查。」他說這些事時看來冷靜，雙手卻不自覺緊握了拳，顯然努力抑制著情緒；「精神科醫師說可能是心因性躁症，神經科醫師說是疑似癲癇，吃了一陣子鎮定劑和帝拔癲後，我的體力下降、精神不振，每天都想睡。」

天哪，想來是受了不少折磨。

「我媽看我這樣不行，放棄了西醫，帶我去看中醫，調理了好一陣子才恢復元氣，不然你們今天只能看到昏睡在床上的我。」

我講了些既然好轉就別擔心，一定會很快康復之類安慰的話。

這時鳳姊端來一杯深黃色熱飲，說是文石帶來的人蔘飲品，喝了補氣。

鳳振宇這時才發現了他：「你是新社員？好像沒見過你。」

我連忙介紹，說文石有考慮要加入神研社，而且筱婷說的狐靈，就是附在他身上——才講到一半，小腿肚就被妙霏偷踢了一腳。

「我聽姍姍說了。那你現在還好吧？」

「我哪有被附身，你別聽晏昕胡說。」

鳳振宇望向我。我們交換眼神：被附身的人通常失去意識，不知被附身也不想承認，是社課老師曾說過的。

「沒事就好。謝謝你來看我，也歡迎加入神研社。」他啜了口人蔘湯道：「放心，下學期絕對不會再有碟仙活動了。」

「呃哼。那個，」文石清了清喉嚨問：「你剛才說一開始被當作中毒醫治？」

「是啊，但後來警方說當天我們喝的飲料送化驗，根本驗不出有毒物反應。」

「四杯都沒有？」

「都沒有。」

「你喝的是蜜香桔茶，對吧？」

「是的。」

文石眼神乍然眺向遠方，不知在思索什麼：「這樣啊……」

「什麼？」

「我還想參加碟仙召喚！開學後能不能再辦一次？」

鳳振宇手中的杯子抖出了些蔘湯。妙霏驚愕到兩眼圓睜。我則差點沒從椅子上跌下來……

回途的車上，我問：「明知社長對碟仙怕得要死，你怎麼在人家傷口上撒鹽吶？」

他居然跳過我，問妙霏：「振宇這個人怎麼樣？」

「蛤？」妙霏有些意外他突然這樣問，看了看我，緩緩答說：「不錯啊，領導能力強、待社員也很和善。」

「對妳也是這樣？」

「……是啊。」她偏偏頭，瞅了文石一眼：「怎麼了嗎？」

「以女孩子的標準來看，他應該很帥吧。」

「社長人緣一直不錯，才能當上社長吧。」
「也是。咦，妳跟姍姍、筱婷的感情好像很不錯。」
「是啊。」
「但妳們三個不同系。」
「我們是在神研社認識的，有共同興趣和話題，自然走得比較近。」
「筱婷的前男友不是振宇嗎，分手後，怎麼變姍姍跟振宇在一起？」
她聳聳肩：「感情的事，誰知道，有緣吧。」
「我是說，筱婷還是經常跟姍姍一起參加社團活動，不覺得這樣有點怪怪的嗎，尤其是看到姍姍跟振宇在一起、也許不經意有些親暱舉動時？」
「那你該去問筱婷，不是問我吧。」
「也對。問題是，她們都是妳的好友，筱婷不會跟妳講些什麼嗎，特別是聽說她好像有意挽回振宇？」
「我問過她呀。但她說當時是自己先提分手的，而且他已跟姍姍在一起了，擔心再努力也枉然，所以她才會召請碟仙預言嘛。」
「那姍姍呢？」
「姍姍根本不知道筱婷的前男友是振宇，我們也不敢跟她說。」
「唔？原來如此。」
「你這個人好像很八卦齁？」

「呵呵。不好意思，」文石摸摸下巴，蹙著眉頭說：「我對這種事比較沒概念，所以好奇了點。」

「哪種事？」我插嘴問。

「就是……」他歪著頭思索該如何形容：「情敵之間能不能有友誼之類的。」

什麼跟什麼？我瞥他一眼，他從口袋裡掏出一小包花生米，嚼了起來。

這個人的思考模式未免太過跳躍。怪胎。

第八話

回程的車上，我回想剛剛探望鳳振宇的經過，除了文石問了些就醫及飲料的問題外，都是我與他在閒聊。不過看得出他已恢復得差不多，只要在開學前補補元氣、多吃些營養的東西，應該能回到原先英姿勃發的模樣。

畢竟鳳振宇和我，常被別的社團社員稱為神研雙帥；如今他憔悴至此，實在於心不忍。

「這樣看來，社長是精神或神經方面的疾病發作，那就不是中邪囉？」我問。

「這條路上怎麼都是太陽餅的店？」文石視線望向車窗外不斷往後飛過的市景；「而且每家店的招牌上都說自己是正宗。玄了。」

「警方送化驗結果，也排除了有人下毒的可能性，所以——」

「所以就不是碟仙害他中邪了嘛，那為什麼我說開學後再辦召喚，你們會嚇成那樣？」

「不是，你要替別人著想一下，振宇還沒完全復原，你不覺得他會有陰影嗎？」

「那他到底是躁症還是癲癇發作？醫囑有說躁症或癲癇不適合玩碟仙嗎？」

我聽得來火，覺得他這個人真是盧：「你別想我們會再召喚碟仙！」

妙霏在旁拉拉衣角制止我。我沒好氣說：「是他太不懂怎麼做人。」

「欸，到底哪家店才是正宗太陽餅的創始店啊？」

看看，這個人的思緒又跳到太陽餅了！

為了避免吵架，我忍住不發作，把視線轉向妙霏。文石瞥見了，也將視線投向她：「妳今天好像很安靜，剛才在社長家也都沒說話。」

「蛤？」妙霏聽了，揚了眉頭。「我要說什麼？」

「妳應該知道我在說什麼吧？」

她嫣然一笑：「你是在說醫師的診斷，就像太陽餅店的招牌一樣。」

「嗯，我一直認為妳比他聰明，看來我的判斷沒錯。」

什、什麼，是我比較蠢嗎？在妙霏面前這樣直接評斷我，真是太罔顧情面！

「他只是沒有聯想到而已。」

既然妙霏幫我說話，我正要發作的反嗆就忍了回去。

靜心想來，文石的意思，到底振宇是躁症還是癲癇，精神科與神經科醫師的診斷是各說各話？據振宇剛才所說，精神科醫師是說可能是躁症發作、神經科則判斷疑似癲癇……可能？疑似？好像真的都不能肯定。

這樣的話，要不就是躁症，要不就是癲癇，一定是其中之一。

但也可能二者都不是……吧？

警方判斷說不是中毒，這是出於科學化驗的數據，答案就絕對沒有之一。既然肯定不是中毒，若非躁症也非癲癇，剩下的可能不就是……中邪？

還是中邪！只有這個可能性到目前為止，都無法被排除。

思忖至此，忽然覺得背脊一寒。忍不住瞄文石一眼。

他對哪家店是創始正宗比較感興趣，正用手機上網搜尋關鍵字「太陽餅」。

我可不希望再聽到他冒出女聲說「原來這家才是正宗創始店啊」，連忙將臉轉向妙霏。

妙霏可能知道我想法，給我一個溫暖的甜笑。

「神研社的社員開會是什麼時候？」文石忽然問妙霏。

「開學後一個星期內。」妙霏回說。

「大家都會到吧？」

「都會通知大家要到，才能順利討論新的學期要辦些什麼活動。」

「太好了。」他挑了挑眉，嘴角微拉。

不知為何，我有種不祥的預感。

開學後的第一個星期，簡直忙昏了。

因為這學期我被推選為公關股長，除了班上幹部交接、籌畫大一迎新活動外，神研社也必須舉辦社員大會。當然，這學期還要多抽出與女友相處的時間。

在暑假尾聲，我邀妙霏去墾丁玩水。在輝紅瑰麗的夕陽即將入海的浪漫餘暉下，我對她告白真情。而一如預期，她含羞點頭答應在一起。

至於神研社的社員大會，其實不過是找個地方吃頓飯，順便由社長提出這學期的活動計畫，讓大家表示意見。倘若對計畫有異議、或有其他更好的點子，就提出討論甚至表決，否則照社長的規劃進行，剩下時間讓大家嗑牙聊天聯絡感情。

上學期社長碟仙中邪事件突發後，馬上就放假了；事後在群組上雖然議論紛紛，但沒有當面八卦的機會，以致今天先抵達餐廳的人幾乎都在討論這個話題。

邊布置會場音響邊偷聽大家七嘴八舌，心情頗複雜。畢竟自己也是當初力推碟仙召喚活動者之一，背負著罪責的內疚，尤其是得知振宇所受的折磨後。

妙霏幫忙將活動計畫表發下去。隨著她移動的身影，我瞥見文石居然跟學長樊霽坤坐在角落聊得起勁。

手邊雜事告一段落後，距離開會還有些時間，我湊過去：「學長，暑假有沒有去哪裡玩？」

「再好玩的地方也不如小宇卡到陰好玩。」一化工系的他冷笑道：「那天我沒在場，真可惜。」

「醫師說他可能是癲癇發作。」

「也可能是真的卡到陰了吧。」

畢竟學長沒目睹振宇的慘，但也不應該以看戲的態度評論此事吧。我轉移話題：「文石是這學期新加入的成員，我們班的。」

學長瞟了文石一眼：「這傢伙想打高射砲。」

「蛤？」

「他老問我嘉熙的事，一副想追她的樣子。」

文石追趙嘉熙？

我知道姊弟戀很流行，但對方是園藝系高冷公主趙嘉熙耶！我睜圓了雙眼，不可置信地看著文石。

文石只是抓著後腦發傻，一臉蠢頭模樣笑著：「不好說、不好說。」

「他問什麼？」

「什麼她有沒有男友啦、喜歡什麼樣的男生啦、興趣是什麼啦之類的。」

我轉向文石：「你有見過學姊嗎？」

「那天你們被叫去課外活動組訓話時，在走廊上有過一面之緣。」

「你……就被學姊煞到了？」

「呵呵，這個不好說。」

「什麼不好說，這幾天他還向嘉熙班上的人打聽關於她的事咧。」學長一副唯恐沒好戲看的嘴臉，真讓人討厭。但我的好人緣就是習慣與人為善，縱使同情文石，也不幫他說話以免得罪學長，反而以臂彎箍住文石脖子：「從實招來！」

「不好說、不好說。」

雖然不知他的不好說是何意，但瞥見鳳振宇、趙嘉熙和其他幾個幹部的身影出現在門口，我知道這事現在不能再說了。

看到暴瘦的鳳振宇站在小講台上，現場迸出一陣低嘆驚呼。

他先跟大家問好，發表簡短的暑假感言；內容未提及就醫或中邪的事，反因言詞逗趣惹得哄堂大笑。

幽默溫暖的鳳帥，被選為社長不是沒有原因的。

接著換副社長上台介紹這學期預計舉辦的活動。這時我注意到文石的眼神，專注盯著趙嘉熙。

嚴格說來，能和妙霏在一起，不論如何都與文石有關；若能促成他與學姊，也算我投桃報李吧。

我靠過去低聲說：「學姊長得不錯吧？」

「她看起來總是很嚴肅，為什麼？」他深吸了口氣，沒移開視線問。

「其實學姊不像外表看來那麼冷艷，加入神研社初期，我曾見她笑過幾次。」

「初期？那後來發生什麼事讓她變成臭臉系花？」

「你連她是系花都打聽到了啊。她是園藝系系花，不是臭臉系花。」

「你到底知不知道發生什麼事？」

「唔，不知道耶。個性吧。」

他不耐地嘖了聲：「她同班同學說，大一時她可開朗了呢。大二上學期才變這樣的。」

「噻，連這個都……」我豎起大拇指：「加油，你的熱情必能融化冰山的。」

興許是感覺到有人在談論自己，坐在前排的趙嘉熙忽然轉頭往我們這邊瞧，我們才趕緊噤聲，專心聽台前的報告。

副社長報告到一段落，響起掌聲。鳳振宇接過麥克風：「如果大家對這學期活動沒意見的話，那就用餐了。」

「好！」台下一片附和。

這時鳳振宇的臉色微怔：「呃，有什麼問題嗎？」

順著他的視線轉頭，赫然發現坐在身邊的文石舉起了手：「可以再辦碟仙召喚嗎？」

鳳振宇的臉瞬間僵硬。現場驀然一片冰凍。

「呃……這個活動上學期辦過了。」副社長在旁邊插嘴解釋，企圖化解尷尬。

「可我是因為這個活動，才加入神研社的啊。」文石乾脆說出自己的目的。

這傢伙太不會做人了啊啊啊啊啊啊啊啊啊啊啊啊啊啊啊啊啊……

我以坐在他旁邊為恥。

在社長與副社長的解釋下，幸好文石沒有要提案討論，大家才鬆了口氣。也因此在新進社員介紹環節時，大家對這個白目新成員都投以好奇眼光。

用餐時，我們到自助吧檯取了餐點，輕鬆地聊著。

回座正要開動，一個身影閃進對面的空位，讓氣氛剎時又緊繃起來：「晏昕，你這位同學很可愛齁？」

趙嘉熙學姊。

語氣裡含著殺氣，讓人意識到她絕對不覺得文石有什麼可愛。

可我必須硬著頭皮厚著臉皮，乾笑說：「啊哈哈，小石在班上的暱稱就是小可愛，哈哈。」

知道我在耍嘴皮子，她賞我一個白眼，直接對文石冷嗆：「這位學弟，聽說你一開學就系上班上到處打聽我的事？」

周圍溫度急降，我覺得眼前桌上剛拿來的生魚片冷盤更新鮮了。

「我有興趣知道。」文石扠起一片沾著香橙醬的美生菜，嚼得格格作響。

我低下頭想扠起盤中的海蜇皮，餘光卻不自覺瞄向學姊手中的牛排刀，祈禱它不會忽然往文石腦門上插下去。

「想幹嘛？」

「想知道妳喜歡的男生條件是什麼。」

「干你屁事？」

「妳的興趣我也打聽到了，聽說喜歡花草植栽、喜歡研究植物病蟲害防治，也打算以這個作為將來考上研究所後的研究主題。」

我與妙霏互換眼神，覺得學姊隨時會將餐盤裡的食物全部倒在文石頭頂。

不料學姊凝視文石半晌，最終陰惻惻道：「你這傢伙，法律系的是吧？有意思。」，然後喀地一聲將盤中牛排削下一塊，蘑菇醬都沒沾就將血淋淋的牛肉入口，邊嚼還邊瞪著文石。

文石倒是一派輕鬆享受著生菜沙拉，邊吃還邊調戲學姊：「其實妳的眼睛很漂亮，不管哪個男生看久了一定都會喜歡。」

學姊將一隻蝦的頭部狠狠剁下，聽了這話，錯愕地停下剝殼動作，下一秒直接舉起叉子——我正要脫口喊叫並出手制止，見她叉子是扠往香蒜麵包而不是文石，就硬生生將手臂拗成伸懶腰、張開的嘴急轉彎成打呵欠。

「你是在開什麼玩笑？」學姊將視線轉向叉子上的麵包，冷冷地問。

「當然不是，這是真心話。」

真心話？我真心希望你能不能不要再接話啊……

「哼哼。原來天下的男生都是一個德性，看來這話不假。」

「那是妳看過的男生不夠多，就以為天下只有一種男生。」

「那你又是哪種男生？」

「至少不會是妳討厭的那種。」

「不要以為你打聽了一些什麼，就能瞭解一個人。」

「喔，我對妳的瞭解，是從剛剛妳坐下來以後才開始。」

「臭屁自大！還說自己不是惹人討厭的那種。」

「最終我會讓妳知道，我至少不是妳以前認識的那種男生。」

學姊撇撇嘴角，一臉不屑啃起麵包：「現在的小大一都這麼囂張自大嗎。」

再不打斷恐怕會發生慘案，我插嘴：「學姊，我們現在已經大二了。呵呵。」

她甩來的眼刀又冷又銳，逼得我立即住嘴，只能祈禱文石這種驚悚撩妹術趕快停止。殊不知他完全無法感應到我的心情：「學姊認為我囂張自大，我卻認為學姊妳冷靜聰明，是我欣賞的類型，其實只要情緒控制好，妳應該會得到幸福。」
「哼哼，那得看你有沒有那種本事。」
「本事我是沒有，看透人心的能力倒是有一點。」
「乾脆說你會算命看相塔羅牌，我還試著相信一下。看透人心？哼哼。」
「看透人心是直白說法，其實就是讀心術。」文石端起玉米濃湯碗，牽牽嘴角說：「妳的心就像這碗湯，濃濃的看不清成分是什麼，必須用湯匙翻舀一下，才能看到原來裡面有洋蔥、蘑菇、玉米粒和火腿片。」

學姊對旁邊的我甩來「你同學腦子怎麼了」的輕蔑眼神。
「如果只是這樣，誰都能看清對方的內心。」文石自顧自地說：「但我除了看到這些湯料外，還能看出裡頭放了奶油和麵粉。」
也許覺得他很瞎，學姊索性低著頭嗑蝦。
「結果，還被我看出裡頭放了黑胡椒咧。」
學姊的筷子頓住，抬眼睨著文石。文石偏著頭，也毫無所退怯迎向她的銳利。
妙霏在桌下悄悄握著我的手。我手心有冷汗，大氣都不敢喘一下。
眼前是母獅睥睨與獵豹逼視的對戰嗎？誰會先撲過去把對方撕了啊……
這時有人過來打招呼，學姊起身換到別桌。文石也起身去取食物，我和妙霏才同時大吁一聲。
「他追學姊的方式，可真特別啊。」我拿起紙巾抹去額上汗水。
「學姊有可能會接受他嗎？」妙霏望著文石的背影，擔心地問。

「怎麼可能！早知他這麼社交白痴，就不帶他來了。」

本以為碟仙事件就這樣風平浪靜；畢竟，找文石的初衷是為了追求妙霏，雖然文石不經意間促成了，且經過暑假的相處，原先的目的可謂圓滿達成。

但我忽略的是，妙霏和她兩個閨蜜對於碟仙的沉迷，並未消滅。

這天下課後，我去大典館的中文系教室找她。她人不在，一位女同學看見我，拎著她的包包靠近說：「她去洗手間，說包包請你幫她保管一下。」

我謝過她，駐立在走廊上等候。這時包包裡的手機鈴響。

我自然地幫她接起來，還來不及出聲，就聽到對方說：「小霏，搞定了，明晚就在社辦見，他們都答應來了。」

我聽出是劉姍姍的聲音：「我是晏昕啦。妙霏她去洗手間。」

「蛤？喔……」她的聲音聽來有些慌張；「那、那請她回電給我，謝謝。」

沒等我接話，手機就結束通話了。

不一會兒妙霏回來，我把包包遞給她，一起往校外的麵店併肩而行。

她開心地說了些班上的趣事；我有一段沒一段地聽著。

「喔，剛剛姍姍有來電，請妳回電。」

她的笑容頓時僵住，但隨即恢復：「應該……沒什麼事吧。吃完飯再回她。」

「她好像說，明晚在社辦妳們跟誰有約。可是我記得明晚社團沒活動吧。」

「她怎麼可能跟你說……」

察覺她似乎有事刻意不讓我知道，我停下腳步：「妳們到底要在社辦幹嘛？」

她舒了舒眉頭，聳聳肩道：「怕你不高興，所以才不想告訴你的。」

「什麼？」

「召喚碟仙。」

「為、為什麼又要玩這個？」我果然有點不爽。

「筱婷上學期的光學暨量子力學真的考滿分，還想找狐靈求東西。」

「求什麼？」

她欲言又止，見我堅持的眼神，才低聲說：「愛情。」

「那個狐靈多恐怖，幸好沒再讓文石發作，妳沒跟她說嗎？」

「還有姍姍，她心疼振宇上學期的遭遇，想求狐靈賜予振宇平安健康，也想知道到底振宇為什麼會中邪、是被什麼惡靈上身的。」

「管它什麼惡靈善靈，敬鬼神而遠之才平安吧。」

「早知道就不跟你說了。」她嘟起嘴，不滿我的語氣中有火氣。

我調整呼吸，用平緩的口吻說：「那就讓她們去問吧，妳幹嘛也參加。」

「我也想問狐靈，我們能不能相守在一起一輩子。」

「當然會呀，這妳問我就好了嘛。」

她噗地笑出聲：「你是什麼靈啊。」

我咂了嘴，憂愁地說：「妳知道筱婷想追回振宇吧，而振宇現在是姍姍的男友啊。萬一筱婷豁出去說想跟振宇復合有無希望，姍姍會怎麼想？妳夾中間要說知情還是不知情？朋友還要不要啊？上次狐靈不是說筱婷能挽回振宇，但是有衝突，妳有沒有想過這衝突可能傷害姍姍？」

「你發現了嗎，狐靈先跟姍姍說她跟男友在一起會幸福，但又說筱婷能挽回振宇，不是矛盾嗎？我也想搞清楚這點。」

「但狐靈沒說姍姍會跟振宇長長久久吧。」

「你原先不是挺支持辦碟仙的嗎，現在怎麼想這麼多啦。」

「妳不怕那個狐靈嗎？我記得妳上次可是嚇壞了的。」

「文石好像也沒怎麼樣嘛。比起狐靈，振宇的那個惡靈才恐怖吧。」

「反正，我是不贊成再召喚碟仙，太危險了。」

「所以我們才沒邀你啊，誰知道……你那麼怕就不要去嘛。」

「我才不會怕，我、我是擔心妳的安全。」

「我才不會問什麼禁忌的問題咧。」

如果碟仙回答說我們不能走到最後，怎麼辦……我忍住這個顧慮，只是狡猾地說：「反正我也要去，不能放妳一個人孤身犯險。」

「好老派！跟文石學的嗎？」她聽到孤身犯險這幾個字，彎腰咯咯地笑著。

她的笑，讓我心醉。

第九話

事情爆發那晚，就如文石第一次與我們在社辦的小房間召喚碟仙那夜般，校園裡山嵐霧氣濃得嚇人。

初秋的山上就陣陣寒風拂面。我不禁拉緊大衣衣襟，懷念被窩裏的溫暖。

本來以為只有妙霏、筱婷、姍姍與我，所以準備了四份鹽酥雞當做宵夜，直到推開社辦的門，才傻眼發現樊霽坤、趙嘉熙、鳳振宇和文石居然也在。

「呆什麼，快把門關上，冷死人了。」樊霽坤抱怨道，「那是鹽酥雞吧？還不快拿來，正餓了呢。嘖，這麼一點怎麼夠吃？」，同時抓了雞塊馬上啃起來。

「學長，這麼晚了還沒睡？」

「睡了怎麼夜衝、夜唱和夜店啊，大學生睡覺就是對於生命最大的揮霍啊。」

「今晚這裡有夜唱？」

「是也沒有。不過聽說有夜召，想說我也來一下。」

我隨便編了個理由，把妙霏拉到走廊：「什麼情況，怎麼學長學姊都在啊？」

她聳聳肩：「我們三個女生經常召不到碟仙，我只找了文石來增加念力而已。」

增加念力找文石？妳們應該是想試試附在他身上的狐靈還在不在吧。

我沒說破，手在空中無意識地揮了揮：「學姊不是不屑碟仙嗎？振宇不是不敢再碰碟仙了嗎？」

「我哪知啊。」

我探身進社辦：「小石，你來一下。」

文石出來走廊看著我們。我問：「上次被附身的事你不怕嗎？」

「我什麼時候被附身啊！而且你說我人緣差，我想說助人為快樂之本，還可以結些善緣，所以——」

「那你幹嘛還把學長學姊找來？」

「我沒呀。」他搔搔後腦：「在自助餐吃晚飯時遇到社長和學長學姊在一起，他們好像邊吃邊聊下禮拜探祕外星人活動的細節，社長招呼我過去一起坐。吃到一半妙霏打電話來，他們聽到是要邀我召靈，就說也要過來看看。」

「看什麼？」

「看我們召喚狐靈啊……我能拒絕他們來嗎？」

這是怎麼回事……不祥的預愈來愈強烈。

「你在擔心什麼？」可能見我一臉凝重，妙霏說：「也許大家都想見識一下狐靈吧，畢竟筱婷把狐靈說得神通廣大，誰都會好奇的嘛。」

這時姍姍探頭出來：「快十二點了，你們還在幹嘛？」

我們依序進入社辦。前腳才踏進門我突然想到，轉身悄聲問身後的文石：「小石，上次召喚到狐靈之前，你有沒有唸過光學或量子力學？」

「之前？沒有啊，我高中就是唸文法商組的。」
「那……筆記就不可能是你做的……」我嘟囔自語道。
文石沒聽清楚靠過來：「蛤？你說什麼？」
「沒什麼。」
姍姍和妙霏在小房間內布置召喚道具，其他的人邊嗑鹽酥雞邊聊著天；好像只有我覺得室內的氣氛很詭異難安。
我假藉要拿飲料坐到振宇身邊，低聲問他：「你不怕碟仙了？」
他啜了口手搖飲料：「她們老說那個狐靈多靈驗。反正我不參與，旁觀而已。」
杯中飄來桔茶的酸甜味，這是他最愛喝的。我問：「你信不信那是狐靈？」
「坦白說，」手心遮在嘴角，他低聲道：「我不太信。她們說的太誇張。」
「但我真的看到祂附在文石身上啊。」
「那不一定是什麼狐靈啊。社課老師說過，撒旦最喜歡化身成你以為的神祇仙靈來接近誘惑你。」
咦……我們有人心裡想著狐靈，被召來的靈體知道了，就假藉是狐靈現身，其實根本就是孤魂野鬼而已？
也就是說，文石其實是卡到惡鬼，而且比振宇卡到的更邪惡狡猾？
這種可能性我倒沒想到，但很有道理。我非常佩服振宇的見識，畢竟是曾經卡到陰的被害人，體悟應該頗深。

偷瞥了文石一眼，筱婷不知在跟他說什麼。面無表情的他，看起來真的有點陰冷，我的背脊不禁一冷。

「那你自己上次卡到的呢？是狐靈還是撒旦？」

「不知道。肯定是什麼髒東西，我媽請了個高僧幫我驅趕化解。」振宇吁了口氣，露出腕上的佛珠。「反正我是不會再參與什麼召魂引鬼儀式了。」

這時姍姍出來對大家說：「時間差不多了，想參加的人請進來。」

八個人都進到小房間裡有點擠，但八個人確實都擠進來了。

有求於狐靈的筱婷、姍姍和妙霏先坐上桌邊，被叫來但自己也想交朋友結善緣的文石也入坐。原以為樊霽坤只是看熱鬧的吃瓜群眾，竟也接著入座，還坐在文石旁邊。看他的表情，信神信鬼也不信狐靈會出現，更不信會附在文石身上的樣子。

入座外面一圈折疊鐵椅的是堅持不再參與召靈的振宇、自始堅信一切都是迷信與鬧劇的趙嘉熙、與堅定保護妙霏安全的我。

我下意識觸碰了放在腳旁的背包。裡頭有法鈴、符咒、八卦鏡，大蒜、聖經、十字架，法輪、唸珠、金剛經，外加一柄小桃木劍，以防萬一。

「狐靈狐靈在不在，有事相求請出來……」

「狐靈狐靈在不在，有事相求請出來……」

在搖曳燭光熒然映照、與牆面陰影幽冥晃動下，不論原本希望召請碟仙目的為何，此時室內每個人看來都很猙獰，宛如掩飾不住內心貪婪與另有所圖……

燭光人影，配上巫師作法時咒語般的召請喃語，氣氛頗為詭異。

不知是否錯覺，總是感到空氣中有雙讓人惴慄的眼睛默默瞪視著我們。

事後回想，不好好用功讀書、捨快樂的社團活動不為，這時的我們到底在幹嘛啊……

對一切都感到好奇與期待，即使危險也好像沒關係，或許這就是年輕吧。

召請半晌，指尖下的碟子毫無動靜。樊霽坤有些不耐煩：「到底有沒有啊？」

「會不會是，我們召請的方法不對？」筱婷眼珠轉了一圈：「畢竟狐靈與碟仙不同吧。」

意思是狐靈是神仙、而一般碟仙是鬼靈？那為何都寄附在小碟子上啊……

「唔，」文石偏著頭思索道：「狐靈畢竟是狐狸修練幻化而成，我們用召喚碟仙的高亢語語調來請祂，會不會有點……」

「那就試試比較和緩的語調嘛。」姍姍順著文石所說，提議道。

看來大家都有共識了，所以一起改以較輕沉的語調：

「狐靈狐靈在不在，有事相求請出來……」

「狐靈狐靈在不在，有事相求請出來……」

「狐靈狐靈……」

就在我想要說出放棄了吧之際，碟子動了！

眾人的眼睛馬上綻亮。

筱婷的語氣興奮：「請問是狐靈嗎？」

碟子立即移動到「是」的位置上。
「我上學期的光學暨量子力學考滿分，您真是有求必應，謝謝您。」
「因」、「妳」、「相」、「信」
碟子陸續游移與停駐，大家跟著碟子的移動低語唸出這四個字。
「狐靈狐靈，我想再跟您祈求愛情，不知是否應允？」
碟子從「信」字移動至「否」。
否？桌邊的女生都傻眼。筱婷連忙再問：「請問，今天沒有有求必應了嗎？」
碟子移到旁邊的「是」。
筱婷愣了幾秒，不死心追問：「為什麼今天沒有了呢？」
隨著碟子移動，大家低語唸出：「因」、「為」、「不」、「信」
「我沒有不相信您啊。」筱婷提高音調澄清：「我若不信，怎會再來祈求呢。」
隨著碟子挪移，大家又緩緩唸出：「有」、「人」、「不」、「信」
桌邊每個人面面相覷。妙霏直接問：「請問狐仙，是誰不信？」
碟子緩緩滑到「坤」字。所有人的全部眼刀射向樊霽坤身上。
樊霽坤瞬間滿臉通紅：「我、我沒有不信啊……」
碟子又緩緩挪移：「你」、「不」、「信」、「我」
氛圍立刻變得超級尷尬。
不知是惱羞成怒還是原本就心存踢館拆台，樊霽坤居然憤恨地說：「一定不是什麼狐靈！不是他們四個有人裝神弄鬼，就是你打著狐靈的名號唬人！」

碟子毫不遲疑地移往：「你」、「可」、「以」、「將」、「手」、「收」、「回」

大家驚訝地望著「回」這個字，然後不約而同抬眼望向樊霽坤。

坐我身邊的振宇立即低聲提醒：「學長！別忘了召喚碟仙的規則和禁忌啊。」

樊霽坤正想縮回的手指立即變得僵硬。看來他也不想被什麼東西附身。

眼下該如何繼續？大家又是一陣面面相覷，不知所措。

文石見狀，忍不住問：「其他人沒有問題了嗎？要不要請祂退駕算了？」

「哼哼。」趙嘉熙學姊冷笑兩聲，嘲諷道：「都是想來要東西的，現在人家不給就全傻了。真可笑。」

還是妙霏比較厚道：「現在的問題是，狐靈認為學長不信祂，才不應允有求必應的吧。」

「學長，你就信了吧！幹嘛鐵齒呀。」姍姍低聲哀求道。

盯著自己發痠的手指，樊霽坤困窘地說：「我說我信，可祂說我不信啊。」

趙嘉熙彎了彎嘴角：「阿坤啊，你的手指會不會充血太久纖維化，以後都不舉了呀。」

振宇立即制止他：「學長不要縮手！小心被上身！」

我既擔心又想笑，同時覺得這個狐靈有點恐怖。

樊霽坤的手指抖了兩抖，表情已經扭曲：「啊妳們是要不要問啦，不問就請碟仙回去吧！」

「都是因為你才害我們問不下去的呀。不然你把手拿開，反正狐靈大仙已經同意你收手了。」筱婷的語氣充滿嫌惡。

「對啊學長，我的手指也開始痠了。」姍姍也蹙眉道。

樊霽坤怒瞪她們一眼：「我才不要！」

眼看僵持不下，文石沉吟思索道：「能讓我先問一下嗎？」

「快問快結束！」樊霽坤的聲音聽來像溺水亂抓浮木般。

「請問狐靈，如果學長向您道歉並繼續參與以示相信，您可以讓妙霏她們繼續向您求教嗎？」

幾秒後，碟子緩緩移到「可」。

樊霽坤連忙向碟子彎腰：「對不起、對不起、對不起，得罪您了。」

碟子顫了一下，移往「你」、「信」、「我」、「嗎」四個字。

「信信信！你是狐靈大仙、狐靈大仙。」

碟子沒再有何動靜。大家靜默了一會兒，妙霏使眼神，筱婷才小心翼翼問：「狐靈您好，我可以跟您祈求嗎？」

「要」、「求」、「什」、「麼」

「愛情。」她漲紅雙頰說。「永恆的愛情。」

「不」、「可」、「能」。碟子游移後，給出這三個字的答案。

她睜圓了雙眼，凝視著停在能字上的碟子，表情寫著不可置信。

「筱婷，妳問祂為什麼？」妙霏提醒道。筱婷隨即照著問了。

碟子在紙上游走後，回答令人費解：「妳」、「還」、「沒」、「放」、「下」

筱婷出神地著這個答案，木然不語，臉色黯然。

大家應該都很疑惑。妙霏問她，她搖搖頭，不再發問。

姍姍見她無意再問，用眼神向大家示意，接著問：「狐靈大仙，請問上次附在我男友身上的東西，已經遠離了嗎？」

「是」

「以後還會再來找他嗎？」

「不」、「會」

姍姍舒展眉頭，開口正要問下個問題，殊不料碟子繼續轉移：「只」、「要」、「他」、「專」、「情」

呃？只要他專情的話，就不會再來找他？

另一層意思是，若不專情，還會再來……嗎？

或直接或偷瞟，每個人都將目光投向振宇。看來大家都知道姍姍的男友是他。

振宇察覺有異，僵硬與結巴顯示了他的困窘：「這、這是什麼什麼意思，不是在說我吧……我……專情跟被附身有什麼關係！」

不料樊霽坤竟然就問：「請問狐靈，振宇是否專情，跟他被附身有什麼關係？」

「你——」振宇正要制止，碟子的晃動卻將大家的注意力又拉回桌上。

「問」、「她」

因為碟子是停在「她」而非「他」，桌邊三個女生同時面露遲疑。

妙霏壓低了聲音問：「祂在說誰……姍姍妳嗎？」

姍姍有點怒，也用氣聲回說：「怎麼可能！」

她們將視線投向筱婷，筱婷蹙眉：「妳們看我幹嘛！我哪知道社長被附身跟專不專情有什麼關係。」

姍姍說：「我關心男友的健康，祂卻說專情不專情難道……妳們？」

「跟我沒關唷，不要把我扯進去。」妙霏嚴正否認，目光反而轉向筱婷：「妳一直想挽回的人，是振宇吧？」

筱婷臉色一陣陰晴：「問題是，他不理我呀。」。

振宇也立即澄清：「我和筱婷早就分手了，姍姍妳是知道的。」

她們三個平常同進同出的閨蜜，現在狀似彼此互相猜疑了起來。

文石目光在她們之間流轉，終於忍不住：「不知道是誰，問一下不就好了嗎。」

鬆了口氣般，大家都露出「對齁」的表情。

「狐靈狐靈，請問您說的她是誰？」桌上五人異口同聲問道。

碟子轉了兩轉，停在「趙」字上。

趙？

七二一十四隻眼睛全射向學姊趙嘉熙臉上。

「看我幹嘛？」維持一貫高冷表情，學姊趙嘉熙語調鄙夷：「你們該看看到底是誰在這個碟仙的遊戲裡裝神弄鬼吧。」

「這就是不相信碟仙的妳，今晚會在這裡的原因？」我忍不住問。

篤信碟仙的筱婷不滿說：「學姊要不要解釋一下，不然為什麼狐靈大仙會說妳知道振宇專不專情？」

妙霏也不以為然：「妳老是認為碟仙是在裝神弄鬼，可從剛才到現在，我看不出來有誰在搞鬼。」

「就是他！」趙嘉熙站起身，伸直了手臂指著文石。

見文石一臉錯愕，妙霏惱了起來：「學姊妳別鬧了，他只不過是我臨時找來幫忙出根手指的人而已，從頭到尾他根本沒有想要召喚，也沒問過一個關於自己的問題吧。」

筱婷也嗤之以鼻：「是想轉移焦點嗎？」

學姊可沒在客氣：「剛才召喚不到狐靈，是誰說狐靈是狐狸修練幻化的？是誰建議改變語氣的？剛才阿坤尷尬的時候，是誰在催大家的？又是誰居然知道用道歉這招狐靈就能接受妙霏她們繼續祈求的？若不是裝扮成狐靈的人，怎麼可能知道這個未知靈體是怎麼想的？這樣簡單的把戲你們還看不透嗎！」

室內陷入一陣靜默。我也在揣想她這番話的道理。

須臾，姍姍先出聲：「我沒辦法認同妳的說法。大家卡在那裡時，是文石為大家想了辦法，而且他也只是建議，未必當然有效，正因他對狐靈無所求，所以狐靈才同意他的提議也說不定。學姊想當然爾認為狐靈是他搞鬼，這種推論未免太武斷。」

「學姊的說法是建立在否定世上有碟仙和狐靈的前提之下吧；但如果世上真有碟仙狐靈呢？」妙

霏也搖頭，小心翼翼道：「學姊若見到上次他被狐靈附身的情形，就不會這樣說了。」

振宇微微頷首：「唔，也許正因為狐靈選上了文石，才讓文石當祂與我們之間的橋樑。」

「你是說，文石類似靈媒那樣？」筱婷睜圓了雙眼，望向文石。

文石苦笑：「別鬧了，我才不想當什麼靈媒啊。」

文石的反應太憨直，我覺得他無辜，但又不願開罪學姊，只好卑微地問：「學姊，妳是因為文石一直打聽妳的事，才這麼生氣的嗎？」

「我看她是想轉移焦點。」筱婷扁扁嘴，低聲嘲諷道。

一直看著我們爭論的樊霽坤，終於忍不住問：「喂，那到底還要不要繼續啊？如果是假的我就不奉陪了，但萬一不是假的——」

「那還不簡單！」趙嘉熙扯扯嘴角，目光銳利道。

下一秒，在場所有的人都發出驚呼及尖叫。

趙嘉熙抄起放在室內角落、之前辦活動時用來製作海報的一根木棍，使盡全力就往桌上砸來，嚇得大家本能反應縮回手指，那隻小白碟立馬被砸得粉碎四濺八噴！

「哇！」學長被嚇到大叫跳開。文石連人帶椅子倒退靠牆。

「啊——」桌邊的三個女生本能反應跳起來，邊尖叫邊竄到我身邊。

「幹嘛啦！」、「有必要這樣嗎！」振宇和我也驚慌地站起身，怒叱道。

「幹嘛？這叫破除迷信！打假除神棍！」趙嘉熙說得理直氣壯。

「人家要問事，妳卻在這裡搞事！」筱婷不滿地指責她。

「妳、妳這樣會害我們得罪、得罪狐靈的呀！」姍姍也氣得直哆嗦。

「我才不怕！這一切自始就是有人裝神弄鬼！以後神研社不准再搞這個活動了。」

原來學姊個性不僅高冷，也有脾氣火爆的時候，真是始料未及。

更始料未及的是，這時一個在場的女生講了這樣一句話：

「所以妳自始就知道是誰在裝神弄鬼？」

我望向妙霏她們，發現她們也在互相觀望，找尋話是誰說的。

似曾聽過的聲音……絕不是男生故意尖著嗓子能裝出來的，真的是另一個女生天然的嗓子經由喉部聲帶、口齒唇舌發出來的……

聲線清脆嬌甜、語調促狹捉弄……

然後我們不約而同想到了什麼，又不約而同望向唯一還坐在椅子上的……

文石。

他低著頭垂著肩，彷彿捷運上打盹的乘客般。

只有趙嘉熙不知死活，還冷言冷語：「知道了又怎樣？」

「那這個裝神弄鬼的活動，妳不也是共犯嗎？」

「我怎麼是共犯！我——」她邊說邊找尋對話的對象，妙霏驚恐地把她拉近自己。她順著妙霏的目光望向文石。文石還是低著頭。

振宇與學長也疑惑地尋不著說話來源，直到與妙霏及我警示的目光對上，空氣中瞬間凝結詭異的冷霜，陷入恐怖的沉默之中。

「一開始就知道召喚活動另有目的，卻不說穿，是因為妳也另有目的吧。」

女聲從文石的頭頂傳出來。

表情開始僵硬，原來的蠻橫與鄙視全然不見，趙嘉熙的自言自語充滿了不解與驚愕：「怎、怎麼回事……」

「怎麼回事妳心知肚明。一切全因鳳振宇，對吧？」

就在我還來不及理解謎之女聲這話意思之際，趙嘉熙驚駭地跌坐在隔桌正對的椅子上，極力保持冷靜：「妳、妳、妳是誰，為什麼……為什麼……」

文石連人帶椅飄向桌邊，緩緩抬起頭：「……我說對了嗎？」

睜開眼，他的雙瞳是令人背脊狂冷的血紅色。

妙霏臉色刷白，失聲叫出：「妳是狐靈！」

現場眾人爆出驚呼聲。我的雙腿開始狂抖不止。

他的眼瞳轉向樊霽坤。樊霽坤喉節滾了兩滾，顫著嘴唇：「那個、那個我我我說不信有狐靈是是是開玩笑的，別介意啊……」

「不可能……我從來沒告訴別人……」趙嘉熙喃喃自語，倏然轉頭怒瞪：「是你跟什麼人說的！」

振宇猛搖頭：「我沒呀！妳覺得我有可能跟誰說這種事嗎？」

趙嘉熙不可置信地回望文石：「難道他真的被……狐靈附身？」

「因為我看穿了妳內心的祕密，才要相信嗎？」

一個女的聲音從文石的口中冒出，這情景有夠詭異恐怖。

「一定是誰無意中知道了，在文石四處打聽我的事時說給他聽了。」

「說了什麼呢？」文石——呃，應該說是狐靈，又用促狹的語氣問道。

趙嘉熙欲言又止。我注意到她雙手手掌在桌下抓扭在一起。

狐靈偏著頭凝視她：「妳之所以對於碟仙反感，一再反對神研社辦召喚活動，無非因為妳知道鳳振宇最初提議辦這個活動的目的，並不單純。」

「……」

「因為妳知道他想利用碟仙，來追求別的女生吧。」

抿緊了唇，雙肩開始顫抖，看來趙嘉熙極力控制著情緒。狐靈見她還是不語，也許是想證明自己的法力高強，接著說：「他跟妳提分手，原本妳瀟脫地答應了，後來發現他知道闕筱婷很著迷神鬼玄幻數術，藉著碟仙召喚投其所好接近她，而且妳查知原來在分手前他就與她在一起了。」

「原來那時候你……劈腿？」樊霽坤睜大雙眼質問。

振宇漲紅了臉，說不出話。

「我有可能跟誰說這種事……嗎……」筱婷嘟囔著，乍然斜瞅著振宇問：「你說的是哪種事？」眼見所有的人都以異樣眼光直視自己，振宇也惱怒回嗆：「和我都分手了，妳還有什麼資格質問我！」

「虧我還想挽回，想不到你是這樣的……渣。」

「當初吵架時是誰先提出要分手的？難道妳沒有先跟那個跟妳告白的學長搞曖昧？」

「那是故意氣你，看你在不在乎我。現在看來……真是枉費我的痴心。」

「所以是前女友了嘛，還有資格對我指指點點問東問西！」

「她有資格。」狐靈出其不意說：「你在還沒與她分手前，就跟劉姍姍在一起了。」

「你、你這個狐……怎、怎麼什麼都知、知道……」振宇被踢爆，嚇得支支吾吾。

狐靈沒有回答，只露出一抹冷笑。

殊不料姍姍突然冷問：「那我有資格問嗎？」

振宇愣怔：「那……那些都過去了，而且我現在只愛妳啊。」

「真的嗎？那你前幾天說想跟我在一起，是怎麼回事？」妙霏睨著他問。

空氣裡一陣死寂。

我極力控制眼瞼不讓眼珠掉出來，再將眼刀狠狠甩向他。

他可能被逼上絕境了，惱恨地直瞪文石：「你這個假鬼假怪的傢伙！」語畢就握拳衝過去。

最初他在辦碟仙召喚活動時，也許用了什麼不為人知的手段，誘使筱婷、姍姍接近自己，但眼前這個文石可不像是使了伎倆嚇唬人。

因為當振宇衝向他時，一股奇異的白霧從他身上竄升，兩顆紅色的眼珠飄浮其上……就與筱婷手機裡拍到的情狀一模一樣！

雖然曾在手機照片裡看過，但親眼目睹，還是頭皮炸麻背脊發寒。

一拳揍在文石臉上，文石一個踉蹌，差點從椅子上摔出去。

學長和我驚叫，連忙上前拉住振宇。

女生們尖叫，不知是被此突發狀況嚇到、還是驚懼於狐靈發怒。

但事後回想，覺得她們的尖叫過早了。因為下一秒的情景，才更值得尖叫。

文石連同椅子從快摔出去的姿勢硬是彈回來桌邊，還坐直了！

興許剛剛幻化出竅的靈體又附回他的體內，而且這回怒火是真的大了。

桌上的燭火開始猛烈晃顫，整個室內猶如鬼影幢幢、暡曚陰慘；感覺上桌子發出科科科的怪聲，接著地板似乎都震動起來。

除了我被嚇得驚叫，女生們也都放聲尖叫。

淒厲的尖叫。

晦暗幽冥中，只剩那兩顆血紅的眼瞳，讓人毛骨悚然！

喉嚨一陣燥痲，呼吸變得困難，甚至開始暈眩，我雖心知不妙，但恐慌使全身僵硬不知所措，直到聽見學長大喊：「快逃啊！」才從驚駭中醒過來，拉起妙霏的手就奪門往外衝。

所有的人都奪門推擠而逃。

有隻鞋子都掉在社辦門邊來不及撿回穿上，可見逃竄時之倉皇驚懼。

逃回寢室才發現自己的左腳底綻冷。

因為那隻鞋子是我的。

第十話

「然後呢？然後呢？」

回憶至此，我停下講述，喝乾了咖啡。放下杯子後，對著她們苦笑。

沈鈴芝看著我，焦急地問。

聽得入神的她，懷疑時蹙眉，搞笑時抿嘴，驚訝時微張唇形，緊張時圓睜眼神，都不失呆萌可愛。

其實我是被她的嬌俏所吸引，中斷了思緒。

白琳向服務生招手，為我再叫了杯咖啡。

「呃哼。」我清清喉嚨，聳聳肩：「然後我們又被叫到學務處去挨罵了。」

但這次我們學乖了，事先在群組裡講好，要說是因為慶生會辦得太嗨了才驚擾到隔壁社團，堅絕否認是在搞什麼碟仙活動，以免被依校規懲處或遭撤銷社團的命運，並約定誰敢將文石被附身的事講出去誰就是神研社的歷史罪人，永遠遭人唾棄排擠。

狐靈發怒事件隔日早上，我臉上掛著黑眼圈，抱著民法課本和六法全書踱進教室時，發現文石已經坐在教室和旁邊的同學在討論著什麼。

雖然餘悸猶存，仍壯起膽子走到面前，直勾勾盯著他的眼睛，企圖從中窺見一絲紅光或獸瞳，並喃喃自語：「……太詭異……實在太詭異。」

他身子被迫往椅背上靠，眼神躲過我的逼視轉向身邊的同學。

坐他左邊的薛子博嗆我：「黎晏昕你幹嘛？你才詭異咧！」

「你有沒有覺得身體裡，有什麼東西在作怪？」我非常擔心地問。

他偏著腦袋想了一下：「早餐很新鮮，我沒有想挫賽的感覺。」

「不是，我是說，你會不會覺得自己……病了？」

坐他右邊的李蕾嫌惡地說：「黎晏昕你一大早發什麼神經！有病的是你吧！」

這時教授走進教室，班代大喊起立敬禮，我只得趕緊找座位。

就這樣，這件事從他這兒是無法再多探知些什麼了。宛如他壓根就不知自己曾被附身的事，恐怕還認為清醒過來小房間內只剩自己一人，是出於大家的惡作劇。

幸好之後都沒再見到狐靈現身，而且直到畢業文石也安然無恙。

後來仔細忖度，狐靈的可怕不在於是仙還是鬼，而在於祂的無所不知。

不過狐靈當時所說的，我曾求證於妙霏。

「鳳振宇真的跟妳說……想跟妳在一起？」那時我們併肩坐在校園的草地上，望著黃昏夕曛的璀璨霞紅時，想到未來，我裝作不經意般問道。

「唔。」直視天邊的雲彩，她似乎捨不得將目光移開。「你終於忍不住問了。」

「他明明知道我們在一起，居然還……」

狐靈發怒事件後迄今，不知是他心虛還是我芥蒂，彼此未曾再交談，本想說就這麼冷戰到畢業吧。現在確認了他居然想橫刀奪愛，腹中怒火剎時熊熊燃起。

「不可否認，他的外型、人緣和能力，都頗吸引女生的，他也因此自信過頭了吧，覺得只要有意，女生都該被他征服。」

「那姍姍知道這件事嗎？」

「我第一時間就告訴她了。」

「她什麼反應？」

「起初不信。放出手機裡他約我的露骨對話錄音和簡訊，她才爆哭。」

「可是她在祈求狐靈時，卻為了他的平安——」

「她說要找他攤牌，但我認為他未必會承認，隨便找個啊我是跟妙霏開玩笑的之類的理由，不就敷衍搪塞掉了，再甜言蜜語幾句，姍姍可能傻傻又信了他，下次他再劈其他女生，姍姍多可憐哪。」

「所以呢？」

「所以我阻止她，同時帶她去找他前女友筱婷。我也藉此讓筱婷認清他，不要再想挽回什麼，太傻了。」

「咦？」我驚訝地闔不上嘴，直視她側臉：「妳們三個是——」

「反渣男聯盟。」

「講好的？」我怔了半晌，不知如何反應：「那……妳們的計畫是？」

「在狐靈面前，揭發鳳振宇花心渣男的本質。」

「但妳們怎麼知道狐靈一定會說出——」

「筱婷的考試成績，讓我們都相信狐靈很神、很有正義感。雖然祂發火時蠻恐怖的。」

「要是狐靈的答案不如妳們預期呢？」

「那若非我們誤會了鳳振宇，就是狐靈是假的。」

狐靈能說出她們知道及遭遇的事實，那就證明狐靈果然法力高強，應該可以這樣認為吧，除非……「妳們事前有將這事告訴文石？」

「怎麼可能。那個呆愣子像個小孩，好像只對於有沒有碟仙這件事好奇而已，況且他被上身已經夠慘了，天知道日後會不會留下什麼後遺症，別鬧他啦。」

「……是喔。」

這麼多事都不知道啊。望向即將滑入地平線下的落日，我心中五味雜陳。

好像有一種……被利用的感覺。

「喂，事先沒告訴你，是因為知道你和鳳振宇很要好，而且你們都是支持續辦碟仙活動，擔心你會走露我們的揭露計畫。」

「我的口風就這麼不緊嗎。」

「就算我想透露讓你知道，也得尊重她們兩個的意願吧。」

聽她這樣講，我心裡比較好過一點。

很久以後才知道，她真的只是為了讓我心裡好過一點才這樣說。

因為她介意的不是我把鳳振宇當好兄弟，還包括在某些事上她認為我太軟弱，雖然我一直是為了維持人際關係顧及對方感受，才沒有凡事都那麼堅決。

可惜她當時沒有說破，也是顧慮我的感受，殊不知這樣有話不說，不論是我或是她，都是種下日後分手的種子。

「那麼，學姊該不會也是妳們反渣男聯盟的成員？」

「真不是啊，我們都沒想到會殺出這麼一段！」她轉向我，杏眼圓睜，彷彿又記起當日的惶恐：「狐靈能透視人內心的祕密，真恐怖。」

「到底學姊為什麼不說穿振宇辦碟仙活動的目的？」

「學姊肯定是知道振宇夠渣，想看他如何騙其他女生，再拆穿他吧。」

「可是她始終反對，並沒有說破振宇的目的呀。」

「她沒想到碟仙是真的呀，哪來拆穿的機會？你沒看學長只是單純不信，就被嚇得咧。」

「她質問振宇說那種事是否他說出去的，是在說什麼？」

「後來我們三個討論的結果，都一致認為，學姊可能曾為他拿掉過小孩。」

墮胎？我喉嚨發乾，說不出話。

腦海浮現學姊那張素淨卻桀傲的臉，久久才吐出：「……沒證據別亂說呀。」

「唉呀，你是男生你不懂。看學姊那個反應，是女生都知道是在講什麼。」

鳳振宇這個朋友我是決定到此為止了。

幾天後，神研社群組裡傳來他辭去社長的聲明，直到畢業前，都沒在學校裡再遇到他了。

被補選推派接任社長的，是我。

白琳與沈鈴芝聽到這裡，不約而同輕嘆一聲。

我啜口咖啡潤喉，取了塊手工餅乾，用口中的甜沖淡這段回憶中的苦與澀。

沈鈴芝似乎在反芻琢磨著什麼。我視線停駐在她的眉間：「故事說完了。」

「可是，你後來為什麼跟妙霏姊姊分手了呢？」

白琳與我對望一眼，怕我尷尬，連忙制止：「阿芝，問點別的吧。」

「沒關係。」我苦笑：「總歸一句話，就是個性不合嘛。」

她偏著頭：「太可惜了，聽起來你們兩個還蠻配的呢。」

我牽牽嘴角，不由自主又拿了塊餅乾。

「還有，」她噘嘴，輕撫小巧的臉頰：「那個狐靈就這麼輕易放過文石？」

「他被附身不過就是犯了召請的禁忌而已，有什麼不該被放過的理由嗎？」

「我就是對那個四個禁忌有意見。」

「那不過是前人警告後人的經驗之談吧。」

「趙嘉熙學姊呢，後來哪去了？」

「她還是會參加神研社的活動，只是大家都不敢再提跟鳳振宇有關的事了。事實上，當天在場的人都發誓，碟仙的事必須從神研社消失，不准再說。」

「那現在你為什麼又說了呢？」身後有人如此問，同時肩上被人大力一拍。

我返頭，文石帶著微笑看著我。

「唉呀，大律師終於到了呀。」

我起身和他擁抱，彼此大力地拍著背，喜悅於畢業後第一次的相聚。

我、他與白琳，三個同班同窗熱烈的寒暄敘舊。他說下午去新竹出庭，剛從極度擁塞的車陣中脫困才能趕來。

望著風塵僕僕的他，邊聊邊嗑著沈鈴芝替他叫的排餐，想不到律師的工作可以忙到連晚餐都沒時間吃，我慶幸自己畢業後沒有像他一樣走上司法實務的路。

不過，原本到口的話就也只得先按捺住。

沈鈴芝卻沒在客氣，提到剛才我敘述的那段往事，單刀直入就問：「晏昕哥說你曾被狐靈附身，是什麼感覺啊？是不是像電影上雙重人格或人格分裂那樣？還是說，你天生就有通靈體質？」

我有點吃驚，這個妹子未免太直接了吧，尤其是對她的上司。

「喔，妳是在說我們學校當年神研社搞碟仙的那件事啊。」他用紙巾抹了抹嘴角：「妳聽他在胡說，我幾時被什麼靈附身啊。」

她們和我交換眼神：精神病從不認為自己有病，酒醉的都是說自己沒喝醉，果然如此。

「那，碟仙為什麼會移動，是真的有什麼靈體附在碟子上嗎？」

如果神鬼仙靈能附在碟子上移動，那麼也能附在人身上說話，這樣的推論就沒錯吧。我觀察她問這話的用意，應該如此。

「看妳怎麼想囉。」他請服務生拿了個小罐來。我注意到罐上標籤是花生粉。他接過就撒進附餐飲料的杯子裡，再吸了一大口：「相信世上有神有鬼的人，當然就相信是靈體使得碟子移動。」

「如果不相信呢？」

「那就是人在移動啦，不然還有第三種可能嗎。」

「你相信世上有鬼神嗎？」

他放下手中的杯子，饒富興味地看著她：「我相不相信好像不是妳想問的重點，妳想問的是，到底當時神研社的碟仙是真是假吧。」

「我果然不適合繞著圈子說話啊。」像被抓到正在偷糖吃的小孩般，她緋紅著臉龐說道。

「若世上真有神仙鬼魂的話，碟仙也許是真的，不過誰也無法百分百確定。可是，當時在神研社的碟仙是假的，卻是我能確定的。」

我手中的杯子停在半空中，視線直盯著杯中的咖啡……

這話說得未免太武斷了吧。

「是嗎？那麼多人參與都認為是真的，你卻一下子就說是假的？」沈鈴芝還是不死心地問。

「黎晏昕剛才有跟妳說，我在一開始就認為無因沒有果，有果就有因，對吧——啊，說到這個，你那時還欠我一客牛排！」

我不服氣：「你當時是說要查出碟仙的真相，但後來不了了之了啊。」

「唉呀，讓你得償所願贏得美人心，你居然還計較這個啊。」

白琳使眼色要他別提我與妙霏的事。但我裝作不在意：「後來還是分了。」

「蛤？分了？」他露出意外之色，隨即吁了一聲，整個身體往椅背靠：「枉費我當時一番心血……」

「什、什麼意思？」

「好吧，今天就讓你願賭服輸。」再次向服務生招手，他也點了咖啡。「瓜地馬拉安提瓜的花神一杯。」

望著他清明澄靜的眼神，一直未解之謎真相即將……我居然有點緊張起來。

「首先，相信世上有神鬼靈異的人，都說碟子是被神鬼之力移動，絕對不是人為推移，自己只是被動地跟著它走。其實，碟子的移動是眾人在『自己推著，但並不意識自己在推』，或『參與者有人推著，自己只是跟隨推著』的情況下發生。」

「你的說法有問題。」我打斷他：「參與者有人推，我不一定會跟著移動吧？若有人堅持不隨著移動，手指不就會被動地離開碟子，因而就發現——」

「發現什麼？發現自己可能被碟子上的靈體附身嗎？」

我語塞。原來在碟仙離去前手指不可離開的規定，作用在此。

他見我不搭話，接著說：「事實上，相信有神靈附碟的參與者，對於碟子的移動不可能是絕對的被動跟隨者。認為自己單純是個跟隨者的人，只是心裡這麼認為，其實也參與了推碟子的施力，卻不自覺。」

「不可能。在妙霏、筱婷她們召喚時，都會找我一起參與，因為是她們要問問題，我通常都只有消極地配合把手指放碟子上，根本沒出力。自己的手指有沒有使力，怎麼可能不自覺！」

「那來作個實驗吧。」文石站起身：「我們一起去找甜點吃吧。」

等我起身，我倆一起離開桌邊，併肩同往放置甜點的玻璃冰櫃走去。但中途他忽然放慢腳步，轉向站在門邊的服務生；我也跟著他併行走去。

「請問，今天有什麼特推甜點嗎？」

服務生欠欠身，客氣地指向吧台：「請到甜點櫃旁，店長會為兩位介紹。」

文石點點頭，又往吧台走去。我也跟著。

吧台旁的冰櫃裡各式各樣的甜點，令人垂涎。店長紫娟指著上頭鋪滿草莓和奇異果的蛋糕，笑著說：「今天主廚推薦巴甫洛娃，這是紐西蘭最受歡迎的甜點。」

「有沒有法式的，我這個朋友看不上紐西蘭，覺得它以前是殖民地。」

我哪有這樣覺得？正要反駁，他又接著說：「他吃甜點也要講究文化。」

紫娟笑得更開心：「那這個達克瓦茲，是法式的。」

她指著圓形、三層顏色、長得像布丁奶昔，放在精緻淺玻璃杯裡的小蛋糕。

「那就各來一個吧。」他對我挑挑眉：「選好了，走吧。」

我又與他併行，返回座位。其實我想吃的是千層。

「這樣你懂了吧？」

「蛤？什麼？」

「參與碟仙時，你不只是消極地把手指放碟子上沒出力，你也有出力的。」

我怔著，努力理解這兩件事的關聯。見沈鈴芝與白琳也一臉懵，他進一步說：「請問，剛才我們去找甜點吃時，誰是帶領者、誰是跟隨者？」

我說：「你是帶領著，我跟隨著你啊。」

「如果你不出力起身、行走，我能帶領你走到可以選擇甜點的冰櫃旁嗎？」

「不是，是因為你說我們要去選甜點，我才起身的呀。」

「那你為什麼不直接去甜點櫃、而要跟我先去找服務生呢？」

「我，因為——」

「這就像說好要召喚碟仙，我們都知道伸手的目的是要召來仙靈、也知道必需要手指放在碟子上才能完成儀式一樣。」

「可我手指放在碟上未必會出力呀。」

「那我問你，我走快你也走快，我放慢速度你也慢，我停下腳步你也停，出發前我並沒有要你這樣呀，為何你會如此呢？出發前我們只有一個共同目標，就是找甜點吃而已吧，直接去甜點櫃選不是比較直接嗎？」

「……」我極思窮索，找不到反駁的理由。

「你說是跟著我走，其實若你直接往吧台走，我也會跟著你，因為我會以為你已經心有主見決定要吃什麼甜點了。」

「怎麼會這樣……」

「換個狀況解釋好了。先拿掉目的，我們兩個在路上邊走邊聊天，算是你跟著我還是我跟著你？誰是帶領者、誰是跟隨者？」

「沒有任何目的嗎？」

「純散步聊天。」

我想了半晌無定見，只好搖頭放棄。

沈鈴芝帶著興奮的語氣插話：「就你著跟我、我也跟著你嘛。」

「嗯嗯。我們兩人純粹都在跟隨對方。行行復行行，行經這家店，覺得走得累了或餓了，我忍不著望了一下，腳步慢了少許。你呢，既然是跟隨著我，自然也會慢下來，意識裡會揣想我有停下來的意圖。反過來，我同時也是跟隨你的，既然你慢了，我也會再多慢一點。事情就是如此演變下去，這個連鎖反應是等待一個適當時機才會發生。假設我們經過的不是一間可吃東西的店，例如是一家文具店，我們就沒有停下來的動機。」

好像……有點懂了。

「說白了，朋友兩人併肩同行，有另外誰帶領著他們嗎？沒有。兩人同時既是跟隨者，也是帶動者，主動和被動的角色其實很模糊。這情形與碟仙召喚極為相似。每個人都說是自己是跟隨者，其實，帶動者與跟隨者角色混淆不清。跟隨者是你，施力推碟者也是你。」

「這麼說來，在沒有神仙或鬼靈降臨的情形下，碟子的移動是眾人推的結果？」沈鈴芝拇指輕撫下巴，凝視著天花板，問。

「是眾人不知自己在推、而實際上有推的結果。會不認為自己在推，實在是一種有趣的心理狀態。」

「為什麼會這樣？跟隨與推動會搞不清楚？」沈鈴芝問的，正是我的疑惑。

「玩碟仙遊戲，妳說是跟著物體走，但你有分分秒秒查證那個最初帶引你的牽動力一直存在嗎？妳能知道這個牽動力在下一秒還存在嗎？若這個牽動的力量已然消失，妳仍然做著跟的動作，這時豈不是妳推著它嗎？不是妳有意去推，實情是妳自己不知不覺間轉變成推的人了。所以說『碟仙是碟子自己移動，我絕對沒有去推』這樣的話，是一廂情願想法。在整個遊戲過程中，你在跟進的同時，也必然夾雜著推動的動作。」

「人在有意識的情形下，有可能會出現這麼無意識的舉動？」

「再來作個實驗吧。」他站起身，並拿起桌上的一雙筷子。「我拿筷子的這端，妳握另一端。」沈鈴芝依言起身，並握住筷子的一端。「妳將眼睛閉上，身體放輕鬆，自然地跟著我走。」

她照他的指示做，讓他以筷子牽著緩緩往前走。幾步後，他稍加快了些速度。

再幾步後，他倏然悄悄放開手，閃身到旁邊。

但沈鈴芝以為仍被牽著，竟維持握著筷子往前行，直到撞上咖啡店的玻璃門，發出「喔」一聲再睜開眼，才察覺自己不知何時被放手了。她怔了怔，以為文石在整她，本能地小踩一腳還賞了他一個白眼。

他們回來入座。文石問：「剛剛妳從這裡到玻璃門邊，走到哪裡是跟著我帶領？走到哪裡是自己往前的？」

她噘著嘴，搖搖頭。

「碟仙召喚時也是這樣，跟與推都是同一動作，就是手指向前移動。當沒有視覺上的幫助，單憑觸覺是不容易分辨的。若說在移動過程中有一段是妳自己推行的，妳還不願相信哩。」

「啊！」她突然杏眼圓睜叫了一聲，模樣無邪又可愛。「小時候我學騎腳踏車時，好像也遇到一樣情形。那時候擔心跌倒，爸爸在身後扶著並推著車，我緊張地握著車把往前踏，還一直叫不要放手喔、不要放手喔。可是不知不覺間爸爸何時鬆開了手我都不知道，但車子在自己踩踏下還是持續前行，並沒有跌倒，我仍然認為這是爸爸推動的結果，也在不知不覺間學會了騎車。」

文石的拇指中指打了個響板，表示認同。

原來如此……可是……我正要開口，又是沈鈴芝先想到：「可是，跟隨者與推動者既然混淆難辨，若推動者有人要讓碟子往左，有人要讓碟子往右，豈不是會有拉扯，這樣的話，碟子一定是跟著施力大一點走，施力不夠的人手指不就被動離開碟子啦？」

「在沒有神鬼靈異附碟的召喚，若碟子依然能動、能預言，那就只是玩碟仙遊戲而不是真的降靈儀式了，這也會從科學與迷信的探討，變成心理遊戲與哲學思辨。」文石輕啜一口咖啡，揚揚嘴角：「這個問題的答案就兩個字：相信。」

「相信？」

「當四個人把手指伸向碟子時，若沒有一個人相信，碟子絕對不會動；當有一人相信時，碟子會開始動，但動得慢，因為有三個人不信；當有一半的人相信，碟子就動得快一點，這時原本堅絕不信的人可能開始疑惑了；當有三個人相信時，碟子會轉的更順，不信的人恐怕都開始信了。如果全體本來就都相信，那無異是剛加了機油的引擎，跑起來很順，連召喚時都會覺得咦，今天靈體這麼快就來了啊。」

「原來如此！」沈鈴芝像發現寶藏般，激動地叫道：「難怪晏昕哥說，很多人到別的地方玩過後，紛紛要求在社辦請碟仙，都說別的地方要不是碟仙不準，就是根本請不到碟仙，甚至有人說社辦一定是風水寶地、陰陽交界，才能招請諸般仙靈，其實是因為其中不信的、懷疑的人比較多，就比較難讓碟子移動，也比較難推出正確的答案啊。」

對於文石的話我還反應不過來，她卻馬上聯想到這個結論，讓我覺悟到不能被顏值蒙蔽而忽略了她的機靈伶俐。

文石直視沈鈴芝，緩緩說：「一旦碟子移動，妳會相信它會繼續移動下去。但妳會先判斷，找到事實，然後決定下一刻如何跟下去嗎？不會。所有參與者都不是先有事實，然後跟隨。而是以現在的發生去預估稍後的將來，再以手指去跟隨自己的預估。當與碟子一起走時，妳心中不斷預估碟子行走的速度方向，然後用預估的速度移動自己的手指。而這種預估是與其他參與者的預估競爭，才能成就碟子最終走向。倘若妳估算碟子轉左，妳就按著它轉向左，但下一秒真的就轉左了嗎？會驗證了碟子轉左才跟隨嗎？不會！此情形下就算想驗證也不可能。事實上，因為人人都是藉由預估移動手指，碟子會被帶往哪個方向就看誰的施力強一些。倘若自己心中的預估不是那麼確信，手指的施力就必然不大，那麼主要推動者的角色就會落在施力最大的那個人身上。此時心中會覺得自己的預估也許不太準確，手指就會即刻修正，變成跟隨者。」

「喔……這時我就會覺得我只不過順著碟子走而已。」烏黑的眼瞳流轉，她因為聽懂了，雙頰變得透紅起來。「而且如果腦中的預估強於別人，就會在各人競力之下變成主要推力的人，我手指轉向右，碟子真的順了我意轉向右，是我自己在無意識的情形下製造了碟子向右的結果。若每個人的預估意念值差不多，就是由多人分擔推動，最終碟子出現轉向右的結果，預估向右的人會認為：我只不過順著碟子走！而原本不認為會向右的人則會認為：我是被碟子拖著走的，原來碟仙的預言不如我原先以為的！」

文石瞅了我一眼，那得意表情傳達的是：小助理很能舉一反三哪。

白琳也聽懂了：「所以，結果變成大家下意識裡都認為碟子不是自己推的，而是神祕的超自然力量使然。」

咦……誒……好像剩下我還沒完全參透文石剛剛的論辨，不禁將自己的理解能力火力全開，希望能追上她們的反應。

「嗯嗯。剩下的問題是，小碟子在幾個參與者的推轉之下，最後是如何決定停在哪裡的呢？這也牽涉到當時神研社的三個女生為何這麼沉迷碟仙。」

最終話

服務生為每個人送上甜點。我注意到沈鈴芝吃的是草莓舒芙蕾。聽說喜歡草莓甜點的女生，代表她還保有少女心。

「這個問題的答案還是在兩個字：相信。」吃了兩口巴甫洛娃，文石繼續說。

「什麼意思？」她顯然急於知道，聽到揭曉答案，立即抬起頭望向他，一小坨白色奶油還掛在唇上。

「碟子走動一會兒，最後會停在一個看似有意義的文字上，代表了碟仙的指引，這是為什麼呢？碟子的不規則移動，其實是在讓參與者尋找心目中的答案。過程中參與者會不經意注意到碟子經過紙上的一些字，若經過的字不是自己期待的答案，參與者就不相信碟子會停下。停不停，決定在跟和推是否配合和跟得上。參與者不相信碟子會停，碟子就不會停，若碟子在自己期待的字上走過，心裡就會認為：果然！靈體指引出答案了！只要有一位參與者這麼想，手指稍有猶豫而失去原本的推進力，碟子就會停在那裡。」

說到這兒，文石放下甜點小匙子，下結論般道：「小碟子最後會停在哪個字上，取決於參與者覺得它該停在哪裡。」

欸？如果是像文石所說的這樣，那麼……啊！原來……

我們全都愣在當下。

揣想她們跟我一樣，腦中正全力運作將這個原理的結論套在當時神研社的事上，為了挽救一路上反應遲鈍的表現，我立刻舉掌搶先問：「你是什麼時候發現這些過程和原理的？」

「記得我第一次參加神研社的碟仙召喚嗎？」

「呃……你說是關筱婷問碟仙是否可以挽回鳳振宇那次吧？」

「唔。你不覺得那次碟子的挪移有些怪怪的嗎。」

「我記得當時還來不及反應，就因被碟子忽然移走嚇到。而且那次碟子一下往東、一下向西來回游移，弄得我很緊張，必須使力按著手指才不致脫離；後來關筱婷又問碟仙鳳振宇何時會回頭？碟子卻遲遲未動，直到問何時才能讓鳳振宇回心轉意時，碟子又直奔有衝突三個字……」

「呃哼，那都是我試驗的結果。第一個問題問完，我觀覺到她的指甲忽然變得比較白，表示是她在推碟子才得出『能挽回振宇心意』的答案，讓我懷疑到底是神靈還是她施力才讓碟子移動。問第二個問題時，我故意大力按住碟子，碟子根本就沒法移動，但感覺得出來碟子上有股力量，只是沒有大過我的指力，若真有神鬼之力，怎麼可能容忍我的任性？我同時思考什麼狀況她會問這種問題。可是還沒想透她就接著提出第三個問題，我只好將碟子帶往『不定』這種模稜兩可的答案。她不死心，又問了原因，我猜想她應該遇到了什麼阻礙，才這樣懷疑自己與對方的關係，所以給了個『有衝突』的答案。」

「那到底是什麼衝突，當時你根本不知道？」沈鈴芝問。

「我那時只想知道碟子會動的原理是什麼，跟她們都不熟，哪知道啊。包括李妙霏後來問心目中的王子在哪裡，我也給了『在妳身邊』、『你說呢』、『她自己知道』這類模糊答案，哪知卻把大家嚇得半死。」

居然是這樣……那次碟仙沒有降靈在碟子上啊……莫名失落忽然湧上心頭。

「我有問題！」沈鈴芝蹙眉問：「那為什麼她先前問碟仙時，碟仙會告訴她『可成，但有波折』，那次你還沒參與吧？你給的答案剛好跟碟仙一樣？」

「妳說的是晏昕來找我之前、她們問碟仙的事？那次的答案應該是她自己下意識帶出來的吧。我後來看過活動紀錄了，當時參與召喚的是三個女生與晏昕，之後我跟李妙霏確認，當時關筱婷沒跟任何人提起想與鳳振宇復合的事。我認為是關筱婷怕被笑想吃回頭草，又得知鳳振宇已別結新歡姍姍，假借什麼想跟學長告白但學妹已搶先之類的藉口來問，其實所謂學長就是鳳振宇。矛盾的心情導致潛意識裡告訴自己此事可成，但有波折，卻在推碟子時反應出內心真實想法，非常合理。」

「我真想看一下這個讓她想復合的渣男，到底有多帥。」她手背撐著下巴，諷刺道。「那說什麼問過碟仙後，起初與男友交往順利，但從她後來幾次問的問題聽來，好像常跟學長發生爭吵，這是怎回事？」

「後來與碟仙三姝比較熟了些，才知道是關筱婷想追回鳳振宇，鳳振宇表面上接受也復合了，但卻腳踏兩船。她知道後非常痛苦，要求他斷開劉姍姍；鳳振宇口頭應允卻始終言行不一，最後她與他大吵一架。」

想起撞見她跟文石訴苦，還靠在文石肩上哭訴的情景，自己卻誤會……現在想來還頗尷尬的。

幸好沈鈴芝銀鈴般的笑聲讓我迅速拉回現實：「呵呵呵……碟仙三姝？」

白琳也問：「劉姍姍呢，碟仙還告訴她手機掉在哪裡？」

文石問我：「她掉手機時，還沒跟鳳振宇在一起吧？」

我努力回憶：「還沒。但從此她就深信碟仙不疑。」

「沒多久就發生碟仙預言不能與前男友攜手一生，她傷心了好幾天的事？」

「咦，這你也知道？」

「我看過你們神研社的活動紀錄呀。欸，神研社的活動紀錄是誰作的，連每次參與碟仙召喚的成員有誰都記錄的很清楚耶。」

「好……好像是文書長，也就是……我製作的。」面對她們兩個投來驚訝的目光，我連忙辯解：「作紀錄是為了社團成績，寫完就忘了，誰會再翻來看哪。」

「他就會。」她們同時舉起手指向文石，貌似他是什麼怪物般。

文石好像完全習慣了被人視作怪物，不以為意地繼續說：「從活動紀錄來看，劉姍姍前面兩次詢問碟仙有關感情的事，都有參與的除了另兩姝外，包括你和鳳振宇。可是當時你暗戀的是李妙霏，所以合理推論，作妖的就是鳳振宇了。」

「難道……」

「鳳振宇先偷了她手機放在百花池邊的長椅下，藉由碟仙說出掉在哪裡，讓她對碟仙的真實性深信不疑，接著藉碟仙告訴她跟前男友在一起不會長久，惑亂她的意志後，再趁機對她示好甚至告白，這一切——」

「一切類神棍的行為就是為了搶別人女友嘛！卑鄙！」沈鈴芝不屑地插話。

「好吧，那是妳的評語。」文石用小匙挖了一口蛋糕入口。

沈鈴芝揪起眉心：「難道不是嗎？你不認為是這樣嗎，男人？」

「當然不是。」被她流彈所傷的文石，老神在在地說出更勁爆的話：「我認為他是抱著一種當皇帝的心態在經營碟仙活動。」

「蛤？」

「就是將碟仙三姝都納入後宮佳麗的概念。」

白琳噗的笑出聲。沈鈴芝聽了更怒，握拳搥桌：「是他運好沒遇著小妹我，否則小妹先假裝被納入後宮，再找機會斷了他的子嗣！」

白琳笑得更厲害，差點併軌。我則嚇到傻眼。

「但劉姍姍沒有妳這樣堅定，對於他的告白有些猶豫，所以後來在召喚時，問碟仙她認識的那個男生是否喜歡她？最後會不會在一起？得到都是肯定的答案，表示她內心其實已想接受鳳振宇了，肯定的答案是她口非心是、潛意識藉由碟子轉動的呈現。」

輕撫額頭，沈鈴芝翻了個白眼：「我對這些讓人失望的女生已經沒興趣了。還是妙霏姊姊有正義感，可惜她也沉迷碟仙。對了，那個哲學系的學長是誰？」

文石瞄我一眼：「你跟她真的分了啊？」

我怔了怔：「……是啊。」

「那個學長是樊霽坤。」

「蛤！」我驚叫：「你確定？」

「你還記得社員大會時，我跟他聊了很多吧。我直接問他，他沒否認喔。」

「我記得他好像說你有意追學姊？」

「我問他：『如何讓女生對自己動心，請教教我，就像學長讓妙霏動心那樣。』他很意外地看著我，問我怎麼知道的，還反問我要追誰。為了向他套話，讓他覺得有共同話題，同時我也想打聽關於學姊的事，就胡謅說想追學姊。」

文石這傢伙，居然有這麼多心思是我不知道的，可惡……

眼角餘光瞥到沈鈴芝有那麼一瞬間，是以崇拜的眼神望了文石一眼。

有種複雜的情緒，從心頭冒出。

我舀了一匙蛋糕，刻意不經意說：「你的推論，我無法完全認同。」

文石拿起杯子的手頓了頓，瞅我一眼，還是決定放近嘴邊輕啜。

水靈大眼看向我，沈鈴芝性急地問：「哪部分不合理嗎？」

「我第一次問碟仙卡娃會不會回家時，可不是什麼舉棋不定或心存期待，我是明知卡娃已死了，還故意試探碟仙的真實性喔。也就是說，我是根本懷疑碟仙的真實性，那怎麼可能還像劉姍姍她們那樣受潛意識影響，藉由碟子的轉動告訴自己卡娃不會回來？用這樣來告訴自己已確知且不可逆轉的事實，那樣自我矛盾的意識，除非是精神有問題吧。」

文石將杯子放回桌上，直勾勾地盯著我三秒：「你當時真的完全不相信有碟仙存在？」

「不相信。」

「像趙嘉熙學姊那麼堅絕認為碟仙是假的？」

「當然。」

「那你為什麼還要用卡娃的死，來測試碟仙是否存在？」

「我——」

「那你還辦碟仙召喚活動？豈不是跟鳳振宇一樣騙人？」

這傢伙的思路清楚到非常可怕的程度，就像他毫不在意別人感受的爛人緣一樣可怕……害我只好乾咳兩聲掩飾困窘：「呃哼……也許我潛意識裡真的有搞不好碟仙是真的存在之類的想法吧。」

「雖然不切實際，但失去了心愛的寵物，誰都會在內心深處，藏著也許哪天用什麼方法或形式能再跟牠相聚的期待吧。」沈鈴芝用同理的眼神看著我說。

真是體貼啊……她真是人美心好。

可惡的文石就沒這種品德。他居然半垂著眼皮，以不帶任何感情的語氣這麼說：「所以啊，碟子移動到『不會』、『牠死了』這幾個字的答案，還是你自己潛意識不自覺推動的結果吧。」

「說說鳳振宇吧。我還是好奇，你一開始為什麼會懷疑他辦召喚是另有目的？」見場面有些尷尬，白琳轉移話題問。

「很簡單。晏昕剛剛有跟妳們說，當他擔心李妙霏過於沉迷、提議中止續辦碟仙活動時，身為肩負社務興衰的社長立即反對，對吧？」

「是啊。」她們兩個看了我一眼，一起點頭。

「若身為活動長與文書長的晏昕堅持停辦，甚至憤而撒手罷工，社團活動必定陷入停擺，社務無法正常運作，社長領導能力勢必備受質疑。也就是說，最大受害人是鳳振宇自己，為何卻會不問原因立即反對？除了碟仙能吸引到較多人參與、招來新社員外，難道沒有其他原因？」

這樣的推論，找不到不合理的地方。

但是，一樣是唸法律系，為何他的推理能力可以縝密細緻至此……我不服氣。

「不過，你也夠缺德的了。」沈鈴芝嘟著嘴、倒著眉睨向文石：「既然懷疑神研社的碟仙是有人搞鬼，那為何還要故意問一些禁忌的問題嚇別人啊。」

「那時我也不確定神研社是否有碟仙存在，就藉此一試囉，畢竟剛剛才推盤假傳碟仙旨意，哪知大家會嚇成那樣。驚嚇復原後會故意推出『我願意回答』、『不是神仙也不是鬼，是靈』、『有求必應』的答案，是為了安撫大家、轉移原先的恐懼。而且，想要便於查出到底先前是誰在操縱碟子搞鬼，好像必須讓大家更相信有碟仙存在，也因此我之後才能查出鳳振宇原來早就深諳碟仙原理來操縱人心的詭計。」文石喝乾杯中的咖啡，又補了一句：「但是，『你想看我嗎』這個答案可不是我推的，應該是當時最堅信碟仙禁忌不可觸犯的李妙霏推動的。」

「你說的一本正經，我卻愈來愈懷疑你說的真實性。」我再一次挑戰他的推理：「你說神研社的碟仙其實是騙局一場，無非出於你在場參與碟仙的召喚時的觀察與計謀，但是鳳振宇中邪昏倒那次，你可是跟我在一起，我們倆都沒參與，那時他也還沒表示要追妙霏，也就是她們三個還沒聯手，請問，這還不是真有邪靈作祟？」

「你知道我為什麼後來會一直打聽學姊的事？」

「樊霽坤說你想追她？」

「我是想追查她的事，不是追她的人。」他閉目抿嘴，露出對我非常失望的表情，然後下定決心般招來服務生，要了一杯汽水。

沈鈴芝眼睛一亮，綻開笑靨：「真相即將如二氧化碳般冒出來了。」

接過服務生端來的汽水，他豪飲了半杯，打個大嗝後說：「不是什麼邪靈作祟，是趙嘉熙學姊作祟。」

見獵心喜的我挑挑眉：「那次召喚，學姊也不在場喔，她怎麼作祟，在別的地方設壇作法？」

「被負心已經夠慘了，你還把人家學姊講成什麼了，女巫嗎？太損了吧。」他長吁一口氣說：「她在飲料裡作了手腳。」

「以為當律師的人記憶力應該要很好才對，看來我認知錯誤了。」終於抓到他的失誤，有種逆轉的快感，我偷瞥沈鈴芝一眼，理直氣壯地對文石說：「你問過妙霏，她確認振宇的飲料封膜完好無損！你可不要告訴我什麼可能是店員配合下毒之類的推測，警方將飲料送請專業鑑定結果，驗不出毒物反應，而且是四杯都沒有毒物反應喔。」

「我有說她在手搖飲料裡下毒嗎？」

「你自己說她在飲料裡作手腳的！」

「她在飲料裡放的是解藥，不是毒物。」

「什、什麼？」我失聲叫出。白琳與沈鈴芝也睜大了眼。

「有毒的是氣體，不是液體。」文石深吸了口氣，然後以雙手抓住喉部還翻白眼，作出痛苦狀，然後拿起那罐花生粉，往汽水杯裡倒，再端詳著杯中氣泡浮現的情景：「在場的四個人都吸了毒氣，其他三個人喝了飲料裡的解藥，當然只有沒喝到解藥的那個人中毒發作了。」

今晚，我想來點狼牙棒，把自己敲昏。

因為腦力全開也跟不上他揭露的真相，真的心好累。

沈鈴芝聽了卻興奮極了：「啊，我知道了！趙嘉熙放毒氣，想要毒你們社長，但又不想傷及無辜，所以讓有可能吸到房間內毒氣的三個女生，藉由喝飲料裡的解藥讓毒氣無法也在她們身上起作用，所以只剩社長有症狀產生！可是，趙嘉熙怎麼有把握社長不會喝到有解藥的飲料呢？」

「她和社長曾交往過，知道社長喜歡喝什麼，社員也都知道他習慣喝什麼。」

「桔茶？只要有一杯桔茶，就一定會是社長拿去喝！喔，好酷的想法。」她語氣裡除了覺得趙嘉熙的詭計厲害，還有著對文石的佩服。

「太瞎了吧。」我還是不服氣：「房間那麼小，召喚時學姊又不在，要怎麼放毒氣？」

文石啜口汽水，睨我一眼：「你現在面帶不滿的樣子，跟你最初遇到我時臉上的表情很像。那時候你剛走過那條路邊開滿白花的走道，就遇到在地上觀察昆蟲的我？」

我怔了：「這跟毒氣什麼關係……白花？你是說白色喇叭花？」

「就是那個長得像喇叭的花！整株都有毒，最毒的就是種子。」文石的視線眺向遠方：「學姊將種子蒐集搗碎了，撒在蠟燭的燭芯周圍，她知道召喚碟仙儀式時一定會點燃蠟燭，經由燃燒，就會釋放出含有抗乙醯膽鹼的物質，吸到的人就會中毒，早期症狀為顏面及皮膚潮紅、躁動不安、心跳速率增快、頭暈、步態不穩，接著出現幻覺、幻聽、口乾舌燥、口發麻、肌肉痙攣，嚴重者昏迷。另外有體溫升高、血壓不穩、瞳孔放大等症狀。」

「我從來沒聽過百合花有劇毒這種事。」我覺得他有點唬爛。

「那不是百合花！那是大花曼陀羅。」

「大花曼陀羅？」

「它的葉子是這樣的吧。」他用手機上網搜尋，找到一張圖片：「比手掌大一點，葉邊周圍是鋸齒狀的吧。」

那張照片上白色喇叭花的葉子確實如此。我自己也用手機搜尋，找到百合花的圖片……找到後抬眼，就見文石食指中指比了Ya的手勢：「百合花的葉子是像這個勝利手勢吧？」

是在炫耀自己比較聰明嗎，還比Ya咧，也不顧慮一下老同學的心情。嘖。

不過想到學姊是唸園藝植物的，而且事發後我們進到小房間時，文石確實曾在蠟燭上蒐集了什麼的情景，我也無從再反駁他。

「妙霏只說她檢查過鳳振宇的飲料，但她沒說自己與筱婷姍姍的飲料杯是否有針孔之類的吧。別忘了，妙霏說飲料是學姊買的，對吧？而且我去調查過，學姊曾到校外商店街的手搖飲店裡幫忙，打工的店員是她班上的同學，她要在飲料裡放東西，不難。」
「那放在碟仙三姝的飲料裡的，是什麼東西？」沈鈴芝翻閱著始終放在眼前的小筆記本，不放過任何一個細節。
「毒扁豆鹼。是一種在毒扁豆中提取的天然生物鹼，可作擬副交感神經藥使用，能在膽鹼激素傳遞時很有效地增加乙醯膽鹼的濃度、讓人清醒。」
「醜醜的毒扁豆能當解藥，漂亮的曼陀羅花卻有毒……世上的生物和事件的真相，真的不可單從外表視之啊。」像個小女孩發現什麼有趣事物般，她睜圓了杏眼道。
「在傳統醫學典籍的記載，曼陀羅花可入藥，用於治療哮喘、驚癇、腳氣、瘡瘍疼痛，並可作為外科手術麻醉劑的成分，傳說中華佗的麻沸散就是取材自曼陀羅，而毒扁豆若劑量沒拿捏好，也會讓人中毒。只能說，萬物都有相生相剋之理。而且，也只有對植物專精的學姊有此能耐吧，為了給負心男一個教訓……」

望著沈鈴芝滿意地點點頭，又激起我的挑戰欲：「碟仙答應關筱婷的要求後，真的讓她光學暨量子力學的期末考考滿分，如果不是碟仙所為，你又怎麼解釋？」
文石的回答讓我差點跌下椅子：「那是我自作自受的結果。我既然假扮碟仙答應了有求必應，就覺得必須實現，才算法力無邊嘛，哪知她會提出這種要求？只好拼盡全力兌現善男信女的願望。」他露齒苦笑：「三天內要啃完，累死我了，肩膀超緊、脖子痠疼。神明不好當啊。」
「三天？你就能搞懂那麼艱深的物理學？」我還是難以置信地望向她們：「妳們相信嗎？」

殊不料沈鈴芝竟點點頭：「我信。」

「很多物理系的高材生被當掉的科目，從來沒接觸過的法律系學生能在三天內研究清楚、還讓不懂的人考滿分？我實在懷疑。」

「晏昕哥，你會懷疑表示還不是真的認識他。」沈鈴芝非常認真地說：「我家文旦本來就是個怪物，他腦袋裡的東西比你能想像的還多。」

「好，就算別人的一切都如你所說，但你無法解釋的是你自己卡到陰是怎麼回事了吧？我可是有關筱婷的照片作為證據的，別告訴我又是你搞得鬼。」

文石終於忍不住，冷冷的問：「說吧，你今天來的目的是什麼？」

空氣中突然有我最怕的安靜。

白琳搶道：「是我拜託他來給我們阿芝講故事的。」

「不可能僅止於此。唔？」

他說這話猶如能看穿內心，那連穿什麼內褲腸胃裡有什麼早餐豈不都被都看得一清二楚？這種感覺很不舒服，我有點惱羞成怒：「你又是基於什麼事實，認為我還有其他目的？」

「人類對於自己親眼目睹的東西選擇相信、對於沒看過的事物則往往不信。但是你寧願相信從沒見過長什麼樣子的碟仙、卻不願相信基於科學及推理得出的事實，太反常了。」文石揚揚嘴角：「反常必有妖。」

我氣到起身就往門外走。

「晏昕！晏昕！」白琳在身後追出來拉住我：「他那個人就是這樣，老同學了，我們還不知道嗎，不要介意啦。」

「他就是這點討人厭！說那是什麼話？完全不顧別人的感受。」

「是是是，回頭我罵他，你大人不計小人過，別生氣了。」

「反正我故事講完了，完成妳交代的任務，也該回去了。」

「別這樣嘛，我幫你訂了飯店房間連房錢都付了，你難得上來台北，想說明天帶你和幾個同學一起回學校去逛逛的。」

「不去了。」我伸手招計程車。「有緣再見。」

「可是晏昕哥，你真的有什麼話還沒說出口吧？」玲玎軟儂的這句話從身後傳來。我們返身，水靈眼波凝眸於視線的是沈鈴芝。

怒氣在兩位美女的溫柔勸說下，煙消雲散。

令我詫異的是，沈鈴芝竟然也知道此行我其實另有其他目的尚未說出口。

被領回餐桌邊重新入座，文石手背撐著臉頰，似乎不想再跟我講話。

白琳忙著兩邊說好話。沈鈴芝也加入勸說：「文旦，你就給人家面子嘛。」

文旦？因為石是破音字，可以唸成旦？我忍著笑意，臉上抽搐了兩回。

她瞥見立即說：「你看，人家晏昕哥都笑了，你也笑一下嘛。」

「那得看他還沒說出口的事能不能引起我興趣了。」

這傢伙，居然連頭都沒抬就這麼說，是瞧不起人嗎……我的口氣也就好不到哪裡去：「他不跟我道歉，我才不甩他。」

「不甩就不甩，到時候看你怎麼跟妙霏交代。」

像被電擊般，我傻在當下，完全無言。

幹！他居然連這個都知道！

我撐不住了，像顆洩氣皮球整個人萎了：「你連這個都知道的話，我只能說，一切拜託你了⋯⋯」

「這次若非先請我吃牛排，絕不答應。」他堅定地說。

為什麼這麼討厭他，卻又想求他幫忙⋯⋯我恨我自己。

狐靈的可怕不在於是仙還是鬼，而在於祂無所不知。

盯著文石的雙眼，愈看愈覺得他的眼瞳中隱約有盞紅色的光，冷冷地凝視我。

那是附在他身體深處的狐靈！

翠鳥山莊神祕事件

開卷話

「鈴芝……鈴芝……」

正要將小匙上嫣粉色草莓冰淇淋入口的我，傻在當下，望著穹蒼白雲間，尋思哪來的空靈呼喚。

「……鈴芝妳看！」

誰在喚我……從夢中倏然睜眼，一片漆黑。

迅猛坐起身，意識到自己還在房間床上，身上被子滑落，以致肩頭一陣冷冽。

右手邊窗外些許微光透入室內。側身身影伏在窗沿邊，她正盯著窗外的什麼。

正要開口喚她，她卻像支箭般閃向門邊，打開房門就衝了出去！

「等、等一下！」一跳下床，不顧地板的沁寒從赤腳腳底竄上背脊，我急忙拉開簾帷往窗外眺望。

夜幕低垂，山莊四周黯黲。月光陰鬱中的遠方重重山巒，彷彿沉睡龐然巨獸。唯一尚有生息的不過米摩登溪傳來淙淙水聲而已。

她是在看什麼……是叫我看什麼……

下方傳來生銹金屬磨擦聲。

我往窗戶下方瞟，山莊圍牆後面那扇老舊雕花鐵門被打開，她的身影竄出門，白色長罩衫與長髮飛在風中，穿過雜草斜坡直往溪邊奔去。

順著她奔跑的方向眺去，一個奇異的景象讓我睜大雙眼，全身僵直。

那是……白長袍身影在前方，緩緩走向溪邊，逐漸接近她——

向溪邊走近……呃，這樣想……對嗎？

那就表示身著白長袍的那個人站在溪裡，從溪中走向溪邊——不、不是。

白袍人是在溪面上走過來！

走在水面上過溪？我眨了眨眼，再向夜色裡的米摩登溪畔極盡目力望去……

真的是這樣！但是走……還是用飄的？

長髮、長袖及袍擺都在風中搖擺飛舞。

一陣冷顫從後頸湧上腦門，我不禁雙眼發直。

白袍人飄到岸邊，沒有上岸。她衝過去跪下，雙掌合十齊額，向白袍人膜拜。

白袍人伸手按在她的頭頂，不知在幹嘛。

天哪……我轉身到床頭抓起手機，再衝回窗邊，打開錄影功能。

不、不可能呀！一邊錄影，心裡一邊這樣大聲否認。

白袍人伸手將她牽起來，轉身帶著她往回飄；而她……居然也踩在水面上跟著飄進溪裡！

是看到了什麼？難道我的眼睛業障重嗎！

溪裡是有水的吧！而且來這裡的第一天就曾到溪邊觀察，那溪水深度是會滅頂的好嗎。就算水量少了也應該涉水而行、不致能在水面上移動呀，又不是鴨子！

如果他們是涉水而行，礙於溪床的凹凸起伏，絕不可能這樣平行移動過溪。

她被白袍人帶著過了溪，上到對岸，逐漸消失在幽暗樹影之中。

我驚覺不妙，連鞋子都沒穿就衝出房門。

走廊上除了昏黃的廊燈外，空無一人，大家應該都還在睡夢中吧。我跑出山莊後門、奔下草坡衝向溪邊，黑暗中瀝瀝的溪水聲更大，直到踩進溪水冰溼感從腳踝竄上身才嚇到倒退兩步，顯然我若直接涉渡溪水會有失足危險。

薄霧輕濛的對岸樹林裡，哪還有什麼人影。我慌張地大喊：「妙霏姊！」林間除了沙沙的風聲，只有腳前的流水聲。

「妙霏姊！妙霏姊！」將手掌圈成筒狀靠在嘴邊，我又喊了兩聲，仍然無人回應。

難道是被拐走……被誰拐走……還是被什麼神仙帶走……難道白袍人是神仙……還是妖怪？或許剛才純粹自己眼花，妙霏其實還在山莊的什麼地方……思緒一片混亂。

不行，得追上去！

第一話

「你不怕我永遠不回來了啊？」

我說決定要去宜蘭一趟，文石卻面無表情地說了聲喔，所以我故意這樣問。

他抬眼瞥我一眼：「妳要出家了？」

我假裝要把手中的卷宗摔他，他才拉出微笑：「就要開庭的案子處理完了，我再決定要不要去阻止妳削髮為尼。」

我抬腿作勢往他身上踹，他連忙閃開：「記得帶些鴨賞或牛舌餅回來。」

文石律師是我上司，但待人隨和沒架子，個性怪奇有趣，身為助理的我總愛跟他開玩笑，根本沒把他當上司看待，有時甚至沒大沒小。

我把他辦案過程與奇特經歷記錄下來出書；不過他好像不喜歡提過往的事，我只好旁敲側擊，找一些知道他的曾經的人來訪問。因此透過我們事務所的白琳律師找到倆人的同班同學黎晏昕，來聊聊文石在大學時的情形。

那晚在紫羅蘭的聚餐，本以為黎晏昕是受邀來說些有關文石的過往，讓我蒐集寫作題材。不料最後卻爆出他這次來台北另有其他目的，希望文石去一趟宜蘭；可是文石顯得興趣缺缺，甚至說出承辦的許多案件最近要出庭會很忙之類的拒絕理由。

黎晏昕的失望表情讓人有些不忍。其實對於宜蘭之行，我倒是躍躍欲試。

我當場說想去。黎晏昕表情稍慰，目光仍停留在文石臉上。

文石卻端起杯子啜了口咖啡未置可否。見場面有些尷尬，我打圓場說放心，文石一定會去，否則敲昏了五花大綁我也把他拖去，黎晏昕才鬆了口氣。

「晏昕哥不是你同窗好友嗎，人家不過請你幫個小忙，幹嘛端架子？」從紫羅蘭結束餐會後我故意這麼問。

他苦笑搖頭：「人家情侶間耍花槍的小事，我犯不著管吧。」

「但是對於晏昕哥來講，可能是大事啊。」

「黎晏昕講話浮誇。當初說什麼李妙霏沉迷碟仙的事找我幫忙，其實是想追人家而已。」

「也許這次是李妙霏真的遇到什麼危險呢？」

「也許是他又想藉我之手幫他跟她復合吧。」

「那如果她真的失蹤了呢？」

「這應該讓她的家人去緊張吧，我們緊張什麼呢。」

「好無情喔。就當去跟同學聚聚嘛。」

他把庭期簿放到桌上。我知道裡面記載的庭期、行程及與當事人會談密密麻麻，也就不再勉強他。但是黎晏昕所說李妙霏的情形，實在讓人無法釋懷。左思右想，即使文石不去，我仍然決定一探究竟。

聽到我的決定時，手機那端傳來黎晏昕振奮的語氣：「妳能來就太好了，我聽白琳說過妳很機靈，對妙霏的事一定有幫助。」

聽他這樣說，我心裡輕飄飄的，但仍維持冷靜口吻：「不過還需要你再把細節講給我聽一下。」

「當然當然。那，我去接妳吧。」

約好了時間地點結束通話，我向老闆林律師請了兩天的假。當時心想連同週六週日的例假，時間應該夠了吧；殊不知後來的發展完全超乎預料。

雖說自信滿滿，畢竟不過一面之緣，所以想打聽一下黎晏昕的為人。文石不假思索就說：「其實我跟他好像也不是那麼熟。」

「難怪你人緣差，說這種話多傷人哪。人家晏昕哥可崇拜你了。」

「他有嗎？他不是不斷質疑我嗎。」他扯扯嘴角，還是偏著頭思索了一下：「感情豐富，自尊心強，但有點優柔寡斷。對女生都不錯。」

「原來是這樣的個性……」

「還有對一切超自然的事感興趣，算是很有研究，只是有時會流於盲目。」

「盲目？」

「好了，這是我所能想起來的。」他露出不耐煩表情止住回想；見我在小筆記本子上速記，揚起眉頭問：「妳問這些幹嘛？」

「我想去宜蘭幫他找李妙霏。」

然後他就說什麼我是否想去出家這種幹話，惹得我想踹他。

周六一大早拎著簡單行李，開自己的車上國道五號；抵達雪山隧道前就開始擁塞，車龍走走停停，我趁此在腦海裡整理那晚黎晏昕所說的經過。

他說與李妙霏如一般情侶交往，原本甜甜蜜蜜，當然也會偶有小吵。直到去年年底，察覺她的態度開始轉變。

變得不想赴約，變得冷淡無語，變得常常陷入失神狀態，讓他覺得自己愈來愈像圍繞在她身邊的空氣。千追百問，她都沒有打開天窗說清楚，只回些什麼現在很累不想出去、想說時再說、想自己一個人靜一靜之類的話。這讓他惱火起來，故意說了些平日會惹她生氣的話，覺得若大吵一架也許能發現她異樣的原因，就算是變心了不愛了都沒關係，至少知道發生什麼事，否則這樣冷淡拖著是怎麼回事。

但是，她變得連架都不想吵了。

也曾反省自己，是不是哪裡做得不好、不慎說了什麼踩到她的紅線，可惜苦思無解。想說冷靜一段時間也好，所以有整整十天沒約她出來。

這十天，每天都在後跟蹤觀察。李妙霏除了上班就是回家，連上超市買日常用品都沒有，就別說移情別戀的可疑對象了。

私下約與她較要好的女同事廖小妤出來打探。廖小妤說也察覺這一陣子李妙霏突然變得陰鬱起來，除了分內工作外，好像對什麼事都提不起勁，中午大家圍在一起吃便當時，與她聊天也有一搭沒一搭的應著而已。

「有注意到是什麼時候開始的？或是，什麼事讓她變成這樣的嗎？」他雙掌合十，猛點頭拜託。廖小妤也許是不忍他擔心的模樣，認真的想了半晌，喁喁低囔道：「什麼事我倒沒注意到……不過，她好像常常在看什麼……」

「是在看手機嗎？」

「唔。午餐時她常盯著手機看，我坐她旁邊，有幾次聊天時別的同事跟她講話，她沒回應，我靠過去看了一下……好像都是在看同樣的東西。」

「是什麼？」

「好像是叫……什麼翠鳥……宜蘭的翠鳥之類的……」皺起眉頭極力回想，廖小妤最終放棄：「因為是無意中看了幾眼，實在想不起來。抱歉。」

向廖小妤千謝萬謝之後，他上網搜尋。

翠鳥是一種喜歡在水邊棲息的鳥，以獵食魚蝦為主食，俗稱魚狗。這種鳥背部有著高貴的寶藍色；喜歡貼水面飛行，並於飛行時發出尖銳的「唧——」聲，習慣站在水邊突出之枝頭或岩石上靜靜等待獵物，發現獵物時，便衝入水中捕食，所以又名釣魚翁。

不過不止宜蘭，各地池塘、溪流及河川等有魚可吃的水邊，都可見其蹤跡。

用翠鳥與宜蘭這兩個關鍵詞再搜尋，就出現許多設在宜蘭的賞鳥協會、愛鳥團體名稱，或關於當地候鳥、留鳥及保育鳥類的介紹及分享文章。

快速瀏覽一遍後，他放下手機。

妙霏什麼時候對於賞鳥產生這麼大的興趣？若為了賞鳥就跟自己鬧彆扭，實在太難想像。而只憑這兩個名詞，完全推敲不出與自己有什麼關係，更不用說跟妙霏有什麼關係了。

再向其他的同事好友打聽，無法再得到其他線索，反而有人以「應該是想跟你分手不忍心直接說出口吧」的直覺回答他。

黎晏昕決定冒險，所以約了李妙霏出來談判。

「有什麼地方做的不好，妳直接說吧，我一定改。」

「沒有，你沒有什麼地方需要改的。」

「那是為什麼？」

「什麼為什麼？」

「妳的態度。妳對我愈來愈冷漠。」

「是我對不起你。」

不知是第幾次聽到這句話，他強忍快要爆發的忿怒，冷冷地說：「我不要妳的道歉。我只要一個答案。」

「你相信人與人之間的緣分不是只有一世嗎？」

「我相信呀。」

空洞眼神怔怔望向遠方，沉默半晌後她終於說：「如果我死了，你會來找我嗎？」

「……」突然這麼問，讓他有些錯愕：「妳生病了嗎？哪裡不舒服嗎？」

「我只是說如果、萬一，不是說我生病了。」她盯著他問：「你會嗎？」

他不知所措：「妳、妳不要想開啊……」

「如果是你死了，我會想辦法去找你。」

「可是……妳……」

「如果你想分手，我沒意見。」

雖然已有心理準備，但聽到分手兩個字，胸口還是有被猝襲的撞擊感，他覺得喉嚨焦灼：「我不是想分手，我只是想知道——」

「我想。」她收回眼神：「我想分手。」

槍斃也該讓人知道是犯了什麼罪吧……腦袋一陣昏眩與空白，望著起身準備離去的她，他情急之下脫口：「妳是想去宜蘭吧？」

她的腳步稍頓，微側著臉：「對。」

她的背影不知已經消失在門口多久之後，黎晏昕才回過神來。起身，把椅子狠狠甩向牆壁。發出可怕的聲響。

這樣憋屈的分手兩個月後，有天他下班，住處門口有個身影佇立在街燈下。那身影見他接近，立刻迎上來喚道：「是晏昕吧？」是李妙霏的媽媽。他極為意外：「伯母？您怎麼……」「伯母有事求你。拜託拜託。」語氣充滿焦急。他連忙開門招呼她進家，在客廳端了杯茶給她，她就迫不及待說出來意。

原來李妙霏失蹤了一個多月。說什麼心情不好，想出去透氣散心。兒女們成年後的事霏媽向來不過度干涉，只是提醒她路上小心。

女兒從小到大都很獨立，沒什麼事讓自己操心過，所以霏媽對於妙霏的離家沒多注意，仍然忙於自己的生意；直到接獲妙霏同事打來的電話，才警覺是否出了什麼事。

妙霏跟公司請了幾天假，說要去東部找朋友，想不到假滿了兩天都不見回來上班，手機也始終關機不通，同事找出人事資料按其上記載的號碼來電家中找人。霏媽因此緊張起來，四處尋訪無著，終於決定報警。

警方透過調閱車站及高速公路監視器的方式，找到她是搭高鐵到台北，參加了一個旅遊團前往宜蘭，不過旅行社人員在電話中說那個宜花二日遊早就完成行程了，細問之下對方說團員名單中確實有個叫李妙霏的客人。

「行程結束後全團都同車回台北嗎？」

「當然啦……」對方的話講到一半忽然停住，可能想到既然是警方來電查問想必是發生了什麼事，還是謹慎一點為妥：「請等一下，我找那團的領隊問一下。」

幾分鐘後，對方回到電話旁：「領隊說那個李小姐脫隊了。」

「那是怎麼回事？」警員與霏媽對看一眼，口氣變得比較嚴厲。對方可能有點嚇到：「我請領隊直接跟您說。」

換了一個女聲接過話筒。對方回憶說在羅東鎮行程即將結束時，李妙霏突然說有大學同學在宜蘭，見到臉書打卡得知她現在人在附近，要過來帶她到去私房景點玩，所以她要脫隊不跟團回台北了。這種情形很常見，領隊也沒多想，就將她留在羅東鎮一家伴手禮店，帶著其他團員上了遊覽車。

警員掛了電話，改撥號給羅東分局請求派人協助訪查。

幾天後得到回報說，有人看到她坐上一輛紅色休旅車往山上方向去了。警方循線訪查，在大同鄉山區一間莊園民宿找到她，告訴她家人很擔心，要求她聯絡家人報平安。一個小時後霏媽接到妙霏來電，說在那邊有事忙忘了交代行蹤，感到很歉疚，是在忙什麼事則沒有具體說，還表示目前打算在山裡住一段時間，自己一切都很好請家人勿掛念，並表示已經跟公司請休年假了。

雖然不知道決定分手的真正原因，但看來對於分手，妙霏也很痛苦吧。

只是，既然決定多玩些時日散心，那還有什麼問題嗎？黎晏昕在霏媽喝口茶後這樣問。霏媽搖搖頭：「我覺得她在隱瞞什麼事，這讓我很不放心。」

黎晏昕說出妙霏去散心的原因是雙方鬧分手，並詳述當時情形。

霏媽原先一臉錯愕，聽完他說的經過後沉吟了一會兒，果斷地說妙霏離家遲遲未歸絕非因分手的事，以身為母親對女兒的瞭解，直覺認為妙霏應該是被什麼事情困住了；只是任憑再怎麼追問，妙霏都顧左言他不願透露。

不是因為分手的關係……這實在讓人失落。但黎晏昕隱忍未多說，只是更想知道發生何事。

霏媽說接過電話後她愈想愈覺得怪，之後回撥電話，妙霏的手機卻又關機了。

連續打了兩天都沒開機。她更加擔心，決定親自前往宜蘭一趟。

按照警方提供的地址前往宜蘭縣大同鄉，在山區找到一家奇怪的民宿。

出來接應的女老闆客氣地招呼霏媽，並查了一下電腦，然後說入住的客人中沒有李妙霏。霏媽找出手機，確認羅東警方告知的民宿名稱及地址是否有誤。

「沒錯，是我們這裡。」女老闆望著手機上的簡訊說，再將視線轉向電腦顯示器：「但我們這裡確實沒有一個叫李妙霏的客人。」

「是否妙霏已經結帳退房了？」

女老闆按了幾下滑鼠：「……沒有。沒有這個人。」

「怎麼可能！」霏媽用質疑的口氣說出警方調查及告知的事。女老闆靜靜聽完也不動怒，微笑著將顯示器轉向霏媽，並請霏媽自己操作滑鼠。

十幾個住房客人的名字中，確實沒有妙霏的名字。

霏媽以為自己眼花，再逐一檢視一遍，還是沒有。

難道，妙霏是用化名入住……為什麼？

不理會女老闆的眼神，霏媽當面聯絡警方，輾轉找到羅東分局前來訪查的警員紀國宇，並告知現在遇到的狀況。

紀警員請霏媽將手機轉交，讓他直接跟女老闆溝通。

「是，警察先生您好。」女老闆接過手機，語氣畢恭畢敬。「……是，沒有這個客人……退房紀錄也找不到……上次她本人有出面？我不知道這件事……上次不是我……您說的可能是服務生田小梅，不過她已經離職了……真的沒看到李妙霏的名字，您若不信可以再來我們這裡查……好的，請稍候。」

霏媽不可置信地接過她交還的手機。雖然聽出剛才對話的大致內容，警員在手機那端卻沒提，反而問霏媽是否李妙霏與家裡的誰有什麼衝突，這讓霏媽有點火大，除了大聲否認，還要求警員講清楚上次的訪查結果到底有無看到李妙霏本人。

因為霏媽聽得出來，對方懷疑妙霏是與家人發生什麼衝突才離家出走，甚至隱匿行蹤。

可若是，有什麼理由這家民宿業者要配合說謊或是湮滅入住紀錄？好像也沒道理。

霏媽與警員紀國宇在電話中吵了起來。也許是擔心霏媽會向上級投訴，手機那端最後退讓，說會派人協助搞清楚是怎麼回事。

等待期間，霏媽不時偷瞄小櫃檯後方。女老闆看來處之泰然，甚至端出茶點招待，還安慰霏媽說別著急，事情一定會查清楚的；搞得霏媽不好意思再發作，以免錯怪了好人。

十分鐘後，兩輛警用機車在民宿大門前出現。

兩個身著制服的管區警員進來，向女老闆再確認了一次，然後請她將一個月內的住宿名單都列印出來，拍照傳發給紀國宇。在查對上次來訪那天所有客人及之後退房情形後，紀國宇再次來電：「上次我去查訪時是提示妳女兒的照片，服務人員一看就知道是誰，打內線電話請她下樓讓我核對身分，我當時沒有查閱入住名單。現在比對查訪時間與她告訴我的入住時間，她是跟一個叫何仁婕的女生一起入住的，當時只有登記何仁婕，沒有登記她的名字。」

「何仁婕是誰？」

「是同學還是怎麼樣的朋友，這就要問妳女兒了。」

「那能告訴我何仁婕的電話或住址嗎？」

「這牽涉到個資保護法，除非經由當事人同意，否則我恐怕——」

「那何仁婕還住這裡嗎？」

「紀錄上，昨天下午一點半就退房了。」

「意思是，妙霏也跟著退房離開了？」

「紀錄上看不出來她有另外續訂房間的情形，應該是同進同退吧。」

霏媽失望地向對方道謝，並將手機還給管區警員，看著在場的人都鬆了口氣的表情，心情卻愈加沉重。她隨警員身後步出民宿大門時，想起剛才也許心急口不擇言而轉身想致歉，卻瞥見女老闆的嘴角閃過一抹詭異笑意……

雖然流露心裡真實想法的笑意被霏媽突如其來的轉身嚇到，但她瞬間就鎮定地斂起詭笑，轉成禮貌的微笑……

雖然只是一秒的時間，霏媽確定自己沒有看錯。

霏媽覺得對方肯定隱藏了什麼事實沒說出來，但又不知該如何追查。在警員的目送之下，霏媽只能滿腹疑惑，無奈地發動引擎開車下山。

她親自前往警局找到紀國宇，告訴她自己的懷疑。

紀國宇聽完，沉吟片刻後表示，若只是懷疑是無法查出些什麼，畢竟人家開門做生意，只是笑的不得體就懷疑有什麼犯罪，未免太過分，法律上也沒依據，但他也能體會霏媽為人母的心情，會請三星分局所屬派出所同仁密切注意那家民宿的情形，發現異狀會立即調查看看跟李妙霏的行蹤是否有關。

霏媽在驅車返回屏東的路上，一直反芻剛剛在民宿的情形，除了女老闆的笑容外，愈發覺得還有說不出的可疑，而紀國宇所說的也許是真的會幫忙調查、也可能只是敷衍的官話而已。

方向盤一轉，就直接將車開往黎晏昕家，因為她記起妙霏以前曾帶一個男同學回家，當時還留了地址，是她僅知妙霏的同學朋友中唯一還沒聯絡過的。

黎晏昕對於霏媽能記起他感到欣慰，卻也尷尬。畢竟自己是被甩的，現在還要幫前女友的媽去找前女友，該用什麼心情面對……

還有，自己又該從何著手……

第二話

我將車停在羅東鎮公所附近的停車場。才下車，就見黎晏昕從不遠處一輛黑色轎車下來，臉上掛著笑意。若單純以外貌論，他高大帥氣，是一般女孩會喜歡的類型；文石說黎晏昕對女生都不錯，有點優柔寡斷；只是，李妙霏應不致於因此就甩了他吧。

他很紳士地幫我提行李箱，放進黑色轎車的後廂：「妳的行李才這麼一點？」

「找人而已，應該不必住到三天吧。」我隨他上車，繫上安全帶。

他啟動引擎：「上次我也是這麼認為，結果五天了都還查不出來。」

車子開出羅東鎮，穿過三星鄉，走泰雅大橋沿省道台七線往山區行駛。蜿蜒瀠洄的蘭陽溪時而在窗外之左、時而在窗外之右，在陽光照射下，彷彿從深山裡爬出一條鑲了晶鑽的銀色蟒蛇，只是不知隱身在雲霧繚繞的上游支流裡，藏著什麼不為人知的祕密。

「我怕有什麼細節疏忽了，」我從隨身包包裡取出小記事本：「麻煩再說一你上次來這裡的詳細經過好嗎。」

他說答應霏媽的請託後，就獨自一人前往那家民宿入住，打算調查是否有與妙霏相關的線索。

大同鄉是泰雅族原民鄉，最西南邊也是全鄉最高的南山村，有蘭陽溪的支流米摩登溪穿佈。那家民宿就位在米摩登溪一條支流溪畔，位置非常偏僻，沿途電桿及路樹上完全沒有廣告或指示牌，網路上也找不到任何廣告或分享文章；他是找了好幾個路過的原住民問路才能找到那條隱蔽的小徑。

遠在屏東生活的妙霏，居然會找到這裡來投宿，實在令人意外；也許是那個叫何仁婕的女生帶領吧。不過，回想與妙霏交往期間，從未聽她提及這個人。他曾回老家翻出大學畢業紀念冊，當屆畢業生中，也沒有一個叫何仁婕的同學。

找到那間民宿時天色已晚，而且下起大雨，所以當他站在民宿大門前按門鈴時，鞋襪與小腿褲管都被雨水濺溼了。

「您有預約嗎？」對講機裡傳來一個女聲問。

「沒有。請問還有房間嗎？」

「是誰介紹您來的？」

難道還要介紹人才能入住？或是採會員制經營？他無暇多想，隨口掰說：「喔，是李妙霏。」

對方切斷通話，讓他撐著傘在雨中淋了快一分鐘，大鐵門才啪地一聲開啟並自動移開。

進到一樓大廳，從小櫃檯後面出來接待的是個漂亮女子，看來二十幾歲。原先以為就是霏媽所說的女老闆，但當他問說「抱歉老闆，臨時決定來，沒有預約」時，她笑著澄清自己只是員工。

「可以指定房間嗎？」

看著她意外的樣子，他不待她回應就說：「如果可以，我想住三〇一號。」

據警員紀國宇向霏媽所說，上次來查訪時李妙霏表示她住第三〇一號房。

女服務生連電腦都沒查，就說三〇一號房間有人住了，目前只剩一間房。

雖然笑著說，語氣是冷的。

他想自己臨時入住，能有房間住就偷笑了，哪能挑三撿四，所以也不以為意。

繳了住宿費後，她領著他到五樓的五〇九號。這是這棟五層樓的民宿最偏僻的一個房間。將鑰匙交給他時，她突然說：「先生，除了餐廳以外，在屋內其他地方請不要隨意走動，以免打擾其他客人的清靜。」

他怔了怔：「……喔，我知道了。」

因為遠從南部開車前來，又為了找這個隱祕的地方在山路上繞了好幾趟，還錯過了兩次跑到中橫再轉回來，實在太累，他吃了晚餐就回房睡了。

唯一覺得奇怪的是，一樓的餐廳只有他一人下來用餐。簡餐是放在桌上，那位女服務生沒再出現，也不知跑哪去了。

第二天早上下樓，餐桌上已經擺著簡單的早餐，並在杯子上黏著一張便利貼「早安。吃完後請將餐具放在洗碗槽即可。」

因為只有一份早餐，加上飢腸轆轆，他就當是為自己準備的，直接開吃了。

吃完後，他想好藉口，故意在各樓層內走來走去、故意咳嗽，甚至大聲哼歌，都沒見任何人開門出來，就不要說出聲抗議了。

厚著臉皮敲別的房門。從一樓敲到五樓。得到的只有空間裡敲門的迴音而已。

一整天下來，他發現一件事：整個民宿內居然空無一人！

但詭異的是，午餐時間一到，回到餐廳就見餐點已擺在桌上了，而洗碗槽裡早餐的餐具已洗好放在烘碗機裡了。

晚餐也是一樣的模式。餐點是那位女服務生還是誰準備的，完全不知道。他滿腹狐疑想要求證，卻連個人影也找不到。整間民宿似乎只有他一人。第二晚就在疑惑與心慌的情形下，毫無所獲地就寢，就不要說找到妙霏。第三天他決定天沒亮就起床，連刷牙洗臉都省了就直接衝下樓跑進餐廳。按下餐廳電燈開關，室內空氣蕭條冰冷，桌上倒是放著燒餅油條與豆漿。豆漿還冒著熱煙！到底是什麼情形……

叫人鈴或呼叫鈕之類可以喚人的通報工具，在這個民宿裡根本不存在。三餐是那個女服務生準備的嗎……

她為何要說什麼已經客滿、只剩一個房間這種謊……

李妙霏到底在不在這裡，還是真的跟那個何仁婕走了……

愈來愈多疑點堆積在心，這樣下去也無解。

天亮之後他外出調查。開著車子在南山村裡逛，遇到村民就問，但沒人知道那家民宿的存在。有個好心的村民建議他去找村長。

「那裡有民宿？沒聽說過呀，投票通知單全數送完了也沒剩半張，表示屋主應該不是本地人吧。」村長聽了一臉訝異，完全狀況外。

改到管區派出所找值班警員，詢問上次配合紀國宇前往的兩位警員。其中一位剛好在所裡，對於上次霏媽的事還有印象，但對於民宿裡無人的說法，露出這個外地來的傢伙是找碴嗎的表情：「你怎麼把人家民宿說得像鬼屋，沒有人不是更好，來山裡住不就是圖個清靜嗎」、「人家找理由不讓你指定房間或其他房間沒人，也許其他房間在整修、也許其他客人預定了，怎麼說都是人家的自由吧」。

一直在旁聽著的值班警員也語帶嘲諷說：「人家三餐沒缺一頓你的，還有什麼不滿要投訴嗎？第一次聽說有這種消費糾紛的。」

晃了一個上午毫無所獲，還碰了一鼻子灰。還好沒說出真正目的是要找李妙霏，否則被警方當做痴漢騷擾案處理，恐怕下場更難預料。

他氣餒地將車開回民宿。進門前，突然靈感一亮，他跑出去大門按門鈴。

等了一會兒，終於有人聲從對講機傳來：「黎先生，怎麼了？」

知道是誰按門鈴，那一定是有電眼了。

他朝門鈴四周檢視，卻未發現任何類似鏡頭的東西。

「那個，」他趕緊靠近對講機說：「妳是前天那位小姐嗎？」

「我不是。有什麼問題嗎？」

「呃……」對啊，總不能問為什麼屋裡都不見人或請妳出來讓我看一下吧，他拍了拍後腦，胡掰說：「早餐好像不太新鮮啊……」

對方可能是愣了一下，隔了幾秒才回：「這樣嗎？那退房時會折退費用給您。謝謝。」說完就直接掛斷通話。他連忙再按一次門鈴，又長又久。

「還有什麼事嗎？」

「請問前天那位幫我辦理入住的小姐在嗎？」

「怎麼了嗎？」
「請問她貴姓大名是？」
「田小梅。找她有什麼事嗎？」
田小梅？女老闆不是說她離職了嗎，難道現在又復職了？箇中果然有詐。
「我想辦理續住兩天，可是沒看到人也找不到叫她的方法——」
「你就住吧，離開時再把住宿費放在櫃檯上的小花瓶旁邊就可以了。」
「妳、妳不怕我跑了不付錢？」
「住房時不是有拿您的身分證登記了嗎。」
他想盡辦法跟對方對話：「那我也可能拿別人的身分證呀。」
對方傳來輕笑聲：「您不是李妙霏介紹來的嗎？若你不付帳，我們找她要就好了呀。」
這種回答倒讓他語塞，當還想再問些什麼時，對方已經掛斷通話。
第三次按門鈴。門鈴像死了般毫無反應。他大力小力亂按、大聲小聲喊喂，都沒人再理。
是怎樣，有人經營民宿這般佛系的嗎……
「後來呢？」視線從記事本移往車窗外，發覺碧茸森森的高山已近在眼前了。
「門鈴的事啟發靈感，我自認她們一定有裝什麼監視器，否則怎麼知道我什麼時候起床了該準備早餐、什麼時候我回來了該準備午餐。而且我有種被人養在瓶子裡觀察的錯覺。我回到民宿就開始搜尋，從一樓到五樓我的房間，每個角落都仔細檢查，希望找到電眼鏡頭。」

「找到了什麼？」

「很漏氣，什麼都沒找到。」

「那你怎麼辦？」

「我決定跟她們耗。既然有人為我準備餐點，當然是有人端出來放在桌上。所以晚餐還沒到，我就提前一小時坐在餐桌旁等著，就不信那些飯菜是憑空生出來的！」

瞥了一眼他忿忿不平的表情，我忍住想笑的衝動：「想不到晏昕哥這麼執著。」

他露出尷尬的表情：「可是，那些飯菜真的是憑空生出來的。」

「蛤？」

「我從五點坐到七點，除了我偶爾無聊的自言自語外，就只剩空間裡長久無聲造成耳膜輕微嗡嗡的聲音。後來我忍不住了，想上廁所小解，但每個房間都鎖上了推不開門，一樓也沒有獨立的廁所，我只好衝上五樓到自己房間的廁所再衝下來，結果就在我上廁所那段短短的時間裡，飯菜都放在桌上了，還是沒看到誰端來放的！氣死我了。」

我思索了一下：「有聽到樓下有開門、走動的聲響動靜嗎？」

「除了我的跑步聲、呼吸聲和小便聲外，沒有。」

「也許你按下沖水開關沖馬桶——」

「我沒沖水就衝下樓了！」

「這麼可愛的躲貓貓……」

「我氣得大吼大叫搥胸頓足，這鬼民宿快把我搞瘋了。」

「也許妙霏姊根本不在民宿裡了，你這麼執著只是因為不甘心被甩嗎？」

「其實被甩後我逐漸冷靜下來，已決定放棄這段感情了。如果連發生什麼事都不肯跟我說，那表示她已經將我逐出心裡，也沒有信任了，再強求有什麼意思？霏媽因為公司的事無法花太多時間在這裡所以請託我，而我決定接下這個任務，除了想知道自己被甩的原因，還對於霏媽所說的經過感到不可思議。」在等紅燈時，他轉頭注視我，異常認真說：「本來我以為是霏媽多疑了，但投宿幾日後，我也認為妙霏並沒有離開那裡，只是不知為何她不出面。」

「是……被限制行動自由的意思？」我不想說出綁架或殺害之類令人絕望的話，但內心其實揣度過這些可能性。

「不知道。」

車子轉進省道台七甲線，沿途風景如畫，但前後卻不見跟車或對向會車。我開始注意手機訊號：

「難道你認為這是什麼超自然的事？」

「妳不覺得愈來愈像嗎。」

「怎麼說？」

「我覺得那家民宿就像是個玻璃試驗屋，人住進去就像被圈養、觀察。」

「被誰圈養觀察？」

「外星人。」

「圈養觀察是要幹嘛？」

「做研究啊。」

我忍不住噗哧一笑。想不到他嚴肅得很：「在某些高度文明的外星人眼中，地球人是很低等的生物，他們研究我們就像我們小時候研究青蛙、蚱蜢那樣。」

被人甩了雖然有對自己失去信心的後遺症，但也不用把自己比喻青蛙蚱蜢之類的吧。但這話沒說出口，我只鼓勵他說：「晏昕哥，我們是有科學與哲學的人類，我們的文明也很高啊。」

「那妳能告訴我，為什麼我們不能隨意回到過去？為什麼絕大多數的人還是會怕死亡？」

「我家小石頭說晏昕哥對一切超自然的事很有研究，只是有時會流於盲目，看來好像沒錯耶。」

「不是盲目，這是理性。」他扯扯嘴角：「要說盲目，文石對於感興趣的事才是走火入魔哪。他曾經為了研究要怎麼樣從一樓飛上五樓，差點沒摔死。」

「飛上五樓？」我失聲叫出。

「說什麼他想知道螳螂飛得比較快、還是隼鷹飛得比較快。」

「結果是手斷得快還是腿斷得快？」

「他真的從一樓飛上了五樓！只是過程出了點小差錯，撞到學校男生宿舍外牆，幸好他手腳俐落，抓住牆緣爬上了天台沒摔下來，最後到學務處被罵了一頓而已。」

「怎麼飛上去的？他長翅膀了？還是屁股變異成噴射引擎？」

對於上司文石，我居然如此沒大沒小，他顯然嚇到，幾秒後隨即揚了揚眉：「當下我沒看到。但在校園裡造成不小的騷動，大家都在傳。事後我問他，他淡淡地說只是個小實驗，幹嘛大驚小怪。」

「果然很像他會做的事。」

比起認為自己能像昆蟲鳥類飛上天的文石，因為找不到服務生而把民宿幻想成外星人觀察屋的黎晏昕，顯然比較接近正常人。

「晚上躺在床上時，我思考各種辦法，下定決心明天一定要找出妙霏。所以手機鬧鈴清晨三點一響就立馬跳下床，直奔一樓餐廳，打開電燈的那一瞬間，我真慶幸桌上沒有出現早餐。我拉開椅子就坐在桌邊盯著桌面，就這樣盯著桌面三個小時！」

「那，那個……這中間，你都沒內急嗎？」

「前一天在派出所前自動販賣機投幣買的礦泉水，喝完後空瓶我留著了，睡覺前特別將它放在房門邊，所以衝下樓時順手將空瓶隨身攜帶著。」

「那還真是設想周到啊。」身為女生的我就沒這麼方便了。「結果，終於抓到是誰端著早餐來了？」

「沒有。早餐真的憑空長出來。」

「這是開玩笑的吧！還是你出現幻覺了？」

「我需要把妳遠從台北請來，專程講這些連自己都難以置信的話來騙妳？」

「咦……」我真心對這起神祕事件深感興趣起來，各種情況在腦中思索；原先想到的是靈異事件。但，鬼三餐？什麼鬼，一點也不可怕！這廚師是誰，幹嘛搞得如此神祕兮兮：「能不能說一下這次你發現早餐出現的經過？」

「我不是說坐在桌邊嗎，當時還差幾分鐘就要六點了，這時餐廳外的走廊上傳來腳步聲，我心想，送早餐的來了！總算抓到了齁。所以我起身，衝到餐廳的門邊，等著看進來的是田小梅、女老闆還是昨天跟我通話的那個女生，我甚至有些期待推門進來的是妙霏，這樣就能好好質問她到底怎麼回事，而且我想要讓她有罪惡感，所以打算加油添醋說霏媽為了找她擔心到出事住院了，這樣就不必費什麼唇舌勸她回家。」

「唔，雖然有點缺德，但是考量情況特殊，不失為妙計。」

「腳步聲由遠而近，然後停在門前就止住了，那時我心跳超快的。可是眼前的門卻遲遲沒推開，那樣子就像……對方手中端著餐盤站在門後，用透視眼盯著我看一般，讓我不寒而慄！我受不了，突然伸手用力拉開門——」

「是妙霏姊對不對？她想給你一個驚喜！」

「走廊上只有昏黃的壁燈，和迎面而來山區清晨的冷空氣。」

「她躲在門邊吧？」

「我探出上半身往外四處張望，還喊了好幾聲：是誰？請出來好嗎？可是，沒人就是沒人。」

「怎麼可能……」

「我疑惑地退回餐廳，轉身就嚇到叫出聲來。」他轉頭望了我一眼：「一個餐盤已經放在桌上，盤上是今天的早餐：火腿炒蛋貝果、凱撒沙拉和美式咖啡，咖啡杯上還冒著熱氣。」

「……」腦力全開的我努力設想是什麼情況，手臂上寒毛卻豎了起來。

「這時我身後的門外又傳來腳步聲，從近到遠，好像有個什麼看不到的人從桌邊放下餐盤後，又穿過我的身體和門，逐漸走遠離開了……」

語氣發顫的他，臉頰浮現因戰慄感而生的雞皮疙瘩。

「不會吧……」我將視線轉向窗外，覺得喉嚨發乾：「真的是靈異廚娘嗎？」

第三話

也許都在緩和情緒，我們沉默了片刻，他才開口繼續說：「我站在桌子與門之間，看著早餐、又轉頭望向空無一人的走廊，在二者之間來回不知看了幾次，不敢相信自己的眼睛。過了好久才回過神來，坐回餐桌旁，完全沒胃口，只覺得胃好痛。」

「換成是我，恐怕早就奪門逃走了。」說這話只是鼓勵他繼續講下去。

其實我不會逃走。我一定跟著那個腳步聲追出去，非搞清楚不可。

車子進入南山村。瞄一眼手機，訊號只剩一格，還閃爍不定。

「我覺得再待在那個小餐廳裡一定會發瘋，所以我把早餐帶回房間裡，苦思對策。吃完早餐後先到大門外按門鈴鈕，但對講機好像壞掉一樣還是沒反應。這時天已大亮，也許是陽光照進屋內給我壯膽，我開始敲每個房間的房門，大吼大叫說李妙霏妳給我出來，儘量製造許多聲響，若哪個房裡有死人恐怕都會被吵醒吧。就這樣鬧了一個小時，搞得自己精疲力盡……」

「結果，李妙霏出來了？」

「連樹上的鳥都飛走了。」

車子在台七甲線行駛，有時交談會因為他忙於應付山區道路的彎曲與爬坡而中斷，我就趁此揣度他遭遇的各種可能性。

一股寒意滲進車內，我將隨身攜帶的大衣穿上。南山村海拔超過一千公尺，在台七甲線的兩邊出現一些聚落的平房及鐵皮屋，就是進村了。

這裡有小學、教會、加油站與一些小商店，應該是最後有人群聚的活動區域，再往上就進入人煙罕至的深山區。不過舉目所見，村裡的人都不知躲哪裡去了；聽說一、二月間有寒流來時，這條公路卻不是這般景況，因為上山賞雪的人會讓這裡大塞車。

「我知道許多民宿主人其實沒有住在民宿，也許是住在山下或其他地方，在房客入住時才來交鑰匙、退房後再來整理房間——」

「別忘了三餐。我一直強調三餐會準時出現，而且是熱騰騰的。有人經營民宿會照三餐煮好從山下專程送上來？」

「不一定在山下，也許就在這村子裡，做好了用保溫箱載上去——」

「那為什麼要神祕兮兮？」

「這個，目前還沒想通。」

「那天連午餐都沒吃就開車回到這附近，因為這裡手機才收得到訊號。我獨自在車上上網尋搜有關與這種情況相似的各種文章，也找些歷史資料想瞭解這間民宿的來歷。但是愈查愈慌，想法愈來愈朝著詭異的方向發展。」他蹙緊眉頭，非常嚴肅地說：「我所經歷現象的可能性，從物理學的角度，也許是隱形人、也許是平行世界、也許是隔空抓物取物；從天文學的角度，那我就真的是住進外星人的觀察屋了。倘若都不是事實，那只能從從民俗學的角度判斷，那民宿的磁場和陽世間不同，我住進鬼屋而且遇鬼了，只是幸好我還保有理性，沒被逼瘋，也不像文石被靈體附身了都還不知道。」

「那麼，到底是哪一種情形？」

他深吸了口氣，才用沮喪的口吻說：「擔任過神祕事件研究社社長多年，面對不可知的超自然現象，居然束手無策，我開始懷疑自己的能力、自己的人生。我一再告訴自己要冷靜、一定有什麼疏忽的地方，如果對方是幽靈或鬼魂，為什麼沒加害自己，反而準備三餐？」

「鬼靈之類的不一定會加害於人吧，聊齋裡的聶小倩不就挺好的。」

想不到他聽了面無人色：「所以妳也認為我遇到了一個女鬼？」

「呃，不是不是……我意思是，就算是靈體，也未必對人有害，像附在文石身上那個狐靈，好像也沒加害於人嘛。何況那一頓頓的餐點，我認為絕對是人做的，只是不知什麼原因人家不想現身而已。」

「說到文石，他為什麼拒絕幫我？」

「唔，就像你說的，他對感興趣的事很投入，但他認為你說的事違反常理，應該是你與妙霏姊間的相處出了什麼問題，她跟你在賭氣，也就是情侶間耍花槍而已，所以他不想介入。」

「那妳聽我這樣說，覺得是妙霏在搞鬼嗎？」

「我覺得就算文石的推測沒錯，我也想查清楚是不是她在搞鬼。」

「聽妳這樣說我真高興，如果妳經歷了我的無助就知道那種恐怖、不甘心和不明所以的痛苦。」

他給我一個微笑，又將視線轉回擋風玻璃外：「當天我下山在羅東隨便找了間旅館過夜，次日上午才回去收拾行李，並將鑰匙和續住兩天的住房費放在小櫃檯上。當我提著行李走出大門時，門牆上的電鈴居然響了起來，然後對講機裡傳來一個女生的聲音說：「謝謝光臨，歡迎再來。」

「咦？」

「我聽得出來那是第一天入住時那個漂亮女生，依第二個女生所說她應該叫田小梅。我恨恨地靠近對講機的通話口說：『我才不會再來這個鬼鬼祟祟的鬼地方了。』說完轉身就要上車離開，不料對方居然透過對講機說：『如果想找李妙霏，就請你同學拿藍色信封來。』」

什麼？如觸電般，我不由得坐直了身子……

「當下我莫名其妙，不知她在說什麼，趕緊回身再問：妳說什麼？可是那該死的門鈴對講機又像壞了般毫無反應，我估計對方從她那邊把門鈴對講機給關掉了。回到屏東，我氣餒地跟霏媽說對不起。直到幾個月後接到白琳的電話，說她事務所有個助理在寫書，需要一些關於文石過往的情報，我依她所說，去書店買了本妳先前寫的《山怪魔鴞》，看完才恍然大悟田小梅所說的同學是誰。」

那同學是文石？

《山怪魔鴞》裡有記載文石曾向他高中同學柏雲軒提及，過世的父親留下一個神祕的藍色信封。聽到黎晏昕忽然提到它，我暗暗震驚，卻又不解：「那，你為什麼不直接跟文石說這件事？」

他陷入沉默，過了一會兒才說：「不說他不也發現了嗎。」

「不是，他只是推測出你有其他的事找他，但你一開始沒主動說找妙霏姊的事、最後你更沒提藍色信封的事。」

「那妳覺得他是如何推測出來的？」

我偏著頭思忖不出原因。不過可以確定是，這兩個傢伙間必有什麼心結，看他不想講的樣子，我也不為難他：「反正我到時再對他嚴刑拷問。」

他笑著抽了抽嘴角：「妳怎麼都這樣對待妳的上司？」

「他人好，好欺負。」

這時手機上的訊號一格都收不到了。可能與兩邊都是高聳的山巒有關。

這條路再往山區開就會接上中橫公路。不過方向盤忽然一轉，在經過大轉彎後，他將車開進一條碎石小徑。

因為是與公路呈現超過兩百七十度的小岔路，且隱蔽在高大的樹蔭與芒草間，如果未放慢速度特別注意，非常容易就錯過了。難怪他說第一天來時會找不到。

循著連兩輛小轎車寬度都不足的狹窄小徑，車子在險昇坡上爬行，引擎發出吃力的低吼聲。小徑兩旁連一支路燈都沒有，就別說路標牌或指示牌了，一般人都會以為這是農民為在山裡耕作方便所開闢的小農路吧。

險昇坡的盡頭連著天際線，彷彿那裡就是通往地獄的懸崖，我不禁抓緊了車窗上方的手把。車子大口吞油努力爬到盡處繞過山壁，沿曲折山路轉來轉去，在某個轉彎處變成角度六十的險降坡。

這時淙淙水聲引起我的注意。一條清澈溪流，出現在路邊懸崖下方深處。

那就是蘭陽溪上游米摩登溪的一條支流。

車子下到稍微平坦的山谷間再往前開了一會兒，進到一片槭樹林裡。

我又瞄了一眼訊號空格的手機：「居然有人會在這種地方蓋民宿。」

他緊繃著臉專注於操控方向盤，以應付劇烈顛簸的路況，沒有回應。順著他的目光往樹林盡頭看，一幢五層樓房出現在一堵圍牆後方。

車子駛至圍牆邊的草坪上，他踩下煞車並熄火。

下車後，我輕揉發痠的下背部，仔細打量眼前這幢紅瓦頂邊的幽靜建物。

大門左邊的牆柱上掛著一塊小木板，上面刻著四個古拙紅漆字：翠鳥山莊。

趁他從車上取下行李，我繞著半身高度的圍牆迅速觀察了一遍。

大門朝著槭樹林，背對米摩登溪，在老舊雕花的鐵後門與溪畔之間，有個雜草斜坡。目前溪水不深，涉水的話大約只到小腿位置。

因為身處山谷的溪邊，陣陣山風襲來，忽大忽小抬托我的長髮，有種蒼涼孤獨感。思忖著到底屋主是誰，會在這般地方搭建這麼一棟遺世獨立的建物……

繞了一圈後，見他站在大門前等著，我加快了腳步。

事先說好了這次換我出面接洽，而且事先有訂房了。

不想讓氣氛如此緊張，我揚揚眉說：「文石不想來，那就讓專業的來。」

按下門鈴鈕，屋裡傳來一陣鈴響。須臾，對講機裡傳來：「請問哪位？」

「我有訂房。兩間。我叫沈鈴芝。」

那端傳來掛斷通話的喀啦聲。接著大門很輕巧地彈開，並自動往兩邊移開。

走過鮮花百放、植栽清幽的花園，進到黎晏昕所說的大廳，但發覺只是個有小櫃檯、沙發組、公仔玩偶擺設架與小飲水機，布置典雅的會客室而已，充其量只能算這房子的前廳。

小櫃檯後面站著個相貌清秀的女子，身著中國古代女性左右側衣襟交叉於胸前的交領漢服，笑容可掬地望著我們：「沈小姐好，房間已經準備好了。」

我將身分證交給她。她瞄了一眼黎晏昕，我擋下說：「他是我的司機，沒帶證件，既然是我預約和付房錢，登記我的就好。」

她不置可否，在電腦鍵盤上快速登打著。我問：「可以選房間嗎？」

「抱歉，其他房間都有人訂了。」她保持著笑容微微頷首致歉：「為您準備的房間很清靜，請跟我來。」

收回身分證，我若無其事問：「該不會是五〇一號房吧？」

「還有五〇二。」她頭也沒回就往樓梯間走。

很好，既然有一定的模式，查起來會更快。

我跟在她身後問：「小姐請問妳貴姓大名？」

「田小梅。」

我跟黎晏昕對望一眼。他微微搖頭，表示這清秀美眉不是上次那個田小梅。

上樓的過程中，我問：「怎麼沒電梯，客人行李如果很重不就很不方便？」

「不知道耶，我來這裡時就這樣了，抱歉。」

「妳是老闆還是員工？」

「妳看我像老闆嗎？」

「現在有很多年輕人開民宿當老闆哩。請問樓下有廚房嗎？」

「餐廳廚房在一起，不過沒有瓦斯。您的房費裡已經包括三餐的餐費了。」

「那如果半夜餓了想吃宵夜——」

「為了避免山林火災的問題，所以請自行準備不必烹飪的食物當宵夜。」

「那妳們提供的三餐在哪煮？」

「我們會煮好送過來。」

「從哪裡送過來？」

「另外的廚房。」

「很遠嗎？」

「一定是熱食，請放心。」

好傢伙，口風超緊蛤……

跟著她到了五樓房門口，她將鑰匙交給我們：「除了餐廳以外，請不要隨意走動，以免打擾其他客人的清靜。」

這裡真的還有其他客人嗎？我忍住沒說，只是點點頭。

微微欠身後，她轉身就往樓下走。

我對黎晏昕使了個眼色，脫下鞋子拎在手上快速跟著下樓。在一、二樓間的轉角處見她將櫃檯上原本插在電腦上的隨身碟取出，我急忙煞停倒退一步。她關了燈往餐廳方向走，我躡手躡腳奔下樓，才轉彎就嚇到差點跌跤……她直挺挺站在走廊上冷眼望著手忙腳亂的我。

「需要什麼嗎？」

「呃，啊哈哈，我……有點內急，想上廁所。」

「您的房間裡就有洗手間。」
「喔，我還想下來找水喝，我記得這裡有台飲水機。」
「在前廳的茶儿上。妳脫鞋子是因為？」
「腳痠了。高跟的鞋子，妳知道的。」
「對了，妳說是誰介紹妳來的，不然怎麼知道我們這裡的？」
礙於黎晏昕上次說是李妙霏引介來住的，卻像隻白鼠般被「冷凍」了五天，所以我記得訂房時是說田小梅。可是，所謂田小梅不就站在眼前嗎！若再這麼說恐怕會穿幫；在雖然很冒險，卻又不知該說誰的窘困情形下，只好隨口胡說：「李妙霏。」
「又是她？」她蹙了一下眉頭。「她還沒重逢吧。」
重逢……是啥？見我怔在當下，她忽然問：「妳想跟誰重逢？」
跟誰重逢？跟……跟……我腦洞不知該哪裡開，慌亂中只好硬掰：「跟文石。」
「妳男友對不對？」
「呵呵。」我乾笑掩飾自己的虛心：「妳怎麼猜到的……」
「妳很漂亮啊。像妳這樣年輕漂亮還來這裡的女生，都是想跟男友重逢吧。」
跟男友重逢？手機拿起來不就可以約時間見面了嗎……
如果因為什麼事而長時間分開，想見面了還是拿起手機就可以視訊吧……
漂亮的女生來這裡都是跟男友重逢？為什麼重逢要來這裡？
李妙霏來這裡也是為了跟男友重逢嗎？我在心裡噗嗤一笑。她男友黎晏昕在這裡大吼大叫要她出來都不見人影，還重逢什麼鬼。

諸多疑點在腦中翻來覆去百思無解。

見我發傻，可能以為我不想多提，她扯了扯嘴角微笑：「妳不想喝水了嗎？」

「喔，對，我渴。」我轉身往前廳飲水機旁，拿了紙杯彎身接水。

再起身回頭，田小梅已消失不見。沒有任何腳步聲或開關門的聲音。

如果不是曾聽黎晏昕說過他的經歷，我一定會嚇到發抖。

在餐廳繞了幾圈，沒發現什麼密門，也不見任何監視器的鏡頭。

赤腳在櫸木地板上走，沒有腳步聲。可剛剛那個田小梅有沒有穿鞋啊……

有！跟著她上樓時，我記得她是穿一雙有碎花圖樣的布鞋。

可是……就算布鞋走路也沒聲音，開門總會發出聲音吧。餐廳門、前廳門我都試了一下，都有明顯的磨擦聲；後門是扇老舊的雕花鐵門，更因關節處的鉸鏈生銹發出刺耳的叫聲。那麼，那個田小梅是怎麼無聲無息離開的？

背脊一陣涼，我拎著鞋子踩上樓梯，同時告訴自己只是還沒找到原因而已，不要多想。

每層樓各有五間房，每個房門都是緊閉，看不出來裡面是否有人住。可以確定的是，沒有一隻鞋子放在門口。上到五樓，黎晏昕倚著走廊上唯一的窗口眺望屋外。我試著放慢腳步，但他還沒轉身就問：「妳有什麼發現？」

在這麼安靜的民宿裡，顯然連赤腳走在地板上都有一定的聲息。

否則就是他的敏感度與警覺性很高，都還無法察覺天降神餐是怎麼回事，這屋裡的事看來超乎想像。我問：「你有看到她從前門出去嗎？」

「這個窗所能看到屋子前半部一百八十度的視野內，從妳下樓到現在，沒半個人影進出。」

「她也不可能走後門出去……真的見鬼了嗎……」

我將剛才在樓下的情形簡單跟他討論了一下，仍無定論。反正我還有其他妙計，約定好時間就先各自回房休息。

五〇一號房雖然位置很角落，但乾淨靜雅，有張大床，還有一扇面對屋後的大窗，視野不錯。若不是為了調查李妙霏的事，單純來此度假投宿，倒是非常愜意舒適的事。

距離約定的時間還早。我取出手機坐在床邊，將今天的遭遇回述錄音存檔，每個注意到的細節都不放過。

包括剛剛在樓下，我注意到那個清秀田小梅腳旁是有影子的。

黎晏昕來敲門時，我正好結束錄音。

因為趕路錯過了午餐時間，他說想回南山村買些吃的。我託他順便買些東西。

「妳……」他轉身要下樓，卻忽然反頭問：「一個人沒問題吧？要不要一起？」

我搖搖手：「如果妖魔鬼怪見我一個人好欺負才現身，那正中我意。」

他笑了笑，比了個ＯＫ的手勢。不一會兒，我就聽到引擎發動的聲音。

換上球鞋，我抓了鑰匙與手機，步伐輕巧地下樓。

我將各樓層走廊、樓梯間、一樓前廳、餐廳廚房及置物間都拍照，同時仔細檢查各處，確實沒發現監視器或攝影鏡頭之類的東西。

步出房屋，在花園各處巡視，沒發現特別可疑的東西，只得將整棟建物的四面外觀拍下來。倒是樹枝間的鳥叫聲，那是一隻背部中央到尾巴都是漂亮的寶藍色、喉部以下到腹部都是橘色，眼瞳黑又大、嘴喙很長的鳥；牠的叫聲尖銳清脆，在這杳無人煙的地方，特別引人注意。我舉起手機，攝錄牠站在枝頭唱歌的模樣。

須臾，牠倏地振翅跳到另一棵樹上。見我跟著，又跳到下一棵樹上。

我好奇地跟著牠下到屋後的草坡來到溪邊。牠棲在水邊植物的枝枒上，不停鳴叫，下一秒突然衝進水裡，叼著一條小魚就往對岸飛去。

原來對岸一棵矮樹枝枒上有隻同伴蹲著。牠在同伴身旁停佇，居然要將咬著不停扭動的魚送給對方吃。不過那隻同伴鳥不知怎麼回事，咻地就飛走了。

生眼睛發眉毛以來，首次看見鳥將食物送給不是自己小孩的同類吃，這可真新奇。我捨不得放下手機，但畫面左上角出現的另個狀況，卻吸住我的注意力。

在樹林深處裡，那是……？

第四話

那應該是一個人。由披至腰際的長髮及身上的服飾判斷，女的。

在陽光照射不到的地方，彷彿一縷幽魂般在樹林深處裡飄浮著。

我懷疑自己可能眼花。眨眨眼睛，極盡目力注視，已不見蹤跡。

幸好手中拿著手機。我趕緊中止錄影，將錄影檔點開重新播放。

那隻寶藍色的小鳥。將畫面往後快拉，剛才瞥見的情景真的在。

可惜沒錄到正面。在幽暗茂密的鐵杉林間，猶如倩女般的鬼魅。

正遲疑是否要涉水過溪，隨著風聲從鐵杉林間傳來奇異的歌聲。

女聲。齊唱。像是詠嘆或祭祀。旋律悠揚好聽，但聽不清歌詞。

在這個杳無人跡的深山裡，聽到這種幽緩清吟，感覺只有詭異。

手機放進口袋，脫下鞋子拎在手中，毫不猶豫踩進米摩登溪裡。

冰冷從腳底經小腿直衝腦門，不禁打個冷顫，我口中呼出白霧。

溪底的砂石高低起伏，我小心翼翼，萬萬不想跌個狼狽落湯雞。

上了對岸，顧不得腳下溼滑，循聲直往樹林深處奔去。

熱血讓人勇往直前，但也容易疏忽細節；比如說聲音在山谷間有擴大的回音效果。當吟唱聲戛然終止時，我才警覺自己不僅未能覓得來源，且已離溪邊很遠。

最要命的，天色逐漸暗了下來。

我靜靜地佇立了一會兒，未能再聽見任何吟唱，不禁感到迷惘；又因深入森林，山風從四周灌入，猶如陰風陣陣，有點可怕，無奈之餘只得返身。

天色昏暗到看不清地上的樹根與石子。我打開手機的電筒功能照著地上，找尋來時的足跡往回走。就在心裡為無功而返懊惱之際，眼前異象讓我忍不住用手摀住嘴……

一隊白衣人列隊在前方的林間，無聲無息地移動著。

長直髮、長白衫、長白裙，兩人一列，貌似往前飄移著……

最令我眼珠發直頭皮發炸的是，她們走著走著，人數愈來愈少……

呃，應該說，隊伍最前方的兩人消失了！

第二列的兩人往前移動又消失了！然後第三列、第四列……

就這樣一整排的白衣女幽，全部憑空消失不見！

事後回想，沒有尖叫逃走，還直接衝上前，真是佩服自己比一般女生大膽。

那裡除了冰冷的空氣外，哪還有什麼人影？

強忍住想尖叫的衝動，卻忍不住逃走的誠實，我飛般奔回溪邊……

真的遇到髒東西了啦……心裡罵了句十八禁的髒話。

回到溪邊時，發現自己的位置偏離民宿很遠了。

而且錯過與黎晏昕約定要到一樓餐廳等「靈異廚娘」的時間也很久了。

我沿著溪邊努力往下游地方走，直到看見那幢建物時，兩腿已經痠到不行。

最糟糕的是，溪水漲高了！

熱血讓人勇往直前，但也容易疏忽細節。我疏忽的第二個細節是，山溪的水量常會隨上游是否下雨而暴漲驟淺。

以我的泳技，當然可以輕鬆游過去，球鞋之後可以晾乾，但手機絕對完蛋。

我瞄一眼手錶，連晚餐時間都過了。就在愁眉難展之際，對岸一個身影在昏暗的暮光中出現，朝我大喊：「鈴芝！」

是黎晏昕。手機還在手電筒狀態，我連忙揮動手機：「我在這裡！」

「妳怎麼會跑到對面去啊？」

「待會兒再說，我現在過不去啊！游過去手機會壞！」

他怔了片刻：「……妳等一下！」語畢轉身返回民宿。

這時我注意到除了他住的五〇二號房間的窗戶亮著燈，一樓餐廳廚房的窗戶透出了燈光。

不久黎晏昕從他後車廂裡找來一綑繩子，將繩端綁在一顆手掌般大小的石塊上，朝這邊扔過來。

雖然是塑膠繩，但足以確保我涉水渡溪時手機的安全。

將繩子綁在身上，球鞋以鞋帶相繫掛在胸前，我毫不猶豫走下溪，並告訴自己即使滅頂了也要將手機高舉在手。

結果才走三步，水勢就滿到下巴位置，超級可怕……哪來這麼多的水啦！

在溪中踉踉蹌蹌跌倒三次喝了兩口水之後，我終於全身溼透地爬上岸。

「要不要緊？有沒有受傷？」他緊張地扶起我：「回來後就找不到妳，還以為出了什麼事——」

我打斷他：「餐廳廚房的燈是你開的？」

「我回來後只有回自己房間，還沒去餐廳廚房啊……」他順著我的目光看到一樓窗戶，立即噤聲，隨著我一起衝進餐廳。

屋裡沒人。兩個套餐放在餐桌上。不知是哪個「田小梅」幫我們準備好的。

我無奈地聳聳肩，先回自己房間淋浴換衣。

用吹風機吹乾頭髮時，腦中同時琢磨下午在鐵杉林裡撞見的那隊白衣女子。

那些好像讚美般的詩歌還是佛經般的吟唱，會是她們嗎……若是，為什麼會是在陰闇的森林裡……她們在幹嘛……

我在追逐那隻寶藍色小鳥時、無意中瞥見的女生，是她們的一員……

興許她是另一個「田小梅」也說不定……

愈來愈多超出理解能力的事發生，困惑壓得我有點喘不過氣來。

非儘快找出答案不可。就在我將吹風機按鈕推向「關」的同時，浴室外的房間裡似乎有動靜……是腳步和房門被關上的聲音！

我立刻拉開浴室門——

屋內除了我以外，只有我。衝到房門前檢查，是鎖上的。

但，有什麼地方不對勁……

快速拉開房門我衝到走廊，以最快速的反應掃視：有個影子在樓梯間一閃而過！我奔下樓並大叫「喂！站住！」

那個影子貌似太虛飄浮，消失在一、二樓中間的的空氣中。

氣有聚有散，聚而為萬物，散而物亡，又回歸為氣；當其為物時，有識有知；當其成物之前，或後歸於無物時，則是至靜無感的狀態。

衝到一樓後我茫然疑懼，完全不知自己在追逐什麼。

黎晏昕見狀，從餐桌邊起身：「怎、怎麼了？」

「你有看到誰從樓上下來嗎？」

他睜圓了雙眼向四周巡視：「……沒有啊！」

「你沒去我的房間？」

他一臉無辜表情：「我一直在看照片啊。」

我箭步上前奪下他的手機，上面是一格格的照片。隨意點開，都是他與同一個女孩出遊時所拍的。「她就是……妙霏姊？」

「唔。」

是哪個傢伙暗中假鬼假怪的……覺得自己快被搞瘋了！

某種陰影阻礙了正常判斷與意識，還害我錯怪了他：「我真的覺得有人趁我在浴室時偷跑進房間。」

「妳沒鎖門嗎？」

「有啊，但是有人用鑰匙開了房門。」

「有什麼東西被偷了嗎？」

一語驚醒！我連忙衝上樓回到自己房間。雖因樓梯爬得太快喘著氣，然而心已定下來，我仔細觀察房內的每件東西……都放在原來的位置。

「有東西不見嗎？」

「是也沒有，不過……室內的味道有些不一樣……有別人的味道。」

抬眼瞥見他神情古怪，透著尷尬與不知所措；我以為他誤會我說的是他，趕緊補充說：「我說的不是你。那味道是女的。」

他沒回應，眼神飄移望向掛著窗簾的窗戶：「我只聞到洗髮精的味道。」

這才察覺自己身上僅裹著大浴巾，腳上連拖鞋都沒穿。

我趕緊轉身背對他：「呃，那個，晏昕哥不好意思，我先穿一下衣服……」

他忙不迭地退了出去。

唉，可別讓他誤會什麼才好。

回到餐廳，我一邊吃著晚餐、一邊將下午的發現告訴黎晏昕。

他聽得雙眼發直；我注意到他臉頰上的雞皮疙瘩一陣一陣的。

「所以，」他將玻璃杯中的白開水喝乾，還起身再去倒了一杯。「我們到底遇到了什麼？這棟屋子非常邪氣，還有我們看到的人，都詭異得很，妳不覺得一定有人暗中在監視著我們嗎？不，說不定是什麼靈體之類的——」

「晏昕哥，你先冷靜一下。」我作了個要他坐下的手勢。「我知道這裡很多事都很怪，但沒那麼可怕，至少我們吃的晚餐沒有毒吧。」

「妳不知道上次我一個人來都快瘋掉了，身處在不知道下一秒會發生什麼事或撞見什麼超乎想像的怪事這種不確定狀態，才是真正的恐怖。」他坐下後又不自覺站了起來；「與其這樣不斷出現一些難以解釋的怪事，一直讓人陷入無法理解又隨時會有危險，不如直接告訴我那就是鬼或那就是外星人，我還能有對策，也不會像現在這樣一籌莫展，有一種等著被殺掉的可怕，這其實是另類精神折磨，是另類的虐殺——」

「晏昕哥——」

「剛才顯然有人偷偷開了房門潛入房間，這樣晚上還睡得著嗎？妳怎麼知道睡夢中是不是有個什麼人站在床邊盯著妳？不，也許對方根本不必取鑰匙就能進入，我看過相關研究文獻，有人真的會穿牆術——不，我不確定對方是否是人類，如果不是人類而是什麼靈體的話，那就不能說它會穿牆術，它現在就在我們這個空間盯著我們——」

「晏昕哥！」見他愈講愈激動，而且愈說愈令人發毛，我大聲制止：「請冷靜！」

他被我嚇到，抖了一下。我放輕語氣：「我在。我在這裡。」

將杯中的水一飲而盡，手指卻在還握著的杯身上跳來跳去，看來是在強作鎮定。我不禁啞然失笑：「你這麼害怕，卻這麼喜歡研究超自然的神祕事件，真是很難想像。」

十個男生被笑膽子小，九個都會為了面子反駁，他也不例外：「我不是害怕，我是擔心妙霏，我們現在遇見的狀況，她可能都曾遭遇過，而且下落不明，我真的很擔心她已經遭到什麼不測……」

「這也是我所擔心的。」心情沉重起來，但我真的毫無頭緒。「看過那麼多關於超自然神祕事件的資料，你覺得目前我們所遇到的，可能是什麼？」

「知道它的存在，卻看不到它……」他偏著頭回想曾經閱讀過的文獻，須臾脫口而出：「這個房子是『異常能量通道口』，那些我曾接觸過及妳曾看到的所謂『女子』，是能幻化成人類形體的靈體，所以它們有隱身術。」

「隱身術？」我頂著眼珠思索了一下：「是像哈利波特那種隱形披風嗎？」

「不，是一種法術。」接著他開始喋喋不休說起隱身術的歷史及考據。

我聽得一知半解，思緒卻放飛到剛才在自己房裡的遭遇。

剛剛潛進房裡的是啥也沒看清楚。先假設是人類好了。這個人想要幹嘛……偷窺沐浴？不，若為這個目的，裝個偷錄鏡頭豈不更方便，所以可能性不大。房內沒什麼東西被偷走，表示對方意不在竊物。那麼……

我連忙從外套口袋裡取出手機，找出一個APP點開。

這個APP隱藏在某個我自行設定的文件匣裡，功能是檢查手機的瀏覽紀錄。看完，靈光一閃。我開始吃附餐水果：「我有辦法確認發生了什麼事。」

他中斷了那些非科學的話題，問：「怎麼做？」

「第一，先以平常心，將晚餐全部吃光。」我指了指他的晚餐。

我們杯盤見底後，他投來期待的眼神。我向他伸手：「下午託你買的東西呢？」

他銜回房間拿來一個紙袋。我先將麵包與牛奶放進冰箱，再取出便條紙及原子筆，寫了幾個字，撕下來貼在餐盤上。

他靠過來彎身瞧，照著唸：「藍色信封我帶來了。請李妙霏出來拿。」

他和我對望一眼，似乎不解。我再遞給他一支筆，開始在便條紙上寫字交談。

我要他先上樓回房間，關掉餐廳的電燈。回房的途中在樓梯間要假裝我與他同行在一起聊天，話題就由他隨意講那些超自然事件的研究心得。而我，則無聲無息獨自留在餐廳，等著。

因為我發現手機ＡＰＰ的紀錄顯示，那個潛入房裡的人，在翻找我的相簿。

翻找的是我跟文石的合照，或我為文石拍的側寫照。

這讓我想起黎晏昕所說，上次他退房時在對講機裡對方所說奇怪的話。

若這招投其所好還不能釣對方現身，我就不叫沈鈴芝。

四周一片漆黑。

坐在角落的地板上，耳邊只有屋外傳來些許的山風呼嘯聲。

當樓上傳來黎晏昕關上房門的聲音沒多久，走廊上隱約傳來微弱的動靜。

聽起來由遠而近。規律。像是腳步聲。

哈哈。鈴芝啊鈴芝，妳實在太機靈了。下山後一定要向文石炫耀一番。

如何得知客人吃完飯了、或準備要吃飯了？各處都沒有監視器，表示她們是用聽的。也就是說，這屋子一定隱藏著什麼可以收聽人動靜、類似單向收音麥克風的設備，只是藏在哪，客人看不到。

黎晏昕說他上次衝過去、突然拉開餐廳門，卻沒發現任何人。若還一樣去開門，我就是豬。所以我等著看是誰開門，或是誰在施展穿牆術，不用開門就能飄進室內。

腳步的聲音到了門前。但，門沒有被推開，腳步聲也沒有再繼續——

黑暗中卻開始有餐具輕微碰撞聲……

怎、怎麼會……

我忍不住，像隻覬覦桌上蒸魚的貓般，轉身跪在地上、挺直了上半身，極盡目力往桌上看。

在黑黯中的幽微裡，有個詭異的影子！

還有兩隻手在整理桌上碗筷……但那兩隻手被什麼陰影擋住了……

景象模糊，藉著窗戶外微弱星月之光實在難以窺視清楚。

心臟再這樣狂跳下去恐怕會破掉，我屏住呼吸，手指顫抖地按了手機機身旁的鍵。手機畫面光線乍現的那一秒，我看清楚了……

那雙手是從一頭長髮兩旁伸出來在工作。但仔細辨認，讓我眼珠幾乎奪眶而出的是，那人沒有下半身！

將手機微微往上……咦！那人是飄浮在半空中的嗎……

那人似乎察覺有異，轉頭朝向我……一雙眼長在嘴的下方，瞪得老大！

腳底像噴射引擎爆發般使我整個人彈起來跌跌撞撞往外衝，同時用盡畢生之力放聲尖叫：「啊啊啊啊啊啊啊啊啊啊啊啊啊啊啊啊啊啊啊啊啊——」

第五話

記得上次受到驚嚇是國中一年級。那是一個冬天的放學後。

學校規定值日生在每天放學後、必須要將班級打掃所生垃圾送至集中場。那天我與琇瑀輪值，但導師臨時叫她幫忙抱作業簿到辦公室；為了能儘早回家，我決定自己拎著一大袋垃圾去學校最西北邊角落的垃圾場扔。

冬天的日落較早，加上放學後的數學輔導課又上得比較晚，以致我一個人穿過操場及操場北邊的榕樹林時，四周已一片黑暗，只能就著圍牆外那支路燈透來孤單微弱的光線前行。幾陣風動，茂密的榕樹葉片發出陰惻惻的沙沙聲，我已經有點小緊張了，豈料將垃圾扔進回收房關上鐵門時，聽到有人用毫無起伏的聲音：

「沈～鈴～芝～～～」

應該是自己太過緊張的幻聽。我吹起口哨壯膽。

「……沈～鈴～芝～～～」

口哨因為換氣急促有點吹不出聲，我改唱軍歌：「男兒立志在沙場，馬革裹屍氣浩壯；金戈揮動耀日月，鐵騎奔騰撼山崗——」

「……沈～鈴～芝～～～」

我摀住耳朵，並加快腳步。忽然定睛一瞧，榕樹林裡的某個角落，有個黑影在晃動著……是吊在樹幹下隨著風吹晃動！

這輩子沒如此驚嚇過。喃喃自語我沒看到我聽不到趕快逃走就好，但身體太誠實，眼睛發直地盯著那黑影眨也難眨，兩腿抖得厲害根本生了根般移動不了。

倏忽，那黑影從樹上跳下來，顫顛顛地站穩了，一拐一拐地朝我走過來……

不、不會吧！

那黑影——應該說是吊死鬼變活屍突然加速衝來，還伸起兩爪疑似撲過來。當下我本能反應抬腿，踢中後也不管對方反應轉身拔腿就跑。

次日早上才進教室，就看到幾個女生圍成一圈嘰嘰喳喳；瞥見我就立刻散去。女生的小圈圈總是八卦碎嘴，我懶得理會，拉著琇瑀抱怨說昨天她沒陪我一起去倒垃圾，害我在榕樹林裡遇到髒東西。

她張大了眼睛聽著我的遭遇，緊張兮兮問我是怎麼脫身的。

「幸好小學時學過跆拳道，我抬腿一個腳掌前踢，就趁機逃走了。」

「好可怕！要是我只會嚇得尖叫啊。」

「咦，我倒沒尖叫，可能嚇到忘了尖叫吧。」

「也就是說，妳踢中了那個活屍？」

「太慌張了，不確定。不過記得教練說過，我的準確度已經有奧運的水準。」

「啊！」她想到什麼，忽然大叫一聲，眼珠轉了兩轉：「鈴芝，妳——唉呀！」

「怎、怎樣了啦？」

她拉著我小聲的說：「妳記得那個高高帥帥二年一班的唐慕宇？」

「校籃隊隊長？」

上個月學校舉辦班際賽，琇瑀是那個學長的粉絲，硬要我陪她去看。

不過那個學長灌籃超猛，每次灌籃得分都引得觀眾席上眾多女生瘋狂尖叫。

琇瑀也跟著瘋，中場休息時見我整場冷靜地喝著飲料、吃著爆米花，不可思議地笑我暴殄天物性冷感。

若非視她為閨蜜，這種純粹著迷於男生外貌的花痴活動，我是不屑一顧的。

比賽結束後琇瑀還要去給學長送礦泉水，與一群女生發生推擠。其中有個女生為了擠到比較好的位置，居然耍心機伸腿絆倒琇瑀，自己則趁機擠上去。

琇瑀慘摔在地上，手心都破皮了。這狀況讓小妹我熱血了起來，從觀眾席起身三步作兩步直奔場邊，大聲對那個女生說：「喂！妳等一下！」

唐慕宇原本要接過那個女生遞到面前的礦泉水，伸在半空的手因此停住；圍上去的女生全都回頭看著我

「妳為什麼絆倒她？跟她道歉！」

那女生還一臉無辜模樣：「怎麼了？」

「妳故意絆倒她，不用道歉嗎？」

「人家哪有？妳哪個眼睛看到是我？」她泫然欲泣，看來楚楚可憐惹人疼惜，彷彿是我故意

誣陷。

哼哼，妳若是手段高明的白蓮花，我就是手握天理的霸花王；妳若是口蜜腹劍的甜綠茶，我就是讓妳寒到挫賽的青草茶。

我將手中的手機畫面移到她面前：「妳剛剛所作所為，都被我拍下來了。」

我不是粉絲，只是陪琇瑀來，想說順手將琇瑀獻水學長的過程拍下來讓她之後還可以回味開心，豈知天理昭彰變現成證據。

唐慕宇也湊過來看一眼，然後扶起琇瑀並接過她手中的水瓶。

那女生見東窗事發，漲紅著臉怒瞪我一眼，就恨恨地跑走了。

回憶至此，我不解琇瑀為何忽然提到他。

琇瑀的表情別具興味：「剛才她們圍在一起在傳說今天早上唐慕宇來學校時，脖子上套著一個護頸圈。」

「咦，出車禍嗎？」

「聽說昨天放學後，被一個女生踢的。而且地點就在垃圾場前的榕樹林。」

我怔了怔，喉嚨發乾：「……為什麼？」

「聽說他想為那個女生慶生，想給她一個驚喜。」

結果驚喜變成驚嚇？要不要這麼幼稚的慶生啊……而且這種方式的告白，我怎麼可能接受。

從此我就認為，什麼鬧鬼啊凶靈啊，都是人在做妖，也因此這次聽到黎晏昕所說的恐怖民宿，雖無腦。

然聽起來可怕，直覺認為一定是有人作怪，非得一探究竟不可。

但翠鳥山莊的詭異我百思不解，完全無法合理解釋，現在又遇女鬼服務生，國中時那件吊死鬼屍變事件的驚嚇指數相形之下微不足道。

所以我是真的狼狽逃出、直奔上樓。在五樓走廊上撞見被我叫聲嚇到跑出來的黎晏昕：「怎麼了怎麼了？」

「真的像你所說腳步聲到門前、連門都沒開就進來了！你只看到餐點放在桌上而已，我看到收拾餐具的女鬼了！」

我講得太快，他愣了幾秒理解，神色大變：「真的是鬼？」

沒有回答他，我直接衝進房裡開始收拾行李。

他從自己房裡拿來一個黑色塑膠袋，邊打開邊問：「妳信什麼教的？」

袋裡各式法器符令避邪用品滿滿一堆。看來他早有準備。

我挑出一個銀色小十字架握在手裡。小時候曾上過主日學，一直認為受洗了就會蒙主保守賜福，平日也沒在祈禱敬拜上教會，現在不知上帝還理不理我。

他則抄起一柄桃花木短劍，並將兩張紅色符紙貼在房門框上。

「本想揭發這間民宿的祕密，找到妙霏姊，」我邊將保養用品扔進行李箱邊說：「但現在看來，這民宿的祕密很簡單，就是凶宅一間。」

「那我們現在要回去了嗎？」

「不是回去，是逃命。」

就在這時，有人敲我的房門：叩！叩叩！

我和黎晏昕睜大了眼，面面相覷。

叩！叩叩！

黎晏昕將短劍握在身後，小心翼翼地接近房門……

「沈小姐？」

這聲音聽來好像正常。他回頭望我一眼，然後打開房門。

站在門前的是個身形苗條的女生，打扮跟白天那個田小梅一模一樣。

「田小姐？」

從他這問句，我知道站在門外的是上次獨自前來時接待他的那個「田小梅」。

她目不轉睛注視著我：「我有事要跟沈小姐談。」

我悄悄將手中十字架握緊，並對黎晏昕使個眼色。他退了出去。

「沈小姐對我們的服務還滿意嗎？」

「唔，非常滿意，除了妳們都來無影去無蹤的。」

「我們提供客人最清靜的住宿環境，除非必要，否則我們絕不打擾。」

「那如果我臨時有需要服務，怎麼找妳們？」

「如果是那樣，我們會知道的，一定會馬上服務。」

「連個喚人鈴都沒有，怎麼知道？」

「如果用喚人鈴，那會吵到其他客人。」

「妳們這裡真的有其他客人嗎？」

「當然，我們這裡目前是客滿。」

最好是啦……但如果，所謂其他客人是活人所看不到的呢？

萬一待會兒她將臉上的人皮脫下來那就……語氣還是不要太硬比較好。

「妳說有事要跟我談？」

「我們教母想請問沈小姐，是否瞭解入教的意義？」

入教的意義？有意思了。快速思忖如何應對後，我說：「來此之前，妙霏有跟我說過了。」

「那我們明天讓教母帶您入教。」

「好啊。可是，妙霏在哪間房？我到現在都還沒見到她。」

「她目前入定中，可能要明天中午才能出關。」

「我能先跟她多聊一下入教的事嗎？妳知道，多聽別人經驗能增強信心嘛。」

「那我先跟教母說一下。」

「拜託拜託。」

她要退出去，忽然又止住腳步：「還有，不論遇到什麼事，請儘量保持安靜。」

是嫌我剛才被嚇到尖叫的事。說到這個我就來氣，但又怕她脫下人皮：「妳說還有其他客人，但是我怎麼都沒看到？」

我的問題讓她出現不可置信的神情：「清修需要絕對的安靜。妳不知道嗎？」

「請問，晚餐是妳送來的？」

「今天負責餐點工作的是別的教女，不是我。」

說完，不待我再多問就退出門外。腳步聲如灰塵落在地上般。

教母。教女。入教。入定。重逢。清修。絕對的安靜。

在米摩登溪對岸樹林裡撞見的那些排隊而行的女生，就是教女？

為什麼線索一下子多了起來……我坐在床沿揣思。

左思右想，從無人理會的住宿到派人來房間邀問入教，中間的因素，只是我放聲尖叫可能驚動所謂教母？不會吧。

過了一會兒，黎晏昕敲門進來，見到我又將行李箱的東西取了出來：「她跟妳說了什麼？」

我簡要的說了剛才的對話。他聽完立即說：「我進來就是要告訴妳，剛才我聽到走廊上有動靜，發現有其他房間的門打開了，還有一些人從外面進來上樓到其他房間裡去了。」

「是嗎？是些什麼人？」

「都是女生。」

我連忙跳下床，到五〇三號房輕輕敲門。約半鐘後門被打開。一個長直髮、與「田小梅」及在樹林裡撞見的排隊女生穿著一模一樣的女子站在門內，疑惑地看著我。

「抱歉打擾了。請問，李妙霏在嗎？」

「我不認識。」

「那個，妳也是為了重逢而入教的教女嗎？」

她頓了一下，還是冷冷地反問：「妳不也是嗎？」

一陣涼意從腳底升上，我傻住了。她見我未再發問，就迅速將門關上了。

謎底揭開了一半。我對黎晏昕比了個手勢。我們默默地來到翠鳥山莊前方的花園裡。回頭往建物看，許多房間的窗戶裡確實透著光線。

我告訴他我的推論。

有個自稱教母的人創了個奇怪的教派，招來許多女生入教。而這些女生為了「重逢」，紛紛入教；入教後都遵守教規，平日行動保持靜默，並被告知須經由「清修」及「入定」，才能達到「重逢」的目的。

這間民宿，除了少部分房間租給遊客投宿，大部分都是供這些教女居住。接待遊客的服務，則由教女輪流負責。所以霏媽、黎晏昕與我前後入住，三次都遇到不同教女出面。不知是否教義中有包含平日言行必須低調靜默，所以教女都保持惜言如金、行動輕盈，以免打擾其他教女清修或入定。

估計，李妙霏也是循這個模式入教，目前入定或清修中，所以霏媽與我們前後三次前來都找不到她。而許多新興教派行事極為低調，宣教未必如「名門正派」的宗教大張旗鼓，視修練為個人極為隱私之事，所以警方前來查訪時，就互相保密規避，絕對不透漏同門教女的行蹤。

「是邪教嗎？」他聽完神色凝重地問。

「我不會用這個詞稱呼。畢竟教義是什麼、重逢是什麼，入定清修與出關各是什麼儀式都還不清楚，目前也沒有任何證據證明教女入教有受到什麼脅迫或不利。」

「但這還是沒解釋為什麼餐點會憑空出現、還有妳遇到那個恐怖的——」

「沒關係，聽剛才那位苗條田小梅的意思，只要教母同意，妙霏姊明天中午就會出關，應該會現身來找我。到時候再詳細問她也不遲。」

「那依妳看，所謂重逢到底是什麼？」

「這我也想不透。就明天一併問妙霏姊吧。」

他陷入沉默，須臾抬眼看著我：「那妳真的要入教嗎？」

「如果能把妙霏姊帶下山，我哪需要入教啊。」

他鬆了口氣般長吁一聲：「妳可別像她一樣啊。」

我投以不解的眼神。

他連忙解釋：「萬一妳也入定消失，我怎麼跟白琳、文石交代呀。」

這話聽來怪怪的，但我沒多想，反而對於翠鳥山莊神祕事件的調查終於有進展，且是我自己查出的，心中不免小得意一番：「反正明天一定有收穫。」

次日早上出了房門，從樓梯至餐廳，整個民宿的空盪，彷彿又只剩我們。

若非對翠鳥山莊的詭奇有了初步推測，一定會對昨晚許多人回房燈火通明的現象感到困惑，覺得若非鬼遮眼、就是來到了鬼民宿。

享用過不知哪位田小梅送來的早餐後，我說要回南山村一趟。

黎晏昕開著車，說他整夜沒睡好，半夜不時留意房外動靜，想觀察其他房間有什麼舉動，甚至想像那些教女入定的模樣，是不是睡在類似蟲繭的東西裡。

我邊笑著說你把她們想像成木乃伊了，邊注意手機的訊號。

在進入南山村中心聚落區域時，終於斷斷續續出現一格。黎晏昕將車開進加油站，我下車獨自搜尋，希望能找到訊號較穩的地方。終於在路邊一間小雜貨店旁，看到那一格的訊號不再閃動。

「喂，我的牛舌餅買了沒有？」手機那端文石劈頭就討吃的。

「沒啦，就知道吃。你都不知道我昨天過得多驚險，差點被嚇死了，哪有空管你的牛舌餅啊。」

「奇了，我家芝大膽天不怕地不怕，唯一怕胖而已，還有什麼能嚇著她啊。」

「說出來嚇死你。不過，我找到李妙霏了，明天她就會出來了。」

「是喔，聽起來妳自己好像應付得很不錯嘛。那我的牛舌餅呢？」

「打這電話是想要向你借個東西。你借我，我就給你買鴨賞和牛舌餅。」

「什麼東西？」

「藍色信封。」

「那我自己買顆鴨蛋配牛雜湯就好。」

「再加買年輪蛋糕和蜜餞金棗如何？」

「最近血糖有點高，甜點不宜多食。」

「三星蔥花生糖？」

「再加一盒奶凍捲。」

「為什麼你那麼愛吃花生啊。」

「說吧，什麼狀況要藍色信封？」

我把錄音錄影檔都傳過去，並用最快的速度將黎晏昕告訴我的，以及自己來宜蘭後所經歷的一切述說了一遍。他一語不發聽完，居然淡淡地說：「名產伴手禮都別買了，妳電話掛了直接回台北吧。」

「什麼嘛，反悔喲。」

「太危險了。妳知道多少人因為藍色信封而死嗎。」

「我天不怕地不怕的芝大膽耶，別唬人了。」

「叫黎晏昕自己去跟李妙霏她媽懺悔就好了，這事妳別管了。」

早在〈海豚的守護〉那個案子中就知道他對於過去老愛禁言，我早有準備，昨天請黎晏昕代買的東西就包括空的藍色信封。「不然，你告訴我藍色信封裡到底是什麼？」

「阿芝，這事妳不知道比較安全。」

「就像我剛才跟你說的，我寫『藍色信封我帶來了。請李妙霏出來拿』的便條紙，應該已經送到教母手上了，如果我完全不知道內容，被教母察覺我是哄人的，豈不更危險？」

「妳——唉，我怎麼會有這樣的助理啊！」

「這麼可愛又淘氣，對吧。」我可以想像他在手機那端翻白眼的樣子。

他沉默了許久，終於說：「……信封裡是一張奇怪的信和一張地圖。」

「信上寫什麼？哪裡的地圖？」

「完全看不懂。從國中時得知我爸的遺物裡有這兩份文件到現在，追查研究了這麼多年，毫無頭緒。但很多人為了爭奪它，連性命都可以不要。」他長嘆了口氣，異常嚴肅地說：「妳現在知道它很危險了吧。」

第六話

藍色信封裡的文件是否危險我不知道，但李妙霏完全沒有給我危險的感覺。

那天是下午才從村裡回到翠鳥山莊。進房後我大字般癱在床上，思忖著所知關於文石的那些往事。

藍色信封是他父親的遺物。信封裡的文件是內容完全看不懂的信、與一張不知地點的地圖，光是這兩點就很匪夷所思。

認識以來的文石，腦袋運轉時就如洶湧江水，滔滔不絕，是個幾乎什麼都知道的怪咖，別人花時間在經營人脈，他卻花時間在鑽研各類知識，所以人脈存摺裡近乎零數字，知識量卻是天文數。據他高中同學柏雲軒說，文石喜歡涉獵各類專業知識除了興趣，也是為了習得求生技能。

但不論如何，寫信一定用文字記載，縱然是古拉丁文或馬雅文字也絕非毫無典籍可查或專家可請教，豈有看不懂之理？地圖一定是圖樣及標示，否則焉能稱為地圖？以文石的能力，我不太相信。莫非是不想讓我知道的太多，他才故意這樣說……

曾有不明人士多次侵入家中翻箱倒櫃，他與家人也曾接獲恐嚇訊息，都是為了藍色信封文件。柏雲軒說過，文石懷疑自己父親的死與藍色信封有關；文石的妹妹文雁也透露過，還是孩子時期，曾發生了一件讓他性格丕變的事，但她察覺文石不願對我提起時，就立刻噤聲絕口，我隱約覺得也與藍色信封有關……

唯一確定的是，藍色信封裡，藏著一個天大的祕密。

這祕密不知道的人想知道，知道的人不想讓人知道。

還有，翠鳥山莊裡有人想要藍色信封裡的文件。

想不通的是，這跟李妙霏有什麼關係……

思揣至此，房門被人輕輕地敲了兩聲。

我從床上跳起身，竄到門邊掛上安全鎖鍊才打開門縫。

一位跟田小梅一樣服飾的女生。我看過黎晏昕手機裡有她的照片。

連忙開門，我驚嘆：「妙霏姊！快請進。」

她微微頷首，露出淺笑：「聽說妳在找我？」

招呼飄然出塵走進室內的她到窗邊的小沙發坐；我說：「我和晏昕哥找妳好久了！我去叫他。」

「等一下。」轉身正要出去，手腕乍然被她拉住：「我不想見他。」

起身將房門關上，她再回到沙發拉我入坐：「妳叫沈鈴芝，對吧？」

眇眇水靈裡有種難以言喻的哀愁，她有什麼不為人知吧。

迫不及待自我介紹說自己是文石的助理，是受黎晏昕之託前來找她，肇因於霏媽的擔心。她聽了先向我道謝，說因為這段期間在入定，無法與外界聯絡，讓母親掛心感到內疚，待會兒她會想辦法向母親報平安。

不過話鋒一轉，她忽然問：「所以妳來，不是為了入教？」

「妙霏姊抱歉，因為不清楚妳到底遭遇了什麼，擔心有什麼危險，才以入教為藉口的。」

「也不是文石派妳來的？」

「不是。晏昕哥希望他來，但他認為是晏昕哥與妳一時失合、妳才會鬧失蹤，所以……」

她輕蹙娥眉：「難怪之前寄簡訊，他都沒回。」

「妳傳簡訊給他？」

欲言又止，她扯扯嘴角說：「……算了，不提了。」

「妙霏姊，入定是什麼？為什麼入定時不能與霏媽聯絡呢？」

「如果想要重逢，就要先經過清修與入定。這是重逢會的重要儀式。」

「儀式？是這個教派規定的？」

「教派？聽起來像武俠小說呢。」她淺淺一笑，旋即正色說：「是重逢會。」

「可是田小梅還有妳剛剛都說入教？」

「入教是聽過教母的教誨後，取得入會資格，所以我們都說入教不說入會。」她從茶几上的熱水瓶倒了兩杯水，一杯遞給我：「聽過教母的教誨，了解並認同重逢會的教義後，必須接受三天的清修課程，清滌世俗凡塵的污濁，讓自己宣示隔絕一切人間庸擾。然後經由施法，遁入入定的境界。」

可能我一臉困惑的樣子很逗，她掩嘴輕笑，接著說：「入定時間長短要視個人與待尋者間的緣分深淺而定。愈深的人期間愈短、反之緣分愈淺期間愈長，入定期間必須在獨居室裡修練，只能以清水、水果和純飯糰的清修餐維生，讓自己進入一種超凡脫俗的境界，等待接見的時機。」

「……是像歐洲中古時期，有許多修士在修道院裡閉關靈修那樣嗎？」

「差不多意思，但目的不同。入定完成出關後就進入待見狀態，只要大師來帶領，就能接見待尋者了。」

「大師是誰？」

「左慈大師。」

「教母又是誰？」

「是我們重逢會的發啟人。」

「那待尋者呢？」

「我們自己決定呀。」

我努力將這麼多奇奇怪怪的名稱在思緒中組裝，用力理解，可能因此臉上有便密的表情，又惹得她發笑：「文石有妳這麼可愛的助理，難怪他不理我。」

「他真的只是我上司。」

「還是，妳跟晏昕……」

「別誤會、別誤會，我可沒那肚量幫男友找前女友啊。」我眼珠一轉，謹慎地問：「是說，妙霏姊真的跟晏昕哥分手了嗎？我覺得他很緊張妙霏姊啊，要不然也不會答應霏媽來找妙霏姊、還專程去找文律師幫忙──」

她雲淡風輕，彷彿在說與己無關的事：「他說分手就分手、他說沒分就沒分。總之是我對不起他。」

「沒關係妙霏姊，我們女生做自己最重要，為情所困最不值得。」

但這話似乎沒有勸慰到她，原本還有的笑意瞬間冷凍：「是嗎……」

她這樣的反應讓我不知所措，一時想不到該說什麼。看來她和黎晏昕之間感情的事，不要過問比較好。我忽然理解文石為何拒絕黎晏昕了。

「妳呢，有沒有很在意的人啊？」

「很在意的人？」我理所當然地說：「我爸媽吧。」

「他們……還在嗎？」

「蛤？在啊。我爸是一家公司負責人，我媽是學校老師。」

「我說的是妳很想見，但不知道他去哪裡的那種人。」

「很想見卻不知去哪了？」我偏著頭想著，臉上突然一陣熱。「……沒啊。」

她見狀，又掩嘴淺笑：「看妳的樣子就是有啊。」

我想到小學時，那個曾救過我的學長。

不知姓名的學長。但他的樣子迄今都還鐫刻在記憶之中，非常清晰。

這時有人敲房門。起身前我瞥了一眼她的臉色。

黎晏昕站在走廊上；我閃身到門外。

「我發現——」他原本想說什麼，看我的樣子，一下子就猜到了。

「發現什麼？」

「這層樓的教女都下樓了，其他樓層的也——」他的視線移向我身後：「她來了嗎？」

「她……不想見你。」

錯愕、沮喪與不解的神情臉上交錯，他深了口氣：「為什麼？」

我把剛剛與李妙霏的對談過程跟他說了一遍；但我忽略了一件事。

人類的言語交談中，說者以為的重點，常常是聽者認為的廢話。而說者以為的無關緊要，卻被聽著放進心裡。

如果警覺到這一點，李妙霏所說之前曾傳簡訊給文石這部分，我就該省略。這句話傳到黎晏昕耳裡，後面關於重逢會的敘述好像就自動轉成馬耳東風。

「妳跟她說，我只跟她講幾句確認一些事就好。」

望著他的寒若冰霜，正想著該如何是好時，身後傳來：「讓他進來吧。」

推開房門讓他進去，然後我就聽到一場爭執。

面對質疑，她愈面無表情回應，他就愈激動，吵起來的氛圍也愈來愈濃。

我覺得這是情侶間的私事與自己無關，所以退出房間。就在拉上房門的那剎那，聽到黎晏昕忿忿地說：「其實自從狐靈那件事開始，妳心裡始終只有文石，我只是備胎而已吧。」

「你一直都這麼認為嗎？」

「不然有什麼事妳不跟我說，卻先找他說？」

「你想這麼認為，就這麼認為吧。」

我聽到什麼了……該死。

看來黎晏昕應白琳之邀到台北，真正目的是在觀察文石的態度、確認自己女友的疏離是否因為文石的關係。

文石也真是的，幹嘛不跟我說之前有收到李妙霏簡訊的事啊！真想現在就嘴他兩句，可惜這鬼地方手機收不到訊號。

是說李妙霏若真的鍾情於文石，怎麼會選擇與黎晏昕在一起呢……就在腦中上演各種偶像劇與言情小說情節之際，一個聲音突然出現在耳邊：「沈小姐。」

一個身穿紅色長袍的婦人不知何時站在身後，我嚇了一跳：「妳——」

慈眉善目，兩頰豐潤，講話時帶著笑意，她看來親切又溫暖：「我是重逢會的教母。」

等回過神來，才發現坐在翠鳥山莊小會客室裡，臉上居然有溼熱的淚水。

是怎麼被領到這裡以及她跟我講了什麼，已沒什麼印象了，這時滿腦子只想著小晴。

小晴是個很可愛的女生，個子小小，臉小小，精靈般大眼瞳卻烏黑晶亮，笑起來像蜜蜂不小心打翻了蜜桶的甜，總愛跟同學分享好東西，在班上人緣很好。

可惜她有條腿是跛的。有一次我好奇問她，她大方告訴我是小時候生病發燒燒壞了。雖然不知她生了什麼病，但覺得她的心比我還要健康。

因為她的好人緣是真心待人得到的；不像我，有時還會耍耍小心思。

小學時與她同班，為了幫被霸凌的她討公道，得罪了班上權貴之子阿呸，我還被阿呸他哥綁架，差點沒曝屍山野，經過我已記錄在〈海豚的守護〉那個故事裡。

升上五年級時因為分班制，我與她被拆分在不同班級。但我們感情很好，下課後還一起去買零食，放學回家也經常相約到對方家裡寫作業。

後來她轉學了，我們才比較少聯絡。直到國三那年，她轉學到我們學校，才又與我和小雪再續同窗。不過，我察覺她話變少了、笑容不見了。

以前放學回家途中，會經過一家叫「回憶」的甜品店，我們總喜歡在玻璃櫥窗外討論那些造型可愛的各式甜點。我家的經濟條件較好，所以會推門進去買下我們選出當日最想吃的那個，三個人分食。

「吃進口，吞下肚，所有煩惱都帶走。」吃之前，我們一定一起唸這句，然後大口吃甜點，再一起露出滿意的笑容。

國中再度同班後，幾次邀小晴再去那家甜品店，她卻顯得興趣缺缺。

我以為她是因為課業壓力太大，所以自己跑到「回憶」買了以前我們最常吃的小熊造型慕絲蛋糕，遞到她面前。

她卻冷冷地拒絕了：「妳和小雪吃吧。我吃不下。」

見我尷尬地縮回拿著裝著蛋糕紙盒的手，小雪問她：「小晴，妳是不是哪裡不舒服啊？」

「沒有。我還有事，先走了。」她將課本與文具收進書包，背起就走出教室。

全程面無表情。

「小晴到底怎麼了？」小雪傻眼地問。

我聳聳肩：「不知道耶。」

之後再有機會說話，她也是形同陌路，連一點笑意也沒有。

人會隨著成長而改變，不論是朝哪個方向變，但我總希望有些觀念或感受是始終不會變的，例如善良、例如義氣，也例如友情。

畢竟當時的自己年紀小，太看重情義。因此我不放棄，用盡方法想找回往昔，把握每個能示好機會，不過每次都是碰了一鼻子灰。

小雪看不下去，屢次勸我：「算了吧阿芝，別惹她不高興了。」

小雪也是善良，一句話體貼了兩個人。

「只是沒同校三年，就變成另一個人？」我完全無法理解。

「還記得先前妳為了幫她討公道出事，她還緊張得一直哭……後來我們還幫她慶生……」小雪邊說，邊從隨身小皮包裡翻出一張照片，當時的我們都笑得很開心啊。

因而，我靈光一閃。

我請班長將小晴的值日排在她生日那天，我再跟她同桌的同學調換。

那天教室裡只剩我與她。我一邊做清潔工作一邊問：「小晴，妳到底對我有什麼不滿？」

她為窗戶上鎖的手頓了頓：「……沒有啊。」

「妳都臭臉對我。」

「只是沒笑而已。」

「那妳為什麼都不笑？記得妳以前很愛笑的。」

「這世上有什麼值得笑的嗎。」

「怎麼這麼說咧，這世上有這麼多美好的事物、美好的人，妳看花兒的顏色、天空的湛藍、雲朵的形狀，這在整個宇宙裡是多麼稀奇，不是很值得開心一笑嗎。」

「……」她將掃帚收進置物櫃裡，關上門。

「自從妳轉學以來，我都沒辦法讓妳開心，我覺得自己很失敗。」

「原來妳整天都在想這種事啊。」她在走廊上的洗手檯裡洗完手，背起書包。

「如果我有什麼地方得罪妳，妳可以原諒我嗎？」

「沒什麼原諒不原諒的。」她理都不理，就走出教室。

我拿出手機：「喂，小雪，她走了喔。」接著跑到隔壁教室與另外兩位同學拿出預備好的蛋糕、花束、彩帶與燈飾，以最快速度布置好，再關上電燈，然後躺在走廊的地板上。

「快點、快點！」不一會兒，就聽到遠方傳來跑步聲。

她回到我身邊：「阿芝！阿芝！」

「我發現時，她就已經昏倒了。」小雪用緊張的聲音說道。

想不到小晴一把我抱進懷裡猛搖：「阿芝！妳怎麼了！快醒醒！」

我裝作幽幽醒來：「喔，我頭好暈……妳能扶我進教室坐一會兒嗎？」

「快把她扶起來。」她倆扶我進教室。

小晴快哭出來：「妳可不要有事啊，我們送妳去醫院好嗎？」

「不用，只要妳笑一下，就能療癒我了……」我虛弱地說。

這時那兩位埋伏在教室裡的同學忽然點亮一長串的小燈泡，微光中可以看到一個漂亮的生日蛋糕擺在教室中間。同時我們唱起生日快樂歌。

唱到一半，原本錯愕的小晴忽然舉起手大聲說：「夠了！」說完拾起丟在地上的書包轉身就走。

「唉，架子真大。就說她不會領情的嘛」、「虧妳還花時間學做蛋糕」，那兩位同學抱怨起來。

惜情不是沒脾氣，我惱羞成怒之餘衝出去追上：「楊小晴妳給我站住！」

跛行停駐，她背對著我。

「我一直把妳當知心好友，但現在真的不知妳心裡是怎麼想的。」

「有錢的人真是任性，連別人心裡在想什麼都認為有權利知道。」

「原來妳是這樣想我的嗎？」

「不是嗎，那些蛋糕不都是最貴的嗎。」

「我從來沒有因為妳來自單親家庭就對妳另眼看待。」

「我知道妳很好很高尚，是我自卑是我小人心，可以了嗎。」

望著她往樓梯間走去，我急了：「妳如果要絕交就說一聲！」

不見人影的樓梯間傳來她冷道：「是妳先說出口的。」

我氣到發誓以後如果再跟她說一句話我就不得好死。

不久之後，班上開始流傳一些關於她的八卦耳語。

大意是有人看到小晴濃妝艷抹，上了一輛黑色轎車，暗示她放學後的校外生活有不為人知的「精彩」。

「她們嘴真壞，居然這樣說小晴。」私下聊天時提及這些傳言，小雪生氣道。

「若是那樣，她應該變得有錢吧，但妳看她穿著打扮有任何改變嗎？別理那些長舌婦。」我是依她在學校時確實沒有任何外觀改變來推論，但其實是芥蒂於慶生時她的態度。否則，我一定會嚴重警告那些議論隱私的同學。

某日午休結束，洗完臉用手帕擦臉時，我發現小雪掛著為難表情站在身後。

「妳幹嘛？」

「阿芝，妳能不能過來一下。」

我隨著她來到實驗教室旁的大樹下。她拿出手機，點了幾下，移到我面前。

波浪髮型、緊身低領衫配上黑色短裙的女孩。臉上腮紅與唇紅如櫻花綻放。

我問這照片哪來的。小雪說她昨天補習結束，經過某條街時無意中撞見的，原本要上前去確認，但一輛轎車停下，對方很快就上了車離開；匆忙間她只得拿起手機……

若慶生會之前，我一定立馬去找小晴非問個一清二楚不可。

然而，我沉吟了片刻，只說：「也許這就是她的價值觀吧。」

「可是──」

「記得小學時男生A班那個資優生林德楓嗎？」

「妳是說那個高高酷酷、校長說他品學兼優，還在畢業典禮上代表畢業生致詞的男生？」

「現在還是高高酷酷，但聽說上了國中後，抽菸打架又蹺課，變成頭痛人物。」

我以青春期的叛逆為藉口，漠視小晴的改變。

約莫一個月後某天，在班會結束前，班導師忽然很嚴肅說：「楊小晴這幾天請病假沒來，老師昨天有去醫院了解，醫師說她傷得很重。今天想跟老師一起去探望的同學，放學後在校門口集合。」

心頭一揪，我與小雪對望一眼。

放學鐘聲一響，我們向老師問了醫院，沒等大家集合就狂奔而去。衝到外科加護病房外，問了護理師。護理師的視線在我們臉上停駐了幾秒，肅穆凝重的指了方向，微微搖頭。

她搖頭……我的心被極地寒流狠狠吹襲，哆嗦觳觫到劇烈疼痛。兩腿拖著想打倒退檔的步子，我和小雪來到走廊轉角後的盡頭。那房間門旁掛著太平間三個字。走廊的塑膠長椅上，有個婦人。婦人嚶嚶啜泣雙眼紅腫，神情哀戚聽著掛有工作證的女子說話。我完全不敢靠近她們。直到那女子說完走過身邊時我才追上去。工作證上寫著她的名字，職稱是社工師。我知道她知道些什麼。她說楊小晴是被人虐待致死時，若不是小雪扶著，我會因為震驚暈厥而倒下。

第七話

一個剛拿到駕照的紈絝官二代，駕駛馬莎拉蒂超跑，將剛從大夜班收工的晴爸撞死在街頭。家庭頓失經濟依靠、又有官司要打的情形下，小晴的媽媽為了生計拚命賺錢，白天在一家公司當清潔工、晚上去餐廳幫人端盤子洗碗，含辛茹苦四個字絕不足以形容。

即使生活貧困，小晴始終相信這些陰霾終會散去。

官二代在實施酒測時，警方察覺他言行有些怪異，將他拘留驗尿，竟驗出大麻成分反應，他才坦承有吸食大麻。因涉及毒品，警方至其住處搜出大麻膏毒郵包，收件人就是官二代。移送檢方後，官二代辯稱是美國友人開玩笑寄給他的，他事先對於郵包內容物不知情；否則若真有運輸的意圖，豈敢寄件人及收件人都以真名寄收。

檢察官偵查後，最後予以緩起訴處分二年，附帶條件是自費戒癮治療。

緩起訴的理由採信被告的辯解，認為官二代沒有運毒的犯意。

然後就有傳言說因為官二代的父親在某政黨內相當有分量，曾擔任黨主席，在立法院又是九連霸資深立委，地檢署可能是受到謎樣的壓力，才有異於往常的創新法律見解。

過失致死的刑責起訴後法院還是判他有罪，然而刑期不重，還可以易科罰金。

刑責再怎麼重，也無法挽回人命，媽媽與小晴也只能噙著淚水搖頭。

新超跑還沒投保責任險就被官二代開上路，賠償部分只能進入民事訴訟，鉅額的律師費是第二個沉重負擔。不過訴訟許久至少勝訴了，法院判被告應賠償九百多萬元，豈料官二代名下完全沒有財產，所以冗長的訴訟程序走完，被害人家屬居然一毛錢也拿不到。

禍不單行的是，晴媽的老闆掏空公司捲款後人間蒸發，許多投資人與被害人到公司抗議未果，提出詐欺告訴。檢方調查結果，發現許多公司員工曾提供銀行帳戶讓老闆使用，有協助詐欺與洗錢的嫌疑，就將連同晴媽在內的二十個員工都列為共犯起訴。

想起老闆有一回說公司會計轉帳出了錯，請她幫忙將誤轉進她戶頭的貨款轉到公司的另一個帳戶，如今想來……晴媽大聲喊冤，說帳戶在不知情的情形下被老闆擅自利用，而自己收入有限，幾個月也不會去刷存摺根本沒發現。法官見一堆被害人擠滿旁聽席與法庭外走廊，直接公開心證說只要跟被害人達成和解，就能緩刑，否則有什麼刑責就等著判決自己承擔。

晴媽拼了命地工作，希望在法官最後審理庭前能拿到和解書，但以法院審結期限與自己的工資衡量，再怎麼打工也不可能賺得鉅額和解金。

晴媽每天不是哭泣就是埋怨命苦。

三個月後某天，小晴在學校接到電話，打工餐廳的人打來說晴媽沒來上班，想詢問發生什麼事。小晴狂奔回家，將已站在陽台欄杆上準備往樓下跳的晴媽硬拉了下來。

面對家變與罹患重度憂鬱症的母親，才國中生的小晴被迫立即長大。

為求和解讓母親從官司中脫身，她選擇了最快的賺錢方法。

到風月場所陪客人……

因為尚未成年，被警察臨檢時查獲，通知社會局派社工師將她安置。但一心想要拯救母親的小晴從寄養家庭逃走躲藏，換了一家繼續下到海裡賺錢。

社工師再次接獲通報時，她是被旅館整理房間的服務生發現倒臥在浴室裡，全身是傷奄奄一息。據警方告知，是個黑道變態的毒手，已全力緝捕中。

醫院通知了晴媽前來簽病危通知及手術同意書，經過搶救，仍然救不回。

小晴就這樣走了。我的好友。

像被從山上滾落的巨石猛力砸過般，心，碎成了四分五裂。

社工師問了些小晴的在校情況。我們的回答讓她很意外，畢竟沒有任何跡象看得出她在校外生活的異常。

也許，覺得自己已與同學們都不同了，她說的自卑是真的。

這世上有什麼值得笑的。有錢的人真是任性。她說的不是賭氣，都是心裡的想法，只是，自詡好友的我卻毫無察覺，這是她在求救的訊號。

告別式那天，同學們都哭得浠瀝悽慘，只有我哭不出來。

怨她沒有把我當知己好友，否則這麼痛苦的遭遇一句話也不跟我說？

怨這個社會的司法制度，為什麼這般好壞不分？為什麼面對同樣的「不知情」三個字，卻如此真假不辨？我甚至認為小晴家的悲劇，是司法害的。

告別式之後，就決定將來一定要讀法律系，我不相信司法正義真的如此喚不回。

直到現在，只要看到小熊造型的玩偶或甜點，我都會想到小晴，想到自己始終強忍在心、難過至極無法及時跟她說的一句話：小晴，我不該跟妳說絕交。

只要能再和妳說上一句話，我寧願不得好死。

「妳會希望能再見到她嗎？」教母輕拍著我的肩，溫暖地問。

「當然希望！」我毫無猶豫地說。「可是，也許是來生吧……」

「如果不必等來生呢？」
「可……可以嗎？」
「只要妳願意，大師會帶妳跟她重逢的。」
「怎麼可能……」
「會懷疑很正常。妳可以跟妙霏討論，她一開始也是這種反應。」她笑笑說。
「需要多少費用或捐獻嗎？」
「完全不用。妳可以隨便找個師姊求證需不需要繳費。當然，事後是否有心感恩贊助，就任由個人隨喜了。」
「……為什麼？」
「為了拯救每一個心有遺憾的人。願世上沒有人再有遺憾。」
正當我被這近乎宗教的崇高理念感動時，有個梳著馬尾辮、五官明顯貌似混血的田小梅突然無聲地飄了過來：「對不起。教母，那位先生為了找沈小姐，在到處敲房門。」
「他應該是要離開了。」教母起身，對我笑著說：「妳自己決定。」
說完，她就翩然步出會客室。混血田小梅望了我一眼，也跟著出去。
我才起身，黎晏昕就閃身進來：「鈴芝，那個婦人是誰？」
我趕緊抹掉臉頰上的溼，努力恢復原本的冷靜：「教母。」
「她樣子很像霏媽所說的那個老闆娘。」
「是喔……欸，你跟妙霏姊和好了嗎？」

「沒有。」他揚了揚手中的行李箱：「我要回去了，反正知道她沒事，跟霏媽就有交代了。妳也去收拾一下吧。」

「我想跟妙霏姊請教一些事情，你先走吧。」

「妳確定？」他怔了一下，見我點了點頭，才說：「那我請文石來載妳？」

「我跟你回到羅東，再開自己的車回來。」

「妳……還好吧？」他注視著我泛紅的眼眶問。

我聳聳肩：「只是有些謎團還困擾著我，我不想空手而歸。」

「沒有什麼謎團，一切就是個邪教在裝神弄鬼。無腦的人才會相信。」

他與李妙霏賭氣，為了尊嚴與面子就一竿子以邪教視之，這無法說服我。無法說服自己為什麼居然能對一個素昧平生、初次見面的婦人，就如此毫無心防的掏出心底最深沉的痛。

搭黎晏昕的車返回羅東。因為文石手機沒開，我將口述經歷的錄音檔傳寄給文石，再開自己的車回翠鳥山莊。

獨自一人時，關於小晴的往事縈繞腦海，心有旁騖時連上樓梯都差點摔倒，還因此產生這樓梯怎麼變長了的感覺。

就像小晴的憾事多年來久纏心頭那麼長。

回到房裡，李妙霏又來敲門。我避免跟她再提黎晏昕的事，只問今晚是否可以跟她同住；她欣然說好，還主動將衣物用品搬來我房間。

不想再去那個詭異的餐廳，晚飯就在房裡吃我從羅東買的三星蔥肉餅；她則吃那個清秀田小梅送來的清修餐。其間我向她求證是否送過餐，她搖頭。

我問清秀田小梅是誰，李妙霏說是比她晚來的師妹，今天是那個師妹輪值，但奇怪的是好像全部的教女中只有自己不需要輪值。李妙霏還說，教母規定對外一律不可說本名，只能以「田小梅」代稱，以免大家的清修及入定過程遭到無謂打擾。

怎麼聽都覺得是個奇怪組織，才會有這些奇怪的規定。

可推測得知的是，翠鳥山莊應該是重逢會的收入來源之一。

用餐後我們走過花園，來到槭樹林散步。

我先問她何仁婕是誰。她說網路上認識、是引領她入教的師姊，已經下山了。

再問她關於靈異廚娘送餐的事。她顯出看來並非假裝的疑惑表情，說來翠鳥山莊後從未在餐廳吃過飯，來此之前就決定加入教女，來此之後又立即入教及清修，始終是以清修餐裹腹，所以難以理解我所說的詭異情狀。

聽得出來她認為這裡是非常莊嚴清淨之地，不太相信我所說送餐的事。

也可能，只有像霏媽、黎晏昕這種顯然並非有意入教的客人，才會被引至餐廳接受一般接待。

她看出我的心思，坦承說：「我現在處於待見狀態，依規定要摒除雜念才能有助於重逢，所以我儘量不去想妳說的那種情況。對不起。」

我說不介意，又問了她教母跟我說的事。

她都點頭稱是，然後以略帶興奮的語氣問：「妳已經取得入教資格了。」

「取得了嗎？」

「是啊。但妳對於教義還有點懷疑，所以教母要妳來問我對吧。」

「唔。我的疑問只有一個，真的能見到……想見的人？」

「當然。」

「可是，妙霏姊目前只是待見狀態是吧，也就是說，還沒接見待尋者。那又如何確定可以如教母所說，與待尋者見面——也就是重逢呢？」

「因為我見過其他師姊與她的待尋者重逢的過程啊。」她停下腳步，臉上映著皎潔的月光。「大師在美妙的禮讚聲中，從蓊鬱裡揚袖而來，引領教女踏水而行，前往陰陽結界，施以重逢之術，讓未解之緣得以化解。」

抬頭望向天，月亮外罩著一圈朦朧光暈，我努力想像她所說重逢時的光景。

同時也反省以前國文課時，自己到底在幹嘛。

「那，怎麼確定那位師姊真的見到了她的待尋者？」

「師姊回來後跟我說的。」

「我這麼說有點過分，不過，會不會是……演的？」

「她的待尋者是她父親。父親從小對她的管教非常嚴厲，連長大後想與心愛的男生在一起都被無情的限制，後來她受不了，終於跟父親反目，兩人大吵了一架，她就搬出家門獨自在外生活了十年，連過年都不曾再回家。十年後的某天，接到家人電話說父親病死了，要她回去奔喪。她連夜飛車趕回南部鄉下老家，想起她離家後與那個男生在一起不到一年就遭受家暴，懷孕了還被要求墮胎，因為交往時曾為他作保，分手後還必須替那男生償還積欠銀行的鉅額貸款，每次想起居然為了這種渣男與父親反目就超級後悔，也開始體悟到父親識人的智慧，以及嚴厲是他對女兒關愛的方式，只是總覺得沒臉再回家去，一蹉跎就是多年。想不到再想向父親認錯已是天人永隔，所以一路上哭得很慘。」她輕嘆一聲，頓了幾秒後繼續說：「她來這裡想與父親重逢，只為了跟父親說聲對不起。」

「結果呢？」

「她見到了啊。妳若看到她完成接見後非常輕鬆開心的樣子，對比原來的心事重重，就絕不會認為她是演的。尤其是，演的目的是什麼呢？每個人來這裡就是為了假裝自己見到了想見的人嗎？」

「每個人都……見到了嗎？」

「至少我來之後，就有三個師姊已經完成心願，開心的下山回家了啊。」

「那妙霏姊，妳什麼時候……接見呢？」

「就這兩天吧。」

「妳想見誰呢？」

「張君麟。」

「他是誰？他怎麼了？」

「前男友。死了。」

難怪剛來時清秀田小梅會對我說那些話……黎晏昕在上山的路上所說分手前她的怪異……還有黎晏昕到房裡與她的對話……

我靜默了半晌，深吸口氣說：「也就是說，雖然妳跟晏昕哥在一起那麼久，但心裡始終無法放下對前男友的感情？」

「不止。所有對話、喜怒、感覺甚至氣味，都已融入記憶的每個細胞裡。」

她開始述說那個前男友。

甜蜜初戀。被捧手在心。對自己的呵護刻骨銘心。

原以為今生就是天眷我幸，可以終其一生幸福到底，無奈也逃不過命運捉弄，交往一年後，平日身強體壯的前男友突然主動脈剝離就一命嗚呼了。

難以忘情，大學時她加入神研社，企圖藉由各種方術能再見他一面。

但理智告訴自己，再耽溺於已逝的過往，會毀了未來幸福的可能，這時黎晏昕藉由碟仙活動接近自己；為了忘記悲傷，她決定向前看，將手交放在黎晏昕的手裡。

但也只有手。心，卻留在從前，交不出去。

多年來對於張君麟的念想，如同地球暖化後的日光，愈來愈強烈，強到只要有一絲希望能再見他一面，哪怕燃燒靈魂為代價也願意。

她堅決地說：「如果大師領我去逍遙界找到他，我就永遠不回來了。」

唉……真是記憶的無涯，牽絆了人生，匆忙了青春。

我開始同情起黎晏昕。但，更能體會她的心情。

回到房裡已是午夜時分。沐浴後又聊了一會兒，感覺氣溫愈來愈低，我們就鑽進被窩。白天用腦太多，不一會兒我就沉沉入睡。

「鈴芝……鈴芝……鈴芝妳看！」

誰在喚我？從夢中倏然睜眼，一片漆黑。

迅猛坐起身，意識到自己還在房間床上，身上被子滑落，以致肩頭一陣冷冽。

右手邊窗外些許微光透入室內。側身身影伏在窗沿邊，她正盯著窗外的什麼。

正要開口喚她，她卻像支箭般閃向門邊，打開房門就衝了出去！

「等、等一下！」跳下床，不顧地板的沁寒從赤腳腳底竄上背脊，我急忙拉開簾帷往窗外眺望。夜幕低垂，山莊四周黯黲。月光陰鬱中的遠方重重山巒，彷彿沉睡龐然巨獸。唯一尚有生息的不過米摩登溪傳來淙淙水聲而已。

下方傳來生銹金屬磨擦聲。我往窗戶下方瞟，山莊圍牆後面那扇老舊雕花鐵門被打開，她的身影竄出門，白色長罩衫與長髮飛在風中，穿過雜草斜坡直往溪邊奔去。

順著她奔跑的方向眺去，一個奇異的景象讓我全身僵直。

一個長髮、長袖及袍擺都在風中飛舞的白袍人，在溪面上從對岸走過來！

走在水面上過溪？我眨了眨眼，再向夜色裡的米摩登溪畔極盡目力望去……

真的是這樣！但是走……還是用飄的？冷顫從後頸湧上，我睜大了雙眼。

白袍人飄到岸邊，沒有上岸。她衝過去跪下，雙掌合十齊額，向白袍人膜拜。

白袍人伸手按在她的頭頂……我轉身到床頭抓起手機，再衝回窗邊，打開錄影功能。

白袍人伸手將她牽起來，轉身帶著她往回飄；而她居然也踩在水面上跟著飄進溪面！

她被白袍人帶著過了溪，上到對岸，逐漸消失在幽暗樹影之中。

我驚覺不妙，連鞋子都沒穿就衝出房門。

走廊上除了昏黃的廊燈外，空無一人，大家應該都還在睡夢中吧。我跑出山莊後門、奔下草坡衝向溪邊，黑暗中瀝瀝的溪水聲更大，直到踩進溪水冰涇感從腳踝竄上身才嚇到倒退兩步，顯然我若直接涉渡溪水會有失足危險。

薄霧輕濛的對岸樹林裡，哪還有什麼人影。我慌張地大喊：「妙霏姊！妙霏姊！」不行，得追上去！

將手機往草地上丟，我正準備往水裡跳，肩上卻被人抓了一把：「怎麼回事？」

「妙霏姊被帶到對岸的樹林裡了！」

「什麼意思？」黎晏昕的聲音也聽得出來緊張。

「就走這裡，然後直接到對面呀！」

我比劃了半天，夜色裡他直愣著。察覺自己正在說一件超自然反物理的怪事，他怎麼可能會懂，乍然想到手機，我連忙撿起並點開錄影檔移到他面前。

他看了也傻眼。我急了：「你不追嗎？你不追我追！」

他連忙拉住已轉身的我：「妳瘋了啊！這水多深也不知道，一片漆黑方向不明，萬一被沖走了怎麼辦？」

我努力使自己冷靜下來。這才察覺溪水的流動聲好像更劇烈了。而除了溪水聲，好像還有其他的聲音……是類似梵音的吟唱聲。

我們同時往聲音的方向望去。天台上有三桶火炬，在夜風中搖曳著火光，映晃中的山莊建物像座龐然的黑色怪物，一排白衣身影跪在天台上吟頌：「喔哇嗡嗡～喔哇嗡嗡嗡嗡～貪嗔痴妄地獄中，愛恨糾葛多苦痛，思前想後每不通，左慈吾師萬法宗。喔哇嗡嗡～喔哇嗡嗡嗡嗡～今生長短像時鐘，時間一到萬事終；紅塵百態看不透，左慈吾師萬法宗、喔哇嗡嗡～笑看人生不虛空，追隨吾師逍遙遊、逍遙遊，不虛空……」

李妙霏水上飄般詭異渡溪，加上沁冷夜風愈吹愈兇，原本應是平靜柔和的吟頌聲平添陰森。我心臟失速狂跳，想起她曾說過：如果大師領我去逍遙界找到他，我就永遠不回來了。

第八話

再回過神來，是有人敲我的房門。

站在房門外的警員亮出證件，自稱是三星分局刑事組偵查佐紀國宇。

調來三星分局了……刑警問我是不是認識黎晏昕。

心裡暗叫不妙。從溪邊回來時黎晏昕就急著要報警；我阻止他，將李妙霏說的告訴他，提議等天亮後再想辦法過溪去找，尤其她說看過三個師姊完成心願開心下山，或許她也可能會沒事歸來。黎晏昕聽完，強作鎮定說好。

現在刑警的出現，可想而知他有多驚慌，準是忍不住開車衝去村裡報警了。

紀國宇果然問了李妙霏的事。我聽了笑出聲：「刑警先生一大早就跟我開玩笑嗎。在水上飄行？只有兩種情形，一是遇鬼了，一是武林高手展現輕功。」

原本嚴肅緊繃的表情浮現錯愕，進而轉為放鬆，但他還在觀察我，沒有接話。

「跟你們報案的黎先生現在人呢？」

「因為懷疑他是否有喝酒，暫時請他留在派出所，對他實施酒測——」

「最好再驗一下尿。昨晚他跟我說的那些神怪情節，我懷疑他是否嗑藥。」

見他怔在那兒，我翻了個白眼：「還是您要去溪邊勘察一下，能否用飄的方式過溪？」

跟身旁的制服警員交換眼神後，他吁了口氣：「妳的建議很好。打擾了。」

他們轉身下樓，我才看到他們身後還有那個梳著馬尾辮的混血田小梅。看來今天是她輪值。

這個黎晏昕，不聽我話就在派出所多待一會兒吧。

是說，他不是下山回家了嗎，怎麼去而復返……昨夜溪邊的情景過於震撼，後來也忘了問他。

從房間窗戶往下窺視，兩位刑警員對著高漲的溪水發呆了一下子，約莫嘲諷報案人的荒謬，彼此露出微笑，才在混血田小梅目送下，騎上警用機車離去。這時我立即衝下樓，攔下才將大門關上的混血田小梅：「我有問題請教。」

她瞥我一眼，逕自往餐廳走去。我跟上去：「昨晚跟我同房的李妙霏哪去了？」

「接見。」

「我知道是去接見，我是問去哪裡接見？」

「妳還沒清修、入定吧？」

「一定要完成清修入定後，才能知道在哪裡接見嗎？」

「我們是這樣的。」說完，她就將桌上的兩套早餐收走一套。「所以，我也不知道在哪裡。」

「妳們是這樣……難道我不是嗎？」

「要問教母。」

「那能幫我問教母，今天可以讓我清修嗎？」

「妳不吃早餐？」

「不餓。」昨夜沒再入睡，腎上腺素卻至今沒退，就不要說胃口了。

「可以清修時教母就會告知妳。妳可以回房間等。」

「我有點等不及了。」

她有怒意的瞪了我一眼，就開始默默收起另一套早餐，不再理會我。

這時身後忽然有聲音：「妳享用過清修餐後，就可以開始清修了。」

返身。是笑盈盈的教母。

教母親自將清修餐送到我房間：「吃完，我就帶妳去清修室。」

在房間等待清修餐時，大概猜到混血田小梅的怒瞪是什麼意思：她可能比我早入教，我卻可以先清修入定、她必須輪值，我卻完全不必輪值直接清修，想必覺得不公平吧。但，為何我會被優先對待……

教母盯著我吃飯糰和蘋果，心理超有壓力，加上昨夜只睡幾小時，進食致血液往胃裡跑，腦袋有些昏沉，思緒開始不輪轉起來。

「妙霏姊……會回來吧？」我居然問了這個蠢問題。

「不然呢？」教母略偏著頭，笑著反問。

「我需要清修多久？」

「清修、入定各七天。」

小晴的臉龐浮現眼前。還要十四天才能跟她說話，彷彿要一千四百年那麼久。想到小晴，眼眶就不自覺熱了起來。直到入口的蘋果有鹹味時，才察覺自己又流淚了。

「真令人心疼不捨。」她遞上一條絲綢巾給我；「看得出來妳入教心切，好孩子，教母想辦法讓妳縮短清修與入定，但妳要對教母誠實。」

「真的可以縮短？」我激動地問。

「當然，只要妳坦白。」

我猛點頭：「您想要知道什麼？」

「教母問妳，妳那個上司文石會不會來？」

「會。只要知道我有危險，他一定會來。」

「他那個藍色信封，在妳這裡嗎？」

「我拿不到。本來買了一個想冒充一下，可是覺得應該會穿梆，所以假的還放在我行李箱裡。」

「那妳知道文石手中的藍色信封，裡頭是什麼？」

「他說那是一張看不懂內容的信，和一張奇怪的地圖。」

「怎麼會看不懂？奇怪在哪裡？」

「他沒說，他不想說。因為危險，他不讓我知道。」

「唔。乖孩子，妳趕快吃，吃完教母就帶妳去清修地。」

我真心感激她，感動得快哭出來了，所以又啃了一口飯糰。

進食完畢後，教母說：「我們打坐吧。」

我學她的動作，盤腿席地而坐，雙掌合十。她先吟唸了一段咒語，雖然聽不懂的內容，但旋律低沉和緩，讓我整個人都頓時放鬆，腦中全無雜念，直挺挺盯著她的兩手以蝴蝶般的輕柔翩然在空中舞動著、舞動著、舞動著……

「起來，我們一起到清修地，享受清修的輕盈與平靜吧。」

我跟著她起身，打開房門，走進一個漆黑的走廊，穿過暖溼的空間，向著前方的光明一直走。一直走。一直走……

一覺睡醒，發現身處一個小房間。這房間裡除了小浴廁間外，連床都沒有，只在地上鋪了張白色大布巾讓人席地而臥，另有兩套與每位田小梅一模一樣式樣的女性交領漢服。

房門是鎖著的，人不能外出，每日三頓清修餐由不同的田小梅送來外。

想像李妙霏在此禁閉般的清修室裡蹲了十四天，可見她多想再見到前男友。已死的前男友會跟她互動嗎？我很好奇。這是為何反對黎晏昕報警的原因。

至於清修內容，教母說就是每天都看同一本小冊子，連續閱讀七天；之後可進入入定狀態，必須每天祈禱左慈大師能帶領自己重逢想見的人。

當然，如果受不了，七天後也可以出去透透氣，隔幾天再回來入定，唯一須遵守的就是少言低語、保持心靈平靜，並持續熟讀小冊子，直到入定。

左慈是誰？小冊子除有後人為其所寫讚頌詩的詞譜外，也記載了生平事蹟，說他是東漢至三國時期人。很年輕時就習得神仙法術，曾出席曹操的宴會。有一次曹操宴請賓客時說：「今天高朋滿座，山珍海味都準備得差不多了，可惜沒有吳郡松江的鱸魚來做成魚片可吃。」左慈聽了說：「這很容易啊。」於是他要了一個銅盤，盛滿了水，用竹竿掛上釣餌在銅盤裡釣魚；不一會兒就從盤中釣出一條鱸魚來。曹操拍手叫好，眾賓客也感到十分驚奇。曹操說：「一條魚不夠招待大家，有兩條就好了。」於是左慈再用竹竿魚餌在盤中垂釣，沒多久又釣出一條魚來，都是三尺多長新鮮活潑的魚。曹操就親自下廚烹調，賞賜給席上的每位賓客吃。

曹操又說：「現在鱸魚有了，可惜沒有蜀地的生薑作調料。」左慈說：「這我也可以得到。」曹操唯恐他是就近去買來冒充，便說：「我已經派人到蜀地去買錦緞，你可以囑咐買薑的人告訴我的使臣，叫他多買一疋。」左慈聽了起身出去，一下子就帶回蜀地的生薑，還對曹操說：「我在錦緞鋪裡見到了您的使臣，已告知他要多買一疋。」一年後使臣回來，果然多買了一疋。曹操問使臣，使臣答說：「去年某月某日，我在錦緞店裡見到一個人，將您的命令轉達給我。」

後來又有一次，曹操出城到近郊遊玩，隨從官員一百多人；左慈拿出一壺酒和一塊肉乾，親自倒酒敬肉，讓每個官員都酒醉肉飽。曹操心生懷疑，派人暗中調查原因。查到一家酒店，得知昨晚這家店裡的酒肉全都不見了。曹操很氣憤，暗想必須殺掉他，就利用某次左慈在宴席座上時派人要抓他，想不到他卻隱入牆壁之中消失了。

於是曹操懸賞捉拿他。有人看見左慈在市場，正要上前抓他，忽然市場上的人都變得和左慈一個模樣，不知哪個才是真正的左慈。後來有人在陽城縣的山上見到左慈，曹操又派人去捉他，不料左慈竟神色自若地走入羊群不見了。曹操知道要捉住他不容易，就叫人對著羊群說：「曹公不會再殺你了，本來就只是要試試你的本領而已嘛，現在既已驗證了，只求跟你見個面就好。」這時忽然有一隻老公羊，屈起兩條前腿像人一樣站起來說：「害我嚇成這個樣子。」要捉他的那個人立刻說：「這隻羊就是左慈！」眾人紛紛撲向這頭羊，想不到這幾百隻羊立即都變成了老公羊，並屈起兩隻前腿像人一樣站起來說：「害我嚇成這個樣子。」以致大家都不知該捉哪隻羊了。

這些事蹟並非杜撰，而是引自東晉時期干寶所著《搜神記》、及魏晉南北朝時南朝范曄《後漢書》的相同記載。因為此二書都是史學家所著史籍，可知左慈在歷史上是真有其人。

其他還有一些關於左慈的奇聞異事。像是三國時東吳的孫策認為方術就是詐騙惑眾之術，曾因此殺死著名的方士于吉。據說左慈也曾拜會過孫策，然而孫策也想殺左慈。某次孫策想在左慈身後一刀做掉他，可是只見穿著木鞋、拿著竹杖蹣跚走在前方的左慈，自己再怎麼跑都追不上他，才知道左慈是真有異術，只好放棄殺害他的念頭。

另外如古典《太平廣記》裡，也記載荊州劉表最初也認為左慈是個惑亂人心的妖人，然而左慈後來犒勞劉表的軍隊，犒勞的東西只是一斗酒和一小塊肉脯，奇怪的是這麼一點點的東西，竟能讓十個壯漢抬不動，更奇異的是這麼一點的酒食，居然能讓劉表一萬多名士兵都吃飽喝足……

據說左慈最後進深山裡煉製丹藥，壽命超過三百歲時乘鶴成仙而去。

照這些記載來看，左慈法術強大，不僅會隔空取物、穿牆術及隱身遁形術，還輕功了得，根本是神仙級的人物。

隔空取物與穿牆術？我想起餐廳裡靈異廚娘的隔空送餐。

小冊子裡描述的左慈，就是將李妙霏帶進深山裡那個白袍人嗎？那個一千八百多年前的仙人，是穿越時空來到現今？抑或他始終活在世上雲遊四海，迄今才在這深山中現蹤？

最匪夷所思的是，左慈跟文石藍色信封裡的文件又有什麼關係？

像這樣被關在清修室裡三天，再怎麼想破頭也無解。

這三天來不是在想小晴的事，就是在揣想山莊裡的各種詭異；有時也會如黎晏昕所說，覺得整件事就是個邪教搞鬼，只是不知他們是怎麼搞出這些異象的。

直到第四天晚上，打開門送餐來的居然是那個混血田小梅。

一樣的女性交領漢服、碎花圖樣布鞋，頭上用紫色髮圈繫著漂亮的馬尾。

「抱歉，教母同意讓我先完成清修入定，是不是讓妳覺得不公平？」

我隨口問，豈料她立即豎起食指在唇邊。

以為是自己違反清修禁言的規定，我不自覺摀住了口。她放下餐點，比了個向上的手勢。我往天花板上瞥了一眼，除了冷暖氣通風口外，什麼都沒有。

她又作了個跟隨的手勢，隨即退出房間。我怔了一下，隨即站起身站在門邊，見她翻了個白眼，才確認真的要我走出來。

等我遲疑地走出來，她旋即關門並鎖上，再作了個跟隨手勢。門外是一條幽暗長廊，看不出清修室的建物周遭的環境，但顯然不是在翠鳥山莊裡……忽然察覺，自己是怎麼來到這裡的，過程好像完全想不起來。

默默來到走道盡頭的樓梯間，跟在她身後循梯往上走。從牆角小壁燈散發的微弱燈光觀察，牆面與樓梯的建材都很老舊了。大約走了三、四層樓的高度，來到另一個走道；走道外雖然漆黑，但傳來些許蟲鳴聲，由此推敲，我原來身處的清修室應該是在這建物的地下室。

走道盡頭是扇門。她不知從哪裡取出鑰匙解開門鎖，推門要我進去。

這房間很大，鋪著一大塊看來很舒服的厚地毯，高檔的沙發組、放滿名酒的酒櫃、檜木大櫥櫃、辦公桌組與一面很大的八卦鏡，牆上掛著好幾柄劍鞘上有著精美雕花的寶劍。最引我注意的是有面牆，牆上都是金屬圓孔，圓孔下方標註了些數字字母。

很詭異的房間。我還沒瀏覽完，門外隱約傳來腳步聲與交談聲。我與混血田小梅互看一眼，她跳到檜木大櫥櫃旁，拉開櫃門示意我躲進去。

還在猶豫，她就一把將我往裡推。櫃裡全是田小梅式樣的漢服與好幾件的白長袍，但空間足以躲進五、六個人沒問題。我擠在衣服縫裡，滿頭霧水。

她將櫃門闔上，同時迅速關滅電燈輕輕閃身出去，只留下耳邊寂靜的嗡鳴。

對話與腳步聲逐漸接近，直到房門被推開有人走進來。

「確定是文石？」男聲問。

「是。安排他住在五〇五號房。」女聲應答道。

「確定他有帶藍色文件來嗎？」

「我潛入他房間翻他的行李箱，沒看到。但是否隨身帶著就不得而知。」

「為了助理而來，就一定會帶來。直接跟他攤牌吧。找了那麼多年，這是離到手最近的一刻了。」

「拿藍色文件換他的助理？」

「跟他說如果不交出來，就等著幫助理收屍。再不肯，就連李妙霏的屍體也放水流給他看。」

「但是，他是律師，這樣如果追究起來──」

「就算報警，警方也找不到那兩個女的。注意不要被他錄音就可以了。」

「他的手機被我泡過水再擦乾放回去了，連機都開不了。」

「就算他想報警，」男的語氣陰狠：「妳以為他能直的走出翠鳥山莊嗎？」

「……只要東西到手，不一定要這麼做吧。」

「藍色文件裡的祕密絕不能外流，而世上最會保守祕密的人，就是死人。」

那女的應了聲，離開房間。

搞半天李妙霏和我都變人質了？是說清修入定與被囚禁好像真的也差不多。

終於知道那晚在淋浴時，是誰潛進房裡翻看我的手機了。

他們交談過程中，我忍不住將櫃門推開一個縫，看到了那女的就是教母。

而那男的因背對著我，看不清長相，只能瞄見是個矮子。

男子從酒櫃裡取出一瓶威士忌，倒了一杯，癱在沙發上啜飲起來。

過一會兒有人敲門。奇怪的是，矮子男沒有從沙發上起身，就有開門的聲音。

然後就有兩人的對話聲。女的是教母，男的則是文石。

「文先生，沈小姐目前在清修中。依規定，清修中是不能與外人接觸。」

「是嗎？但是我接到她的電話，要我將一份重要的文件趕快送來給她。」

「我可以幫您轉交。」

「這不太方便……請問她要清修多久？」

「包括入定，還需要十天才能出來。」

「那不行，我台北還有案件要出庭，等不了那麼久。還有，她請的假已滿，必須回事務所。難道，沒有其他辦法嗎？」

「文先生說的文件，該不會是一封信與一張地圖吧？」

「妳……妳怎麼知道？」

「我建議您將文件交給我，就可以立即讓沈小姐回台北。」

「……如果不呢？」

「那，也許她十個十天都出不來。」

「這是威脅嗎？」

「只是建議與提醒。文件交出來，以確保沈小姐能平安返回台北。」

「……」

「除此之外，那個李妙霏恐怕也會很不妙。」

「哈哈哈哈……」文石突然大笑起來。「這些是松建昀教妳說的？」

矮子男手中杯裡的酒因震驚灑了些在地毯上，像觸電般跳起來，衝到一面牆邊拉開窗帘，兩眼湊在窗帘後一具放在腳架上的巨砲型望遠鏡上，嘴上還低聲咒罵：「他娘的！這個死怪胎！」

「如果我沒猜錯，妳是松建昀的老婆吧。」教母沒有回應，文石繼續說：「妳老公跟他弟松挺昀為了藍色文件，跟蹤調查我、威脅我家人甚至潛入我家想偷想搶，處心積慮多年。若不出所料，我父親的死跟妳老公也脫不了關係吧。」

「沒、沒有！」教母原先溫暖平和的語氣不見了，語氣變得很驚慌。「我們只是單純想得到藍色文件，你父親的死是別人——」

「別人是誰？」

可能發覺原本的上風被文石翻轉，教母停頓片刻，恢復原來的沉穩：「不愧是律師，想套話呀？看來你也調查我們很久了。可惜你說的我都不知道，我只知道你現在不交出文件，你的同學與助理都別想走出這裡了。」

「可以。告訴我藍色文件的祕密，我就交給妳。」

「哼哼，原來你不知道它的祕密。我不覺得你除了交出文件，還有什麼資格跟我談條件。」

「是嗎？那換我建議妳，如果妳不敢講，就叫妳老公出來。否則有什麼後果，妳就自己承擔吧。」

「他不在。」

「他在！他現在就在看著我們！」

第九話

「臥靠！他怎麼會知道……」矮子男全身一震，倒退了兩步，像隻被鞭炮炸聲嚇壞的兔子在房裡又跳又轉。

「出來講清楚文件的祕密東西就給你們，我只想知道父親為了什麼而死，這樣的條件交換你們沒有損失吧。」房間裡又出現了文石的聲音，這話似乎是說給矮子男聽的。矮子男揚起頭思索著什麼，接著就快速往衣櫃這邊走過來，嚇得我連門縫都來不及拉好就立刻後縮並蹲下。

櫃門被打開，他很快抓幾件衣物就關上，並衝出房間。

我躡手躡腳出來，溜到那座望遠鏡邊。鏡頭朝向山坡下的一棟建物。

那建物是翠鳥山莊。

往內窺視，在房間裡文石舊西裝外套上的磨損和教母髮飾上的花紋，全都一清二楚。難怪黎晏昕何時起床、何時在餐廳都會被掌握。

這矮子男是個死變態嗎……

衡量望遠鏡與翠鳥山莊之間，但這距離未免太遠……我轉頭，明白了牆上那些金屬圓孔的作用：山莊每個房間裡的聲音都會傳到這裡！檢視一下圓孔下方，果然有「501」、「502」、「505」及代表餐廳的「R」字。

也就是說，我被帶到翠鳥山莊後方、米摩登溪對岸森林後方山腰上的一棟隱蔽建物裡，以清修之名行軟禁之實，目的是脅迫文石交出藍色文件。但這其中還有許多想不透的古怪……我先甩開心頭疑雲，再往望遠鏡裡頭瞧。

「你先別激動，這裡是修道之地，有事好商量。」教母換了個更溫暖口氣說：「你說想知道令尊的死因，這種過去的事我當然無法得知，不過，我有方法能讓你知道，想不想試試？」

「……」

「例如令尊文承書，你不想見見他？只要你想，我就能帶你跟他重逢。」

「妳在開玩笑嗎。」

「不然你以為，我們這裡為什麼會有約二十位教女排隊等著重逢？若你想知道令尊為何而逝，直接問他應該是最無疑問的吧。」

「等著重逢？妳口中的左慈大師功力果真高強，請現在就直接讓我與我父親重逢吧。」

「重逢是道家最高深的法術，非遵循一定的門道難成其功。」

「根據搜神記與後漢書記載，左慈大師會隔空取物、穿牆術及隱身遁形術，哪一項不是高深法術？」

「大師自己當然法術高強，但要帶個凡人過陰陽界、踩地府路，自然是要凡人能去俗脫庸，有一定的體質才行，這是天地萬物自然法則，非一般人所能理解。」

「我是狐靈之子，妳說的我當然能理解。」

「狐靈之子？」

不要說妳疑惑，我聽了也頭皮發炸，超興奮的——文石終於承認他身體裡有狐靈附身了！

「在狐靈眼中，妳所謂的左慈大師不過是個凡人而已，哪有什麼神通呢。」

「你那個什麼狐靈的，是什麼妖魔鬼怪！」

「姜鈺卉，心理學博士，擁有美日英三國諮商師證照，專長識人、心防、話術與創傷壓力治療，幾句話就能讓人卸下心防，對於讓當事人面對內心黑暗或創傷有獨門的專業技巧，若能在心理諮商領域發揮所長，絕對是權威專家，成就之高無以限量，但妳甘於隱居在這深山之中，當起重逢會的教母，利用心理專業蠱惑那些教女，實在讓人難以理解。」

她一臉震驚，顯然背景底細被文石摸得一清二楚：「你調查我？」

「沒有，這都是狐靈告訴我的。」文石的語氣聽不出是真有其事還是揶揄反諷。姜鈺卉看來則強作鎮定，故意冷笑：「我才不信你的鬼話。」

「除非，當教母有什麼更吸引人的目的，這目的能給妳帶來比專業權威或學術地位更高的成就……或利益？」文石盯著她的雙眼：「而這利益，與藍色文件有關。」

「哼哼，想像力豐富。」

「妳的反應顯示我猜對了。聽到我所說的，妳的瞳孔放大；妳說我想像力豐富時，眼珠往左上飄移，表示我說的是真實，妳說的是謊話。」

姜鈺卉不僅沒有驚慌，反而揚眉展笑：「文承書，基層員警，婚後育有一子一女，個性嘛說好聽是擇善固執，說不好聽是冥頑不靈，對於需要圓滑變通的偵查工作來說非常不利，所以生前與同事處不好、與上司起衝突，啊對了，跟你的個性某方面有點像，不愧是他的兒子。」

她瞬間不驚不懼的態度有些奇怪，我稍微移動望遠鏡，嚇到尖叫……

矮子男不知從哪裡冒出來，逐漸欺近文石身後，手中還握著一根木棍！

「文承書因公務關係，曾幫一個叫宋襄琪的人解決了一件案子，宋襄琪因而非常信任他。後來不知是什麼原因，宋襄琪交了一個藍色信封託他保管裡頭的文件，說好一年後會回來拿。但約定時間到了，宋襄琪並沒出面取回文件，一拖就是兩年。文承書覺得奇怪，開始追查，愈查愈覺得危險，發現許多人都在找這份文件，而這文件涉及一個說出來會嚇死人的驚天大祕密……」

回頭呀！文石你快回頭呀！你身後有人啊啊啊啊啊啊啊啊啊啊——

我急得快閃尿了，大聲嚷著也不見文石有反應，畢竟兩棟建物相距太遠了！

「什麼祕密？」文石聽得入神，見她以別具興味的表情不再繼續說下去，急著問：「宋襄琪又是誰？」

「你想知道啊？去與你爸重逢時直接問他吧。」她親切地笑著說。

下一秒，矮子男手中木棍往文石頭上揮擊。

文石悶哼了一聲，隨即倒臥在地板上動也不動，鮮血開始流淌出來。

我急得猛跺腳。若能飛過去那房裡，一定要把矮子男狠踹到牆上去。

矮子男立即翻搜文石全身，同時對姜鈺卉說：「妳幹嘛跟他說這麼多！」

「只要找到文件，你還怕他知道太多？」他倆對看一眼，隨即將文石翻身搜找外套口袋，結果沒找著；矮子男要姜鈺卉再去搜他的行李。

除了兩包花生和一大條的黑色帆布外，行李箱裡連件換洗的內衣褲都沒有。

矮子男不甘心，取來一條粗蔴繩將文石綑綁了，還往他身上踹了兩腳洩恨。

「去把那兩個女的帶來。」

衝出房間，在走道上奔跑，非得趕在他們找到我之前救回文石不可。下樓時經過的每個房間的門都打開著，看起來都像三天來我住過的清修室，但裡面都沒人。就在快要下到一樓時有紛雜的腳步聲出現，還聽到有人說「地下清修室裡那個女的不見了！」我連忙退到樓梯陰影處，從她們緊張的對話及紛亂腳步聲可知，大家都在找我。

走廊上的燈全亮了，出去準會被發現，我只得乾著急地躲著，過了半個多小時還沒法動彈。

「不管了，先帶李妙霏過來。」走廊盡頭傳來姜鈺卉的聲音。

這時有人突然拍了肩膀，我返頭，黑暗中雙瞳盯著樓梯外，低聲說：「噓！跟著。」

我壓低身子，躡手躡腳跟著他往樓梯一邊溜。下到一樓直接朝屋後走，來到一個大廚房。這廚房就是幫黎晏昕和我準備餐點的地方吧。引起注意的是，廚房角落堆落放著大量如水泥包般的白色紙袋，裡面可能是麵粉之類。他從口袋裡取出瑞士刀，劃了其中一包的一角，然後用手接住裡頭流出來的白色粉末嗅了嗅，並捧了一小撮往我嘴邊送。我嚐了一口，微甜，不像麵粉，但一時猜不出是什麼。

到了一面牆邊，他不知在牆上摸了什麼，牆面突然往旁邊移開，原來那裡有個小門！門內有個小鐵車，他要我趕快爬上去，因為門外有腳步聲愈來愈接近了。

先後爬上去，他不知在牆上哪裡按了個鈕，小門就關閉。

裡頭空間狹促根本無法坐立，我們只好面對面幾乎抱在一起躺在小鐵車裡。小鐵車在猶如小隧道般的幽閉空間裡，被什麼機械拉動著，往地底下快速前行滑動。

「這是要往哪裡去？」我終於忍不住問。

「翠鳥山莊。」

鼻腔裡傳來微微的鹹味，手心還觸碰到他後腦的溼稠，我緊張起來：「你的傷勢怎麼樣了？剛才那個死矮子不是打昏你了？」並拿出絲巾幫他擦拭傷口。

「不礙事。那個黎晏昕居然把妳一個人丟在這裡，我罵了他一頓。他帶我來翠鳥山莊，我要他在隔壁房間等候，準備一杯冷水以防我有不測。」

「準備一杯冷水？」

「我要他只要姜鈺卉和松建昀從房間出來，就進來朝我頭上潑冷水。」

「把你叫醒不就得了？」

「我一個人要找妳和李妙霏，非得讓大腦在最短時間內清醒不可。」

「你知道會被襲擊還不躲？」

「我只找到妳，但始終找不到李妙霏被藏在哪裡。」

耳邊喀喀喀的齒輪，在管狀隧道裡發出如同高跟鞋踩地般的規律回聲，讓我不禁失聲叫出：

「原來靈異女廚的腳步聲是這個！」

「靈異女廚？嗯嗯。」

「什麼啦，笑我啊！」

「妳沒有注意到，一樓到二樓間的樓梯好像特別長，而從翠鳥山莊外觀來看，一樓卻沒有比二樓高？」

「好像是耶。那代表了什麼？」

「有條祕道藏在一樓與二樓之間啊，那裡還有個小密門。」

就在此時，小鐵車的速度逐漸慢了下來，他推了一下前方的剎車桿，小鐵車就無聲地停住，又伸手在牆角摸了一下，一個方形的光就出現眼前。

看著我的目瞪口呆，他微微一笑：「需要我表演一下妳看到的靈異廚娘是怎麼回事嗎？」然後拉開小鐵車前方的小柵桿，探出半個身子往下，伸手取了桌上的水瓶及杯子，倒了半杯水再拿給我。

原來小鐵車的平台與車身是伸縮複合的，可以讓他探身觸及桌上的東西。

從天花板下來的過程，我才注意到他有先解開綁在腿部的彈性安全帶。

「為、為什麼要設計這種小運煤車啊？」我環顧四周，就是那間原先以為鬧鬼的餐廳。

「教母不是已經告訴妳了嗎，清修入定必須一切清靜，若客人來投宿還必須為服務客人忙裡忙外，怎麼清修呢。」

才從桌上下來，天花板就自動闔上，小鐵車喀喀喀喀的聲音逐漸遠離。

表示那端有人要搭小鐵車過來翠鳥山莊。文石拉著我，蹲躲在餐桌下。

不一會兒，經由兩趟車次陸續有人踩在桌上下來。從背影來看，除了教母與矮子男，還有個身形高大、一頭長髮、穿著白長袍的男子：「你們在搞什麼，文件沒拿到，人質還不見了！」

「那個文石太狡猾了！」矮子男面對責備，將責任全推給文石。

「我們跟他鬥了這麼多年，就算沒拿到文件，身分始終隱藏得很嚴實，你說能用重逢會佈局釣他出面拿到文件，結果這個基地都快被他翻啦！」

「放心吧，以他的個性，絕對不會置那兩個女孩的生死於不顧的。」

我甩給身邊的文石一個眼神：你屁股有幾支毛是被摸得一清二楚嗎？

他揚了揚眉做了個鬼臉：我連這些傢伙鼻孔裡有幾支毛都查清楚了。

他們三人急匆匆上樓。我們從桌下爬出來，文石隨即跟上：「敲每個房間的門大喊左慈大師來了！」

我立刻明白文石的意思。

二樓。三樓。四樓。我逐層狂敲每個房門：「左慈大師來了！左慈大師來了！」

每個房門都被立即打開，探出身的每個田小梅都露出疑惑表情。

「大家跟我一起去拜見左慈大師啊！」我帶頭朝樓上衝。每個田小梅聽了，興奮的嫣紅立即點染雙頰，緊跟著的腳步聲勢浩大，直到撞見教母、矮子男與長髮男神色慌張地傻在五樓走廊上與文石對峙，才戛然而止。

率眾衝上光明頂的快感，原來是這樣。

「大師今天來考察入定的情形，大家怎麼不在房裡全跑出來了！」姜鈺卉首先回過神來，對田小梅們斥道。

但文石不等大家反應：「我們想要一睹左慈大師的風采。」

「荒唐！大師豈是想見就能見的！」

「神通蓋世，慈心仁懷，只要有苦難都願施手相救，大師又不是皇帝，為什麼不能見？」文石反嗆，讓巧言令色的姜鈺卉一時語塞。

「大師，」我向長髮男深鞠一躬：「清修入定我都完成了，請帶我與待尋者重逢吧！」

文石嚇到兩眼圓睜，不可置信地望著我。姜鈺卉急道：「妳時間還不到——」

「妳說我誠實，可以縮短清修與入定時程的！」我大聲說。

眾教女田小梅們一陣嘩然，聽起來語多不滿，讓姜鈺卉臉上忽青忽白。

「大家別急，不必被這位別有居心的文先生所蠱惑。」眼見場面快要失控，慈眉善目的白袍男揚起手，以極為安定人心的語調緩緩道：「既然教母答應了這位教女，本大師自無不允之理，畢竟，重逢會的宗旨是以消弭念想糾葛、度盡未盡之緣為志業。」

「讚嘆吾師！吾師慈悲！」姜鈺卉立即高呼。眾教女見狀，莫不同聲附和齊聲讚嘆。

姜鈺卉囑咐眾教女身著白衣，登至翠鳥山莊天台，燃起三大桶火炬，並開始大聲吟頌：「喔哇嗡嗡～喔哇嗡嗡嗡嗡～貪嗔痴妄地獄中，愛恨糾葛多苦痛，思前想後每不通……」

白袍男帶領我與文石、矮子男來到翠鳥山莊後方的米摩登溪邊，高舉雙臂開始咿咿嗚嗚唸起咒語。

矮子男低聲對文石說：「再不將文件拿出來，你就背負兩條人命的罪惡感吧。」

「哈囉，我有聽到了唷。」我冷道。

怒瞪我一眼，矮子男冷哼一聲就閉上了嘴，肚裡不知在打什麼鬼主意。

從他們的對話研判，這個以轉世左慈自居的白袍男一定知道李妙霏在哪，跟緊了他，一定能找到她。另一方面，他是如何能帶李妙霏水上飄的？這點是我死了都想知道的。因此沒有事先與文石商量，我就請纓上陣。

當然，還有第三個理由……

從山谷往溪邊吹的風好像愈來愈強，不知是否白袍男施法的結果，至少那些教女們一定都認為是。

我與文石對望一眼，接收到他甩來「我對妳的大膽真是無言」的無奈眼神。

就算渡溪過程被推下溪裡，我又不是不會游泳。我回給他「膽小」的鬼臉。

身後的吟唱聲愈來愈高，白袍男雙臂高舉在半空中揮舞出各種作法手勢，口中咒語也愈唸愈大聲：「日耀月華如律令，天兵神將皆聽命，陰府地門為我開，冥界船夫引路明！眾靈之中楊小晴，舊人來找現身形！楊小晴，何在？何在？何在？」

聽到呼喚小晴的聲音迴盪在夜空風中，背脊一陣涼，整顆心像被揪住般緊得難過。

白袍男與松建昀、姜鈺卉他們固然處心積慮想得到藍色文件，但也許他真的是左慈轉世、真的有史籍上記載的那些神奇法力，也許他真的能幫助我與小晴見上一面。哪怕只是一分鐘——不，半分鐘也可以。

這其實是我私心期待的，也是沒事先跟文石商量的第三個理由。

喜歡要及早說出口，才不會後悔。而對不起一個人，何嘗不是。

內疚使人憔悴。

如墨般漆黑的蒼穹裡，開始灑下雨滴，一大陣一大陣。

白袍男忽然抬步，直接就往溪裡走去！

步履輕盈，看來真的是水上飄般踏在水面一下子就到溪中間。他返身：「快跟上來！陰府地門逾時不候！」

我猶豫起來，眼見雨愈下愈大，即將變成雨瀑，就大膽邁開步子，直接往溪裡踩……

咦！咦咦咦咦！我真能踩在水面上耶！

原來水面踏行是這種感覺！像踩在雲朵裡，又像腳底穿了雙高檔的氣墊鞋般，軟綿綿又有點Q彈。

「跟緊點快走！不然妳是凡胎肉身，會墜落的！」他對我吼道。我因此加快了腳步衝上去，因為太緊張抓住他的袖角，幾乎是被他拉著往前。

踏上對岸，我返身回望，驚異於自己居然也能走在水面上過溪……

對岸的文石也驚異地睜大了雙眼看著我。事後才體悟他不是驚訝於我的水上飄。因為下一秒，脖頸上一緊，肺部瞬間吸不到空氣，我差點昏厥。

用盡全力扭動掙扎，用手死命抓開箍在喉咽的手臂，如巨石般壓力卻更加嚴重，只能讓吸不到空氣的痛苦加劇，覺得眼珠都快突出眼眶了……死亡的驚恐轟然襲上腦頂！

因被勒到氧氣不足全身癱軟，在昏厥前感到整個人被快速拖往森林裡。

文石見狀也走進溪裡，但才踏進溪裡，旋即被上游暴漲轟隆隆洶湧而下的溪水沖走！

望著文石被淹沒前驚恐的表情，睜大雙眼的我用盡全力尖叫……

眼下的我被無力感打敗，只能尖叫，絕望至極地……

第十話

被拖行了一段路，下巴的緊勒乍然一鬆，我被甩在地上，顧不得後腦撞到石塊的劇疼就立即大口呼吸，並痛苦咳嗽，咳得連眼淚都噴了出來。

就在逐漸恢復之際，察覺一個繩圈套在我的小腿與腳踝之間，我猛力踹開，但臉頰隨即被掌摑，猝不及防的天眩地轉害我胃部痙攣作嘔。

下一秒我像墜入萬丈深淵般快速下降，連尖叫都來不及反應。

等到身體的旋轉暫歇，挺著沉重的腦袋努力維持清醒，好不容易才辨識清楚現下處境：我被倒吊在一棵約五層樓高的大樹樹幹之下。

「那個文石被洪流沖走了！」是姜鈺卉的聲音。

「去找啊！妳老公是吃屎的嗎，連看緊他都不會！文石要是淹死了我們怎麼找那份地圖？」白袍男對她怒斥，罵的是松建昀。姜鈺卉回嗆：「你夠了沒有！如果不是我們，你也不過是個領死薪水的中學理化教師，將來就一筆餓不死的退休金而已，跩啥！」

「重逢會一定能釣出文石，就算他有警覺，那個好奇又雞婆的助理沈鈴芝一定也會上鉤，到時候只要以他同學及助理的生命威脅他一定就範吧啦吧啦，這些不是妳說的嗎，現在呢？連密道都被他翻出來了！」

「他不是已經現身了嗎！這些都是我們謀畫與誘敵的結果吧，現在只差沒有交出文件而已。倒是你，除了扮這個左慈外，又貢獻了多少？」

「算了，現在吵這個一點用都沒有。我沿著溪邊去幫忙找，妳在這裡看著她們。」

「萬一找不到的話……」

「這個女的有聽到我們與文石的對話，就不能留了。」

站在樹下的他們同時抬頭瞟了我一眼。我罵道：「臭神棍、死矮公和白蓮花，業力迴向報應不爽，我等著看你們變成臭冰棍、死龜公和爛菜花吧！呸！」

白袍男躲過我啐的口水，直接往溪邊跑去。他移動約十餘公尺後，忽然止步，因為矮子男松建昀驚慌地從溪邊拐著腿跑過來，邊跑還邊哀嚎：「哇哇哇哇——」沒跑到樹下，整個人就跌了個狗吃屎。

「幹什麼，見鬼了你！」白袍男罵道。

「真、真的看到鬼了啦！」松建昀上氣不接下氣：「那那那個文石，被水沖走，回來生氣了……就變鬼了……」

「胡說八道什麼！」松建昀講得莫名其妙，惹得白袍男發火，倒吊在樹上的我聽了也雲山霧罩。

松建昀喘了好久才稍稍鎮定下來：「那個文石不是被沖走嗎，但他沒被沖遠，及時抓住溪邊的水竹爬回岸上。我想說他萬一滅頂了地圖哪找去，所以跑過去，想說他救不成沈鈴芝不就得就範了，哪知他忽然從一棵大樹的黑暗處竄出來，那樣子真可怕，兩眼變得會發出紅色的光，把我嚇傻了，轉身就逃。結果他追上來一把抓住我就把我帶上天了！」

「帶上天？」

「應該是他就抓著我飛上天了！我是被他抓著飛過溪來的！若不是我拚命掙扎從半空中摔下來，腿也不會扭傷呀。」

「你瘋了啊，世上哪有人會飛啊！」

松建昀氣急敗壞解釋：「我說的是真的！那些教女都看見了，每個都嚇得驚叫，還衝到溪邊來看哪。」

見松建昀說得言之鑿鑿，白袍男陷入荒誕與現實矛盾的錯愕中，倒是我頭頂下方傳來姜鈺卉的聲音：「你怎麼把他說得比左慈還厲害，那些教女會懷疑我們是裝的，會認為他才是神哪！」

「妳是說我神化他嗎？我哥松挺昀當年在前往大鬼湖的途中被他害死了，若不是為了那份文件，我恨不得把他剁了餵魚！」雖然講得咬牙切齒，但松建昀旋即又萎縮道：「可、可是他眼泛紅光、會飛、抓我飛過溪，是真的呀……」

「那他人呢？」

「把我扔下來，就飛走了啊。」

白袍男不知是難以置信，還是容不得別人比他還神：「那些教女只對我左慈虔誠崇拜，你說的那個什麼妖魔鬼怪，真的有人看到？」

「有看到」、「我們都有看到」、「飛得可快了」、「兩眼發紅很恐怖」，那些教女不知從哪裡出現，七嘴八舌回應。我核心肌群拚命使力讓頸後彎，往她們望去，才發現吊著我的這棵大樹樹身上有光才能讓我看見她們——那光來自於樹身上一扇開著的暗門！

想起那天看到列隊在走的一群白衣女子，消失在這個森林裡，原來如此……我還瞄到有個黑影躲在這群女孩身後一段距離的闇影中。

那黑影是黎晏昕。也就是說，她們見文石狐靈附身輕功過溪，便走這個藏在樹洞裡的祕道從翠鳥山莊過來，而他悄悄跟在後頭。

「住口！妳們這麼心慌意亂，能達到重逢的境界？看來妳們的入定時間必須延長。」興許覺得自己如神般的地位受到威脅，白袍男不悅道。

我倒覺得他才心慌意亂。

苗條田小梅與清秀田小梅貌似仍活在剛剛目擊的驚嚇中，完全不顧白袍男的怒意，兀自討論：「怎麼可能有人會飛呢，又沒有翅膀」、「大約有五層樓那麼高啊」、「妳也看到他的眼睛冒紅光對吧」、「嗯嗯，好恐怖」

姜鈺卉的聲音也插嘴：「那妳們覺得左慈大師厲害，還是那個紅眼男厲害？」

「當然是紅眼男啊！」她們異口同聲。旁邊其他教女也都點頭。

「喂，姜鈺卉！妳什麼意思，怎麼這麼問她們！」松建昀朝她罵道。

「我、我、我沒有說話啊……」姜鈺卉遽然抖著聲音說。

明明大家都聽到她有說話的吧，連被吊在樹上的我都聽得很清楚的啊。

我又挺著核心肌群後彎頸部往下瞧。姜鈺卉緩緩舉起顫抖的手，往左指著不知何時站在她左身後樹身暗影下的人影：「是、是、是、是那個人說的啊……」

眾人都將視線朝那人投去。

那人摸摸鼻翼，用姜鈺卉的聲音說：「妳們說的紅眼男，是不是像這樣？」彷彿世上同時有一個驚慌中的姜鈺卉、有一個淡定中的姜鈺卉。

那人往前走出陰影。然後黑暗中就出現兩顆眼瞳。紅色。發光。

「啊啊啊啊啊啊啊啊啊啊啊——」教女們急忙躲開，嚇得瑟縮在一起尖叫。

姜鈺卉則砰地昏倒在地。

黎晏昕從黑暗中跑出來失聲大叫：「狐靈！這就是狐靈附身！」

「左慈大師，要不要說一下為什麼要逼文石交出文件？」狐靈上身的文石發出姜鈺卉的聲音問：「是為了什麼樣的利益？」

白袍男兩眼發直，直到松建昀推了他一把說「問你哪」時，才回過神來強作鎮定：「什麼利益文件！休得胡說！」

「這種顏色的信封，你忘了嗎？」文石打了個響指，一抹藍色火光剎時在右手掌心燃現，嚇得教女們又是一陣驚呼。

「妖畜快滾，否則休怪本師收了你！」

「素聞大師法力高強，今日就來討教一番，也好讓眾教女們開開眼界如何。」

「法師，收了他！」我興奮地在樹上大叫：「讓這妖畜看看您的厲害。」

教女們聽了也附和：「收了他！收了他！收了他……」

接下來白袍男的動作證明自己不過是個偽左慈、類大師而已。

沒有施展輕功、隔空取物，也沒穿牆之術或隱身遁形術，更沒幻化成一隻老公羊，只是抄起地上一根粗壯的枯樹幹就往文石衝過來。

粗樹幹上還有殘留的枯葉，在空中揮舞起來虎虎生風，聲勢驚人！文石左閃右躲：「藍色文件居然能讓陳浩鳴老師這樣痛下狠手，看來後面的祕密非同小可。」

文石顯然知道他的真實身分，更讓他惱怒，從袍裡亮出一支長匕首猛刺：「留你不得！」引得旁觀的教女們尖叫，趕緊躲遠。

文石不再退讓，左手掌心朝外一推！

陳浩鳴像被掌風擊中般倒退三步轉身逃跑，並摀著臉慘叫：「哇哇哇哇——」

松建昀見狀，立即蹭到樹下拔開陳浩鳴剛才繫在樹根上的繩端，並故意往下放一些，害我驚出一身冷汗，大聲尖叫。

「再不交出藍色文件，我立刻放手讓她腦漿塗地！」

「你不說出文承書是怎麼死的，就不要怪我不客氣了。」文石完全不管我的生死般，一步一步逼近松建昀。松建昀將手中的繩端舉高，喝斥道：「再過來她就死！」讓我又距離摔死更近一步。

「藍色文件背後的祕密是什麼？文承書是怎麼死的？你們是誰殺了他？」文石發了瘋般大聲連珠發問，腳步更快。

「是你害死她的！」松建昀雙手一放，我立即直往地獄墜下……

最後一秒只能直勾勾看著文石往他欺近，連尖叫的反應都來不及……

下一秒應該就能直接跟沈家列祖列宗相聚了。請各位祖先公媽原諒不孝後世孫女雖然正義熱血，但生平貪玩，連個男朋友都沒交就這麼枉負此生……

人家說臨死之前今生種種會如跑馬燈般在眼前電光火石閃過一遍，但我卻沒有。因為我直勾勾看著文石往松建昀欺近，一步、兩步、跳起、整個人騰空左手向松建昀發出神祕掌風，旋身右手朝我伸來……一切彷彿格放般的慢動作，視覺暫留在視網膜上。接著一股強大力量從他臂彎傳來背上，帶著下墜的我在空中轉了一圈向樹的另一邊飛出去，我們倆就一起摔在草地上。

雖然不是偶像劇般在花瓣雨中巧合嘴對嘴的軟著陸，但能撿回一命，我還是直呼天佑鈴芝。驚魂甫定地坐起身，只見文石跳往摀著臉哀嚎的松建昀衝過去，一把拎起他的衣領：「說不說！」

「我說我說，可是痛啊！痛啊！」松建昀摀住臉叫道。

「晏昕，拿水來。」

接過黎晏昕遞來的瓶子，文石將水全往松建昀臉上倒；松建昀用力抹了抹，似乎解除了痛苦，才癱坐地上喘著氣。我注意到他臉上有可怕的紅腫。

「藍色文件是一個叫馬資丹的人留下來的——」

「名字怎麼寫？」

「牛馬的馬、資料的資、丹藥的丹……」松建昀說得不甘不願。「但這個人已經死了，所以有關藍色文件的內容，我是也是聽別人說的。」

「誰說的？」

「林慕誠。他是一個大學的歷史教授。」

「他說藍色文件的內容是什麼？」

松建昀欲言又止，顯然不想說，見文石緩緩舉起左手，嚇到抖了抖嘴角：「……內容是有關一個寶藏的祕密。」

「寶藏？所以你們是為了所謂的寶藏，把文承書殺了？」

「所謂的寶藏？」他露出不屑的冷笑：「一個小律師辛辛苦苦唸書、考試、接案、打官司，一輩子能賺多少錢呢，幾千萬？幾個億？在這個寶藏面前，都是九牛一毛滄海一粟，這樣你知道了嗎。還有，文承書可不是我殺的唷。」

「那是誰？」

「是——」他突然定住，不再說下去。

文石和黎晏昕察覺有異，湊上前查看。猝然，黎晏昕倒退驚聲叫道：「死了！」

從他後頸部拔起一支小箭，文石端詳：「這箭有毒！是蟾蜍的神經毒。」

這時我一個迴身，將長腿閃電伸出，右邊一個正準備要往樹洞祕道裡逃走的身影被我絆個踉蹌，手中滾出一支小弩！

我起身抓住她手臂：「白蓮花毒婦哪逃！」卻被她反手甩開，竄逃進樹洞祕道裡並把暗門關上。

黎晏昕轉身問教女們：「這個祕道的門怎麼開？」

她們面面相覷，無人敢言。

文石走過來，盯著清秀田小梅，以姜鈺卉的溫暖聲音問：「開關？」

她立即朝樹根下某個位置摸了一下，樹身上的暗門旋即滑開。

跟著文石魚貫進入，步下階梯後才發現這森林裡還藏有地道。我思忖著這夥人神鬼不知地在這深山裡挖地道，難道真的是在挖寶嗎……

幸好地道裡點有LED夜燈，經過彎曲且飄著溼氣的狹窄空間後，已失去方向感。文石在一個岔口前駐足返身問：「往哪裡？」

去而復返後，文石顯然囑咐黎晏昕跟蹤教女們的行蹤，才能覓得這條地道。黎晏昕說：「右邊是往翠鳥山莊、左邊是往山腰清修屋。」

往右通往翠鳥山莊？那地道就是深入溪底之下通到山莊了。

文石蹲下觀察地上泥塵，立即往左邊奔：「新鞋印往這邊。」

左邊地道是向上的斜坡，剛剛雙腿被綁的麻痛感未歇，跑起來有些吃力。

文石瞥我一眼，恐怖的紅光已不見：「妳的腿還行嗎？」

「沒逮到那個毒殺老公毫不手軟的黑寡婦之前，我的腿都電力滿滿。」

知道我嘴硬，他還是攙扶著我一起跑。

地道盡頭是一扇門。文石與黎晏昕輪流猛撞，才將在門後的鎖扣破壞。

門後是清修屋的地下室，堆放了比廚房裡更大量的水泥包白紙袋，還有幾個半個人高的大型塑膠盒。在這些塑膠盒後面有兩個小門。文石檢視地上鞋泥印，直接推開左邊那扇門。

姜鈺卉拎著一個行李箱，視線與文石對上，滿是驚慌，看來正準備潛逃了。

「李妙霏在哪裡？」

「拿文件來換，否則別想她活著。」話沒說完，她突然向前撞開了我們，竄到房外，我再次伸長了神之腿將她絆倒，並趁機踹開她的行李箱。

文石上前舉起手，嚇得她掩面驚叫：「不要毀我容！」

黎晏昕怒斥：「還不說李妙霏在哪？」

姜鈺卉吸了口氣，說：「重逢會的敵人就是文石。」

下一秒換我驚叫。

因為一把亮晃晃的刀子插在文石背上！

李妙霏還握著刀柄。

史書上都說左慈的法術強大，若真能與狐靈一較高低，可有看頭了。

可惜陳浩鳴只是個中學理化教師，不是真的左慈轉世或附身。

否則真是左慈在場，看到被狐靈附身的文石背上被插了一刀，還能自己反手將刀子慢慢拔掉，若無其事地轉身，對著兩眼朦朧的李妙霏大吼一聲驚醒她，恐怕也要自嘆弗如了。

唯一可確定的是，至少不會像我一樣頭皮發麻背脊發毛，被嚇得哇哇叫，也不會如黎晏昕般驚呼連連。

「你……你們怎麼都在……」李妙霏滿臉迷惘。

「妙霏姊，妳剛才怎麼——」要問她拿刀偷襲的事，文石卻用眼神制止我。我只好立即轉彎：「妳見到張君麟了嗎？」

「見到了呀，大師帶我來這裡就走了，接著教母就進來跟我講話，不一會兒君麟就來敲門，教母就讓我們自己敘舊……我記得我還哭了很久，但是君麟一直安慰我，跟我回顧以前相處的種種。他的模樣還是以前那樣，一點都沒變……」她說得氣若游絲，像是非常疲累。「能讓我與君麟重逢，真是特別感謝大師與教母——」

我們循著她搜尋與疑惑的目光，才發現姜鈺卉趁我們被李妙霏的偷襲轉移之際，已悄悄逃走了。

我氣得要追，文石舉手制止說算了。

我關心他的傷勢，他搖搖頭：「她被姜鈺卉催眠了，聽到指令才會那麼做的。」

「指令就是那句『重逢會的敵人就是文石』？」黎晏昕問。

我緊張地望著李妙霏擔心她又不自覺想拿刀。文石點頭一笑：「這指令只有姜鈺卉講才有效。」

「這個毒婦！一身本領都用在這些地方了。」我氣得大罵：「可惜讓她跑了。」

「這趟不是沒收穫，讓關於藍色文件的多年調查終於有了進展。」文石拾起她的行李箱：「這裡頭說不定還有其他線索。」

「催眠？」李妙霏呢喃細語：「難道我與君麟的重逢，只是被催眠的結果……」

最終話

晨曦灑瀉中，看著一排田小梅魚貫上了警方派來的中型巴士，我發覺那個混血田小梅沒有在上車的隊伍中，不知哪去了。

紀國宇用難以置信的語氣問：「她們真的不是民宿的服務生？」

我冷冷回道：「你真的是刑警？」

他瞟我一眼，可能覺得別招惹都市來的女生比較好，口吻變得小心翼翼：「妳說那個松建昀是被他老婆殺的，而他老婆就是那個女老闆？」

「你們不是將那支小弩弓扣案了嗎。」我望著被抬上救護車、覆蓋白布的屍體說：「還有這麼多都叫田小梅的目擊證人作證。」

「動機是為了奪取什麼寶藏？」

「什麼寶藏不知道，可以確定的是滅口。」

「什麼時代了，還有寶藏可挖嗎，未免太荒謬……」他還是難以置信地喃喃自語，又瞄見我臉臭，清了一下喉嚨：「嗯哼。既然你們一夜沒睡，那先讓你們回去休息，改天再發通知書請你們來補作筆錄好了。」

望著他一屁股坐進警車揚長離去，站在旁邊的黎晏昕嘆了口氣：「他早認真一點就沒這麼多事了吧。」

「何仁婕找到了嗎？你居然對他的能力還有期待。」我朝自己的車子走去。

他跟上來：「妳整夜沒睡，我開車送妳回台北吧。」

「不了。」我指著正將姜鈺卉來不及帶走的行李箱及一個黑色箱子塞進車後廂的文石說：「我還有許多問題要拷問上司。」

「我也想知道。那我坐妳的車？」

瞟一眼坐在他車裡的李妙霏，我說：「送妙霏姊回家吧，霏媽還在等著哩。」

「我們可以坐妳的車一起下山嘛。」他不死心地說。

我揚揚手中自己的行李箱：「那它要坐哪？」

上車後，我癱在副駕駛座上，吁了一口氣。

望著黎晏昕失望的眼神，文石踩下油門：「我同學好像喜歡妳齁？」

「我不喜歡他。」

「人家好歹也帶妳來這裡同生共死過，幹嘛這麼直接拒絕。」

「善妒好強、勇氣不足、謀略欠缺、判斷力有限。不及格。」

「是嗎，我以為妳欣賞的是高帥富酷、位高權重、身家億萬或至少是肌肉猛男型的咧。」

「你哪個眼睛看到我欣賞這類的男生？還有，你同學符合哪一條？」

「他蠻帥的呀，而且也是跨國上市企業的富二代呀。不然怎能不愁吃穿、每天研究超自然之類的神祕事件呢。」

「是喔。看來有錢通常都買不到智慧。」我瞥他一眼：「喂，原先你不想來這裡，難道想要撮合我跟他？」

「若有此效果，也不失為意外收穫。」

「哼哼。什麼收穫啊，你就這麼想換掉助理嗎？」

「我可沒這麼想。是妳總說父母擔心妳的未來。」

「我還沒問你，李妙霏到底傳了什麼簡訊給你？」

他從外套口袋掏出手機。我注意到他換了一件外套，昨晚那件想必被刺破了。
我點開訊息匣，找到那則簡訊：文石，好久不見，很想你。希望與你一聚敘舊，聊聊心裡話。請來電。等你。
「喲，看來很曖昧嘛。說！你跟李妙霏有什麼貓膩？」
「就是怕黎晏昕那小子這麼想，我才已讀不回的呀。」
黎晏昕懷疑李妙霏的分手是文石介入，另一方面還妒忌文石的聰明智慧，卻企盼文石出手相助？有這種同學還真令人無言。
「也許人家妙霏姊暗戀多年，終於決定面對真實的心意要對你表白了呢？」
「我可不想死了之後，還被人家召喚回來重逢，重逢了背後再被插上一刀。」
我忍住笑意，吸了口氣：「收到簡訊時，你還不知道她想重逢前男友吧。」
「妳看下一則就知道啦。」
還有一則簡訊？我點選：文石，你再不回應我，就不知道藍色文件的祕密了。
「你不是一直在追查藍色文件，卻對她可能提供真相置之不理？」
「這麼多年想拿到文件的人不止一次用這招了，文雁被利用過，我也曾被騙過，還差點丟了性命。所以除非能具體說出些什麼，否則我不會再上當。」
「咦，我來這裡之前，你怎麼不跟我說有這一段？」
「說了只會讓妳更想來，但不說妳還是決定來了。」
想想昨夜被倒掛在樹上差點肝腦塗地的危險，我咋舌聳肩，決定轉移話題。

車子回到省道台七甲線，昨日之前的種種在腦裡轉個不停。

「不過，居然有這麼多『田小梅』相信姜鈺卉與陳浩鳴的手法。」

「有沒有注意到，田小梅都是女生，都沒有田小樹或田小剛之類的。」

「什麼意思？」

「女生大多比男生心思細膩、念舊重感情，也是姜鈺卉比較好下手的對象。」

「可是，我不覺得說出自己與楊小晴的往事，是被她催眠的結果，好像是在一種自然情境下說出來的。」

「她真的那麼可信？妳跟她就那麼熟識？」

「當然不是，所以我才對你所說的催眠存疑。」

「有一種藥物叫吐真劑。」

「吐真劑？」

「硫噴妥鈉，一種巴比妥類藥物。」文石的眼神眺向遠方米摩登溪的瀲灩波光，徐徐敘述：「這類的鎮定劑精神科醫師常用來治療恐慌症，幫助患者回憶痛苦的創傷記憶。像一位荷蘭籍心理醫生史蒂芬．史勞德斯就利用硫噴妥鈉，幫助緩解在猶太人大屠殺中倖存受害者的創傷。因為只要控制好劑量，就能降低施用對象的大腦皮質功能、消除它的抑製作用，使人全身放輕鬆、卸下心防不由自主想開口說話，這時若再施以誘導詢問，被詢問者就會配合地說出心裡的話。畢竟，壓抑在內心深處的創傷、壓力或罪惡感，長期積鬱就易成疾吧，所謂一吐為快，難過的事宣洩出來本來就是一種治療；中醫也認為疏導是一種療法。不過這類麻醉藥物後來被濫用，美國中情局曾用它來控制特工人員，進行了許多違反人權的人體試驗，蘇聯時期的國家安全委員會也把它當吐真劑用，以檢驗從事間諜任務的特工回報的情資是否可信，原本麻醉分析與輔助心理治療的用藥，到了別有所圖之人手裡，就完全變調了。」

「為什麼降低大腦皮質功能，人就會說實話？」

「說謊話或隱瞞事實對大腦而言是件很累的事，必須大量組織運轉，相當費神，但當大腦被藥物麻痺後，主動說謊的能力就會減弱。因此，只要聽到問題就有回應，不會鐵嘴銅牙榨不出一點訊息。其實任何能削弱大腦運作能力的東西，就有可能會被拿來當做吐實藥。不止硫噴妥鈉，像酒精，在一些情況下也能起到讓人吐實的效果；有酒精的腦會覺得說謊比說實話更難，因此能自主控制的思維就剩簡單一點的說真話，所謂酒後吐真言就是這個道理。不過也有專家認為，對於那些撒謊成性者或形成錯誤記憶的人來說，吐真藥的效果有限。」

「但姜鈺卉沒有給我打過針、也沒拿什麼藥給我吃呀。」

「那個什麼清修餐什麼的，妳吃了吧？」

「吃白飯喝開水也有事？是要逼死誰呀。」不甘心毫無察覺被拐了真話，貌似在無知情形下被剝光衣服般超不爽，我嘟著嘴說：「你怎麼知道她是用硫噴妥鈉而不是催眠我？」

「催眠中所說的話，常常包含錯誤的記憶與想像的情節，科學界目前無法證明完全與真實相符。」

「姜鈺卉不是學心理的嗎，她還懂得用這種藥？」

「她不懂，她那個藥師老公一定懂。我調查他們很久了，只是不知道他們躲到這深山裡來了。」
「那個矮子？呸！一肚子拐。」
「別批評人家的身高，那個陳浩鳴很高大，也沒善良到哪兒。」
「藥師、心理師、中學教師，都是高知識分子，怎麼都捨正途不走，結夥勾結在一塊……那個藍色寶藏真的那麼吸引人？」
「哼哼。我比較想知道馬資丹和林慕誠是誰。」
「對了，你怎麼知道那個靈異廚娘送餐的祕密？」
「完全依妳告訴我的經過以及觀察翠鳥山莊現場來研判。妳如果沒有先被黎晏昕的那些神鬼之說誤導，也應該會想到往頭頂上瞧瞧，那妳就會發現冷氣通風管裡，有個小小的收音麥克風，用條電線連接到對岸山腰清修屋松建昀房間裡的牆上。」
「唉，你知道的果然比那個晏昕哥多啊。說到松建昀，你真的把他臉毀了？你該不會真的練過氣功吧？」我往他背上擂了兩拳，他假裝咳了兩聲。「內力也沒多深厚嘛。」
「什麼內力氣功……」翻個白眼，他握緊了方向盤：「那是神鬼化學兵。」
他指指丟在後座那件被李妙霏刺破的外套。我探身取來，在口袋翻出一個透明小塑膠盒。兩隻頭部橘色、身體藍色的小蟲蜷在盒裡：「咦，這蟲身上的顏色，跟我在翠鳥山莊外花園裡看到的那隻鳥一樣耶。」
「這是氣步甲蟲。妳看到的鳥就是翠鳥。」
「氣步甲蟲？沒聽過。」

「那妳聽過放屁蟲吧。」

「這就是放屁蟲？」

「又叫砲彈甲蟲。這種甲蟲的體內有兩種腺體，分別會分泌化學物質對苯二酚和雙氧水，儲存在牠體內兩個空腔內，這空腔就是牠的武器庫。當牠覺得有危險時，為了自衛，就會將這兩種物質流到第三個空腔內，與第三空腔內的生物酶產生化學反應，瞬間混合成攝氏一百度的氣化苯醌，連同氧氣助推作用將混合物噴出，反擊敵人。這些苯醌儲量約可噴射二十次，射程高達體長百倍以上，直到把敵人擊退為止。」他揚揚眉：「苯醌噴霧既臭又燙，對於人類來說不會致命，最多起幾顆小紅疹，但威嚇效果不錯。」

「陳浩鳴和松建昀要加害我們時——」

「我手裡握著幾隻對準他們，拇指朝氣步甲蟲身上按下去，牠們就噗——整個砲彈屁有水有氣，熱氣騰騰，傷勢很小，氣勢嚇人。」

「帥啦！想不到你還搞這種獨門暗器。」我大聲鼓掌叫好。「生眼睛發眉毛以來，第一次覺得自己喜歡屁這種東西了耶，我是不是有病啊！」

「我被子彈追到怕，彈射花生又太弱，總得搞些自衛的東西吧。」

說的也是。之前我們辦案過程歷險，好幾次文石都被搞到受傷甚至住院。

南山村的村景快速在車窗外往後飛離。這事件還有許多撲朔迷離，一時思緒有些混亂，我隨口問：「你說我在山莊前花園裡看到的藍色小鳥的就是翠鳥？」

「翠鳥因為愛捕魚吃，加上老愛在樹枝上不動，所以俗稱釣魚翁，也有人叫牠魚狗，表示是捕魚高手。」他從口袋裡掏出幾粒花生米，拋入口中。「雄鳥下喙黑色，雌鳥像女生一樣下喙塗口紅，身上顏色大有玄機。翠鳥喜歡順光捕魚，逆光飛回，除了可以看清水中獵物外，水中魚類對於逆光飛行的翠鳥不易察覺天敵靠近，而且翠鳥腹部橙紅色會讓魚以為是水面上的枯葉，背部水藍色又會讓比牠大的猛禽以為是水面。如此一來，這些配色組合既可保護自己，又可增加捕食機會！」

這樣啊……咦，所以翠鳥……翠鳥山莊以及姜鈺卉這些人……我覺得他話中有話，但還抓不到重點。

他見我發愣，微微一笑繼續說：「翠鳥常靜靜的停棲在水邊樹枝或是石頭上，等魚兒現身，一旦鎖定獵物，便會直線俯衝入水中捕捉魚類，再飛回原地享用。此外翠鳥還會特技捕魚法，牠們可以在水面上空定點鼓翼不降落，就像直昇機一樣，等瞄準獵物後再衝入水中，可厲害了。」

小男孩般興奮地敘述著，模樣超可愛。我忍俊不住，笑了。

他平常懶得拓展人際關係，原來把時間都花在這種地方了。

「另外，雄翠鳥會把捕到的魚獻給心儀的對象，雌翠鳥若喜歡便會接受這個禮物，完成終身大事。雄翠鳥透過這種獻餌行為，向雌翠鳥證明自己很行，跟著牠保證孩子不會餓肚子，所以牠們也是懂得愛情與麵包必須兼顧的道理呢！而且若妳有注意觀察，雄翠鳥一定把魚頭朝向雌鳥，以免雌翠鳥吃的時候被魚刺傷著了。」

「真的假的，超貼心的吶。」我回想那天追逐的那隻藍色小鳥抓魚給同伴吃的情景，原來是這麼回事。「知道了這個緣由，翠鳥山莊這個名字聽來就變得浪漫多了。」

「不然妳以為姜鈺卉為什麼把山莊取名翠鳥？」

我想起李妙霏的同事廖小好對黎晏昕所說，李妙霏在手機見到翠鳥山莊的故事時，變得陰鬱的事。翠鳥對心儀的異性如此浪漫貼心，自然容易讓女生想起那些浪漫貼心的過往。李妙霏因為雄翠鳥對雌翠鳥的好而被吸引，若再聽到可以與前男友重逢的可能性而決定前來，也就順理成章了。

另一個角度來看，姜鈺卉這隻翠鳥想釣捕的魚就是我們，而文石是最大的那條魚。又或者，文石手中的藍色文件才是翠鳥……

所以翠鳥山莊靜靜地站在米摩登溪畔，等著我們上鈎。

回到羅東鎮，文石將車子停在一排商家前的停車場。

推開車門聞到早餐店裡飄來蛋餅的香味，立刻引起胃部空曠的回音。

我才將三明治、煎蘿蔔糕、玉米蛋餅和大杯冰紅茶端上桌，文石就狼吞虎嚥了起來。我心頭卻還有疑惑，邊吃邊整理思緒的紛亂：「喂，不對呀，如果這一次都是為了釣你出來的局，可那個陳浩鳴帶我走水面過溪，而你卻過不了，可是千真萬確的了，莫非他真的是左慈轉世？」

「可能是左宗棠雞和慈禧太后轉世吧！」

「你、你不能因為自己有狐靈附體能飛上飛下刀槍不入就嘲笑別的神仙吧。」

他左眉抽搐半垂眼皮，無奈地說：「我們都是唸法律的吧？」

「嗯嗯。」

「法律上有一個法則叫論理法則，就是認定事實必須符合邏輯推理，對吧。」

「唔。」

「還有個法則叫經驗法則，就是認定事實應該基於一般人日常生活經驗的定律，對吧？」

「幹嘛忽然給我上法律課呀？」

「那一個人能水上飄，這符合哪條物理定律？還能帶著個人一起飄，就這麼飄來飄去，這合邏輯嗎？妳說這會是事實嗎？」

「我是在跟妳講科學和邏輯。」

「我是在講超自然、超能力。」

「什麼意思？」

「意思是，若不能證明世上有鬼存在，就不能以被告利用符咒法術和養小鬼來害人為由，將當事人起訴判罪！」

「好哇，那你用科學的法則來解釋，陳浩鳴為什麼可以在水面上行走？為什麼我也可以有在水面上行走的感覺？」

他挾起一塊玉米蛋餅：「因為這個啊。」

我伸手摸他的額頭：「發燒？不然你怎麼忽然秀斗了？」

他撥開我手：「真的是這個啊。」

「對，蛋餅可以像滑板一樣，讓你踩在上面帶你飄過水面呀，因為生這蛋的母雞比較苗條、身子輕飛得起來，生下來的蛋也就具有比水還小的密度——這樣比較科學、比較符合經驗和論理法則。」

我賭氣亂說一通。

「什麼跟什麼啦。」他將蛋餅移到我面前：「看到蛋餅裡的玉米了嗎——」

「這株玉米在交配過程中不小心與一隻鳥的基因混合，因此長出來的玉米有羽毛般的輕柔，還帶有空氣匣囊，因此放在水面上，你可以踩在上面不會沉下去。這是生物科學。」

「很有創意的見解。」他聽了兩眼發直，啜了一大口冰紅茶後，淡定地說：「但我說的是玉米粉。妳還記得山腰上的清修屋廚房和地下室裡，有大量的白紙包，我還讓妳嚐了一些裡頭的白色粉末？」

「呃？啊，對齁，那是……」當時情急，只覺得味道很熟悉，現下想起來，確實是玉米。

「輕功水上飄的功夫，真實世界中是否可能做得到？如果是『非牛頓流體』就可以。」

「非牛頓……那是什麼武功祕笈？」

他怔怔地看著我，應該是在想如何解釋才能讓我這個物理白痴瞭解：「先說牛頓流體吧。牛頓流體是指應力與應變率成正比的流動體，不論承受的力量是大是小，它都能繼續流動，例如水，就是一種牛頓流體，不管妳攪拌得多快，它都能繼續表現出流動的性質。這樣妳懂吧？」

「水是牛頓流體。好。」

「而相對的，有一種物質叫非牛頓流體。在非牛頓流體，只要一攪拌，後面就會出現一個像洞的狀態，或是導致流體變得稀薄，特性是輕輕接觸像液體，用力於表面則會產生抗力，顯現像固體的剛性；也就是遇軟則柔、遇強則硬，流體的黏度，會因瞬間受到的壓力或速度而暫時變硬，講白一點就是它吃軟不吃硬！濃度愈高黏度愈強，愈像固體，反之濃度下降黏度也下降，會使它流動性更多。像口香糖就是一種非牛頓流體，如果將口香糖揪成尖錐狀，以易開鋁罐大力打下去，易開罐會瞬間被刺破，就是不吃硬；但妳若輕輕按，口香糖還是會變形，因為它吃軟。另外孩子玩的水黏土史來姆也是。」

「呃，還在可理解範圍。」

「以一定比例調成的太白粉漿或玉米粉漿，也是非牛頓流體。它的黏度會因瞬間受到的壓力或速度而暫時變硬，也就是不吃硬。既然玉米粉調製成的黏稠漿有此特性，所以將固定形狀的玉米粉漿放在溪底——」

「等、等一下！你是說，我當時是踩在玉米粉漿上，所以不會落入溪裡？」

「記得清修屋地下室裡的大型塑膠盒吧，將玉米粉加水以一定比例在這些大盒子裡調成玉米粉漿，再運到溪邊，趁溪水尚淺時放在只有陳浩鳴知道的地方，築一條看不見的水中棧道，再利用夜晚視線不明時搞一場仙人過溪秀，教女們都不會發現的吧。」

「為什麼……居然可以……」我難以置信，想像力一時跟不上。

「太白粉或玉米粉漿中的水粒子與粉末粒子，正常狀態下分布均勻，當腳掌慢慢往下擠壓，受壓的水粒子與粉末粒子會朝受力方向移動，所以粉漿仍維持流體狀態，腳就會陷入流體中，如同伸進溪水裡；但若瞬間以鎚子大力敲擊或腳掌快速踩踏時，因為速度快、瞬間壓力大，水分子會先被擠開，留下的粉末粒子瞬間擠壓而緊密排成固體狀態，扛住壓力不致散開，也就是學理上的擴溶現象。」

回想當時，偽左慈確實吼我要我走快一點，我也很快地走過……

「可是為什麼你追上來時，卻掉進溪裡？」

「那時溪水暴漲了呀。」文石一口氣把盤裡的玉米蛋餅都吃光了。「記得他要帶妳過溪前在幹嘛？」

「呃……啊，唸咒語。」

「其實他在拖時間等下雨。」他啜了口紅茶，努力解釋道：「台灣的溪河有個特色，都是河身短、坡度大、水流急，像最長的濁水溪長度也只僅約一百八十六公里左右，而坡度則達四十六分之一。台灣這樣形態的溪河枯水期水量很小，常成為野溪，不適合航行，但只要上游一下雨，洪峰流量卻常常十分驚人，河流含沙量也大。所以上游一下雨，溪水暴漲瞬間像洪流倒下，他們的玉米棧道就被沖走了。這也是為什麼要準備這麼多包玉米粉的原因。」

「因為被沖走了，還要花時間重做？」我聽著肚裡來火：「難怪每個教女完成清修入定的時間不一定，也許還得等水中的玉米棧道做好，那個偽左慈才能表演走水神功是吧。啐，簡直把人當猴耍嘛！」

「他們在這山裡很長一段時間了，什麼季節吹什麼風、什麼時候會下雨，都能掌握個大概，而我初來乍到，難以立即瞭解。這就是為什麼他能帶妳過溪、我追上去時卻落水的原因。」

整個事件就是為了釣出藍色文件的神棍騙局？那我豈不也是被騙者之一？我那些找尋小晴的心情，豈不全然錯付了？思忖至此，情緒就超低落的……

「其實小晴在天上，都知道妳在想什麼，也知道妳要說的。」他可能看出我的沮喪，故意若無其事地說：「不必跟她見面，她都知道的。」

我沒有作聲，鼻腔裡有點酸熱。

「咦！那裡有賣三星蔥花生糖耶，啊！隔壁間還有牛舌餅，我去買一下，妳慢慢吃。」他的眼睛被附近店家的招牌吸引，跳起來就奔過去了。

狠狠將甜辣醬倒了一大坨，我無趣地挾起全身染紅的蘿蔔糕放進口中。

不甘心於自己好像也只比黎晏昕聰明一點而已，文石卻好像玩得很開心，這傢伙的腦袋怎麼能知道這麼多事，有如神助般……或是有狐靈相助？

這時隔壁桌兩個穿著制服的中學男生在討論考題，他們的這段對話傳進我耳裡：「單擺周期與振幅無關？」

「因為從受力角度來看，單擺的回覆力是重力沿圓弧切線方向並且指向平衡位置的分力，偏角越大，回復力越大，加速度也就越大嘛。」

「所以周期與振幅無關，只與擺長和重力加速度有關？」

「也與和擺球質量無關。」

我忍不住插嘴：「請問一下，你們在討論物理學的鐘擺原理嗎？」

他們轉頭先是一怔，望見是個正妹，立即一起點頭。

「請問一下，如果那個擺球的重量突然快速增加，會發生什麼結果？」

他倆互望一眼，滿臉青春痘的那個說：「擺幅會加大、速度也會加快。」

另一個瘦臉的眼球轉了轉，說：「不一定吧，那得看擺繩的質量。」

我問：「為什麼？」

「如果超出擺繩質量負荷，擺繩會斷，擺球就會飛出去。」

靈光一閃，我興奮地猛力拍桌，嚇得他們睜大了雙眼：「對呀！就是兩個人都會加大原來的擺幅會飛出去甚至跌在地上！」然後起身往我的車子方向奔去，打開後車廂，翻出文石的那個黑色箱子。

裡頭是一件中國古代女性交領漢服、一雙碎花圖樣的布鞋，一頂紫色髮圈繫著漂亮馬尾的假髮。另有一台四個鋼腳可以釘入地裡固定的高速馬達和它的小遙控器。

還有一件雙層背心。外面那層有個匕首刺穿的破洞。背心的領部有個金屬圓孔，一截斷掉的鋼絲頭露在孔外。打開背心的拉鍊，那截斷掉的鋼絲頭連在下面的，是一圈又一圈的鋼絲。

難怪背上被刺了一刀沒事……

他將大包小包的伴手禮盒扔入後座，再進到駕駛座。才剛坐穩，我就問：「柚子，你大學時不是參加晏昕哥的神祕事件研究社嗎？」

「嗯啊。」

「神研社的社辦，是和式的房間嗎？」

「不是啊，是一般建築的隔間房間。」

「至少社辦後面那個小房間的地板，是木材材質的對吧？」

「是水泥的。但是我們學校老舊，若有人在走廊上跑步經過，在社辦裡的人都會感覺到地板有微微的震動，若在社辦裡大力踩踏也會……妳問這個幹嘛？」

「我在想，也許你根本沒有被什麼狐靈附身。」

「我早就說過沒有這種事了嘛。」

「但為什麼你的眼睛會變紅色的、還發光呢？」我猝然欺身靠近他、用手指掰開他兩眼眼皮：

「你眼皮下藏了什麼會發光的東西？」

他睜著兩顆泛血絲的眼瞳，從口袋裡取出隱形眼鏡盒，淡定地說：「妳要找的是這個吧。」我接過打開，裡頭果然是一對血紅色的放大瞳片。

「妳若記得，我眼睛發光時，都是在有火光的時候吧。」

「可是黎晏昕說看到你跟三姝的照片，有白狐蜷在你肩頭？」

他嘴角微拉，眼睛笑成彎月：「我們學校在山上，霧總是很濃的。至於他說的那兩顆疑似狐靈眼睛的紅點，是我放在背包裡的補蟲器。」

「捕蟲器？」

「會以固定頻率閃著紅色ＬＥＤ小燈的小盒子，用來吸引氣步甲蟲，不知何時不小心碰撞到開關，在拍照時背包裡發出一閃一閃的紅光，透過身後白霧的折射，以及碟仙三姝與黎晏昕的想像，就成了白狐了。」

「那你手中那把藍火哪生的？」

他從袖口的夾縫中抽出一個小夾鏈袋，裡頭是綠色顆粒狀的粉末：「氯化銅，遇高熱就生藍色火焰。」

我吁了口氣，翻了個大白眼：「你好像假鬼假怪，玩得很開心齁？」

「眼見以為真，未必不是假。被虛假掩蓋的真實，卻必須靠偽裝才能揭露。」

「原來如此。」我瞅他一眼：「我還記得你帶我飛過呢。可惜只有一下下。」

「蛤？不要吧，摔下去很痛耶。」

「我也要玩！」我拉著他的袖子猛搖狂盧：「人家還想要飛啦！不管，人家要飛啦、人家要飛、要飛、要飛啦……」

（全文完）

【後記】

照片裡的小晴，笑得那麼燦爛、那麼甜。
對於過往的人，記得那些美好，就足矣。
至於後悔與不捨，就留在過去的時空裡。
畢竟耽溺於遺憾，只會走向偏執與迷失。
文石這些話，說得很有道理。我決定從今往後，只記住小晴的這個笑容。
心裡默禱她在天之靈能快樂自在。在遺照旁放下花束，我用手指抹去眼淚。
步出靈骨樓，踩著階梯往下；望著偌大的墓園，心底不禁輕嘆。
往大門途中，墓園裡一隅，一個男子的哭泣聲緩住了的腳步。
我在榕樹下佇足，望著他抽泣的背影發怔。
最後忍不住，悄悄接近，直接將面紙放在旁邊祭品的提籃上：「……節哀吧。」
碑上的金字，刻著愛妻某某某之墓的字樣。
那男子沒回頭。我也不想看到別人哀戚的模樣，轉身就快步離去。
這種場面怎麼樣都不會習慣。關於死別與悲傷。

上車後取出小毛巾拭去肩上的細雨，再用手機導航搜尋歸途路線。啟動引擎正要踩油門，耳邊傳來輕敲玻璃聲。

我抬頭，按了降下車窗的鍵……

「妳是文石律師的助理吧？」是剛才那個男子。眼眶還是紅的。望著他前額髮梢上淌下的雨滴，我本能反應點頭。

「能跟妳要一張名片嗎？」

我趕緊從皮包裡掏，同時暗忖：這個人，之前應該在哪見過啊……

接過名片後，他頭也不回就往停車場另一端快步離去。

次日早晨上班，才步出電梯，一個似曾相識的身影擦身而過。我轉身，在電梯門關閉前的那兩秒，瞥見那女子也正盯著我。長直髮、身形高䠷、有個小酒窩的女子是文雁。文石的妹妹。

進到事務所，我將皮包往抽屜裡一扔，就直往文石的辦公室。

「文雁怎麼來了？是姜鈺卉的行李箱裡發現了什麼嗎？」

「唔。」手指持續在鍵盤上彈跳著，他瞄我一眼：「大量奇怪的文件。」

「你都交代文雁去查啊？我也可以幫忙查呀。」

他停止打字，盯著我的頸部：「妳的脖子又白又長的，真好看。」

「什麼跟什麼啦。」

「在宜蘭山上，它差點被人掐斷、又差點從樹上摔斷，妳這麼快就忘了啊。」

「這不都有你在嗎，我不怕。」

「我警告妳，關於藍色文件的事妳不准再碰。」

「唉喲，不要這樣嘛。」見他神色嚴肅，我放低身段：「只是調查和研究文件，不會有什麼危險的啦。」

他手掌在我眼前轉啊轉：「妳不曾去過翠鳥山莊，一切都是妳的想像，忘了吧、忘了吧……」

「好好好，我忘了。」我的嘴角微抽，強作鎮靜回應道。

直勾勾盯著我幾秒，他突然失聲叫道：「妳該不會又把翠鳥山莊的事——」

「沒有呀，沒經過你的允許我怎麼敢，那樣也未免太沒大沒小了吧。」

他頹然往椅背裡陷：「唉，妳果然還是沒大沒小。」

「哪有！你怎麼知道——」

「妳說沒有的時候，眼珠往右上飄移了一下，表示妳在思考，不是在回憶。」

「咦，可我記得你說姜鈺卉說謊時，她眼珠是往左上飄移。」

「因為她是左撇子，而妳，是右撇子。」

「啊啊啊啊啊啊啊啊啊！」討厭他對我亂用讀心術，我氣得狂叫發洩：「啊這次編輯就請到戲雪小姐幫人家寫序嘛！多難得啊。」

「戲雪？好像在哪裡看過……似曾相識……」

「給你一點線索。」我得意道：「武俠小說。科幻學會。讀樂萌實體讀書會。」

他搔著後腦，發傻苦思：「三個完全沒關聯的線索耶……」

這時白琳忽然推門閃身進來：「小石，外面有個跟你業務有關聯的人來找。」

「誰？」文石起身，快步往外走。

白琳的語氣顯示來者有異，我也跟著出去。客人已被同為助理的小蓉請到會議室坐，我只得泡了兩杯紅茶端進去，順便一探究竟。

推開會議室的門，坐在桌子後面的客人果真讓我嚇了一跳。

是在墓園裡跟我要名片的那個男子。

好像在哪裡看過……似曾相識……我一時還是想不起來。

退出會議室後，我跑去問白琳。她說：「他跟文石交過手，妳忘了嗎？」

交過手？不是律師就是檢察官囉……檢察官？啊！

沒想到在法庭上針鋒相向立場互異的檢察官會來找文石，更沒想到這位檢察官居然是楊錚。

當時只覺得意外，殊不知他的到來，竟在日後掀起一塊令人震驚的黑幕。

就如同我萬萬沒想到，文石及文雁手中掌握姜鈺卉遺留的文件，會讓我們日後陷入空前危機……

要推理104　PG2840

要有光
FIAT LUX

翠鳥山莊神祕事件

作　　者　　牧　童
責任編輯　　喬齊安
圖文排版　　蔡忠翰
封面設計　　吳咏潔

出版策劃　　要有光
發 行 人　　宋政坤
法律顧問　　毛國樑　律師
印製發行　　秀威資訊科技股份有限公司
　　　　　　114台北市內湖區瑞光路76巷65號1樓
　　　　　　電話：+886-2-2796-3638　傳真：+886-2-2796-1377
　　　　　　http://www.showwe.com.tw
劃撥帳號　　19563868　戶名：秀威資訊科技股份有限公司
　　　　　　讀者服務信箱：service@showwe.com.tw
展售門市　　國家書店（松江門市）
　　　　　　104台北市中山區松江路209號1樓
　　　　　　電話：+886-2-2518-0207　傳真：+886-2-2518-0778
網路訂購　　秀威網路書店：https://store.showwe.tw
　　　　　　國家網路書店：https://www.govbooks.com.tw
總 經 銷　　聯合發行股份有限公司
　　　　　　231新北市新店區寶橋路235巷6弄6號4F
　　　　　　電話：+886-2-2917-8022　傳真：+886-2-2915-6275

出版日期　　2022年10月　BOD一版
定　　價　　360元

讀者回函卡

Printed in Taiwan

國家圖書館出版品預行編目

翠鳥山莊神祕事件/牧童著. -- 一版. -- 臺北
市 : 要有光, 2022.10
面 ;　公分. -- (要推理 ; 104)
BOD版
ISBN 978-626-7058-58-9(平裝)

863.57　　111014199